与其说教，不如让孩子自己体会！

让孩子越读越聪明的故事书

让孩子受益一生的小故事大道理

金 凤◎著

中国商业出版社

图书在版编目（CIP）数据

让孩子受益一生的小故事大道理 / 金风著 . -- 北京 : 中国商业出版社, 2018.5

ISBN 978-7-5208-0211-6

Ⅰ . ①让… Ⅱ . ①金… Ⅲ . ①儿童故事—作品集—世界 Ⅳ. ①I18

中国版本图书馆 CIP 数据核字 (2018) 第 019690 号

责任编辑：姜丽君

中国商业出版社出版发行

（100053 北京广安门内报国寺1 号）

010-63180647 www.c-cbook.com

新华书店经销

三河市三佳印刷装订有限公司印刷

*

710×1000毫米　1/16开　16.5印张　250 千字

2018年5月第1版　2018年5月第1次印刷

定价：39.80元

* * * *

（如有印装质量问题可更换）

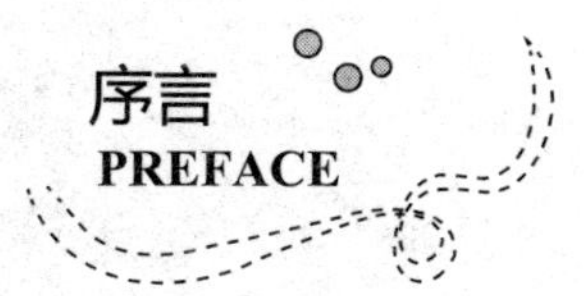

每一位做了父亲或母亲的人都能体会到这样一个道理：养孩子容易，教孩子不易。有时候，父母苦口婆心地去和孩子讲道理，甚至不惜爆粗动武，孩子却左耳进右耳出，不但不明白父母的苦心，有的甚至还会与父母搞对立，像仇人似的。

其实，为此而烦恼的父母不是称职的父母，至少这样的父母没有和自己的孩子好好地沟通和交流，他们根本不知道孩子在想些什么，而总是喜欢把自己的意志强加给孩子，美其名曰"一切为了孩子"。真的是为了孩子吗？严厉的说教类似于拔苗助长，把一堆大道理硬塞进孩子幼小的脑袋里，孩子如何能消化得了？相反，这样做只能适得其反，起不到任何作用。事实上，孩子何尝不想多学习一些知识，多懂得一些道理。从牙牙学语时的一张白纸，到这张白纸上呈现出一幅美丽画面的雏形，不但倾注着父母的心血，更多的是孩子的努力，每个孩子都想通过自己的努力、通过各种途径来提高自己，但父母们的满口说教对于他们来说太过于空洞，他们不是不想去记，而是实在是记不下来。他们很想告诉父母，他们喜欢的不是这些，而是一则则生动的故事。

每个孩子都喜欢听或读故事，在他们看来，故事是有趣的。的确，故事中的情节引人入胜，因为它们比现实中的生活更加精彩。在故事中，即使是一个充满悲情色彩的过程，听起来感觉也是不错的，而且故事可以加入幻想，幻想则可以使孩子对生活充满更多的希望和憧憬。故事能带给孩子愉悦感，从故事中孩子能获得更多知识和启发，他们喜欢去体验故事的曲折过程。孩子喜欢读故事，还因为故事能表现出世界上各种不同的风貌，不用他人多加解释，自己便能分辨出美丑和善恶，从而增加成长中的智慧。所以，对孩子来说，故事比任何说教都有吸引力，像是被附了魔法一样吸引着孩子去阅读。当孩子读到好的故事，他们会在心中留下某些画面，虽然这些画面并非亲眼所见，但孩子能用他们的想象力给所读故事按上一对翅膀，轻松得出父母们绞尽脑汁想向他们灌输却被拒于脑外的一些知识和道理。

如果每一位父母都能明白这一点，那么，便不应再向孩子讲授一些生硬的道理，而是改变策略，从小故事入手，循序渐进，用故事来丰富孩子的知识，启发孩子的智慧。

“山不在高，有仙则名，水不在深，有龙则灵。”好的故事不在于它的长度，而在于它有多少内涵，与其让孩子被长篇累牍所累，不如让他们读一篇朗朗上口且寓意深刻的小故事来得痛快。

《让孩子受益一生的小故事大道理》一书适合中小学生阅读，针对父母关心的问题和孩子成长的特点精心策划选材，以“故事回放”的形式精选了一百多个小故事，故事简短精悍，从不同角度、不同层次引导孩子树立理想、坚持信念、提高修养、热爱学习、塑造性格、培养习惯、调整心态、学会感恩、承受挫折、做好选择，涉及孩子成长过程中的方方面面，每则故事后的“道理解读”板块，则用简洁通俗的语言帮助孩子理解故事中所折射的道理，让孩子在潜移默化中懂得更多的人生智慧。

父母们，如果你们想把自己的知识和经验毫无保留地传授给孩子，希望孩子能在成长的道路上少走些弯路，那么，请把这本《让孩子受益一生的小故事大道理》放在孩子的床头吧。

孩子们，如果你们想获得更多的启发和智慧，得到更多的激励和收获，那么，请拿起这本《让孩子受益一生的小故事大道理》，几分钟的阅读往往会让你明白很多道理。

总之，本书既是为父母们精心挑选的送给孩子的最有益礼物，又是为孩子量身定制的助力成长的法宝，既能丰富孩子知识，又寓教于乐，让孩子在阅读中得到全面发展。

当然，由于时间仓促，加之编者水平有限，书中难免会存在个别故事解读有误之处，敬请广大家长朋友和细心的小读者们批评指正。

第一章　树立理想：为自己能走得更远确定方向 / 001

志向高远才能收获成功的人生。理想是人生的指示灯，没有理想，人就会失去生活的勇气，只有拥有远大的理想，才不会在生活的海洋中迷失方向。

第二章　坚持信念：努力付出就一定会有所收获 / 027

信念是人生中的一座灯塔，在将你引入风雨旅途的同时，也能带你步入成功的彼岸。一路坚守着信念，冲破一切借口和困难，便会创造一个美好的人生。

第三章　提高修养：心灵之美与外在之美的完美结合 / 051

修养是做人的最高境界，是一个人道德、礼仪等综合素质的体现。修养和文化知识有关，但也与家庭的影响和后天的修为有关。

著名作家王蒙说过：“一个人的实力绝大部分来自学习。”学习像一把钥匙，像一座灯塔，像一面镜子，可以增智，可以解惑，更可以明辨是非。

第五章 塑造性格：建好码头才能泊大船 / 107

性格能创造辉煌，也能导致悲剧。如果你想改变你的世界，创造属于你的辉煌，就必须改掉你的不良性格。坚韧的性格，会使你受益终身。

第六章 培养习惯：播下的习惯决定着将来的命运 / 129

习惯是人生中的一把双刃剑，好的习惯会帮助你轻松地获得人生快乐与成功，不好的习惯则可能会毁掉你的一生。习惯是人生的主宰，我们应该努力地追求好习惯。

第七章 调整心态：在每一个忧患中看到希望 / 157

心态决定状态，只有保持良好的心态，你才能保持良好的心情，心情好，运气就好，精神好起来，好运自然来。既然你无法改变现实，不如改变你自己吧。

第八章　心怀感恩：感谢生命中有他们的陪伴 / 187

感恩是一种处世哲学，也是生活中的大智慧。一个智慧的人，应学会感恩，感恩父母，感恩师长，感恩生活给你的赠予。懂得感恩，你才会拥有积极的人生观和健康的心态。

第九章　承受挫折：风雨过后的阳光更加明媚 / 209

生活的强者必是敢于直面人生的勇者。面对挫折，应以博大的胸怀和坦然的态度去面对，学会承受痛苦和失败。只有经历沧桑，你才会变得更加成熟而坚强。

第十章 做好选择：造就未来生命的灿烂前程 / 229

生活中有着各种各样的选择，有选择，就有放弃，脚踩两只船的结果只能是狼狈的落水。所以，你要学会选择，要能够做到正确地选择，从容地放弃。

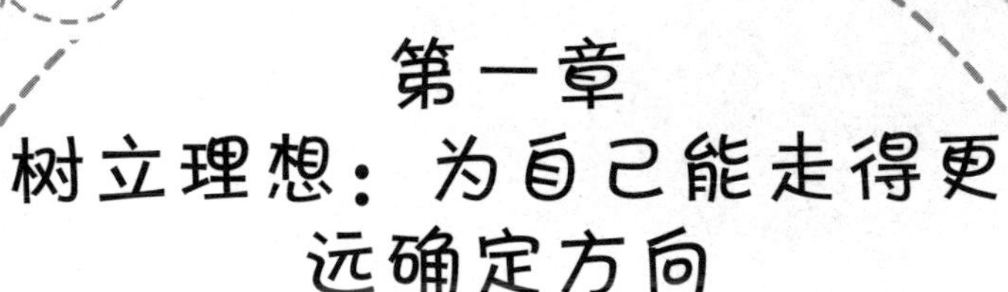

第一章
树立理想：为自己能走得更远确定方向

志向高远才能收获成功的人生。理想是人生的指示灯，没有理想，人就会失去生活的勇气，只有拥有远大的理想，才不会在生活的海洋中迷失方向。

给自己一张梦想支票

《终结者》中的阿诺德·施瓦辛格从小在奥地利长大。小的时候，施瓦辛格是一个体弱多病的孩子，为了锻炼身体，父亲让他参加体育运动，施瓦辛格因此与运动结缘。久而久之，施瓦辛格渐渐爱上了运动，就在那个时候，他悄悄地树立了一个目标——成为世界上最优秀的健美先生。

朋友们得知施瓦辛格的梦想后，忍不住嘲笑他说："就凭你这样的身体条件，想要成为优秀的健美先生，简直是白日做梦。"

听到朋友们的嘲讽，觉得屈辱的施瓦辛格非常生气，他瞪着眼睛，冲着嘲讽他的人们大声喊道："你们看着吧，我不仅要成为世界上最有名的健美先生，还要成为大明星。"

施瓦辛格的"大话"，让朋友们捧腹大笑，他们甚至认为施瓦辛格的精神出了问题，就连身边一直支持他的亲人们，也觉得施瓦辛格有些痴人说梦。

所有人都认为施瓦辛格是一时冲动，过不了多久就会打消这个愚蠢的念头，不再异想天开，实实在在地做人。没想到，随着时间的推移，施瓦辛格不仅没有打算放弃梦想，反而更加坚定了信心，他将自己的梦想写在一张小卡片上，放进皮夹里，时不时地拿出来激励自己：无论遇到怎样的困难，都不能放弃，一定要实现梦想。看到施瓦辛格认真的样子，大家不敢再嘲笑他了。

为了能够实现儿时的梦想，成年后的施瓦辛格告别了祖国，只身远赴美国。通过努力，施瓦辛格最终实现了"成为健美先生"的梦想。之后，施瓦辛格开始进军影视界，终于成为了国际知名的大明星。

道理解读

在施瓦辛格看来，梦想就是一张支票。尽管在他人眼中，这张支票的数额有些巨大，但是施瓦辛格从来没有打算放弃这张支票，无论有多少理由和困难，始终坚持如一，并为此付出努力。

每一个梦想都是一张支票，就像施瓦辛格的梦想一样，想要支取这张支票，从现在开始给自己一张梦想支票吧！在上面填上梦想名称、兑现日期，然后去努力。

成功属于有梦想的人

很久很久以前，在一个贫穷的小镇上住着一户人家，他们家境贫寒，以替别人牧羊为生。一天，这户人家的男主人带着他两个年幼的儿子，赶着羊群到山坡上牧羊。

正当父子三人静静地躺着看天空时，一群大雁从头顶飞过。大儿子问牧羊人："爸爸，大雁要飞去哪里呀？"

牧羊人说："天冷了，大雁要飞去一个温暖花开的地方，并在那里筑巢，继续享受春天的美好。"

大儿子眨着眼睛羡慕地说："大雁可真幸福呀，能够自由自在地飞翔，我也好想像大雁那样飞翔。"

一旁的小儿子也说道："是呀，哪怕是只能飞一会儿也行呀。"

看着两个天真无邪的孩子，牧羊人笑着说道："孩子们，这个世界没有什么是不可能的，只要你们想飞，那么你们就一定能够飞起来。"

听了父亲的话，两个儿子顿时来了精神。他们在山坡上反复地尝试，始终都没能飞起来。孩子们有些怀疑父亲的话。看着孩子们怀疑的眼神，牧羊人说道："我给你们做个示范吧。"说完，牧羊人张开双臂，从高高的山坡上快速跑了下来，双臂不停地扇动着，但是他也没能飞起来。

看着父亲笨拙的样子，孩子们咯咯地笑了起来。这时，牧羊人却用非常肯定的语气对他们说道："我的确没有飞起来，那是因为我的年纪太大了，可是你们还小，只要你们不断地努力，终有一天，你们一定能够飞起来。"

父亲的话，让两个儿子有些疑惑。虽然他们还不能完全理解，但是他们觉得有道理，并牢牢记在了心里。

从此，两个孩子一直带着这个梦想不断地努力。终于，在哥哥 36 岁、弟弟 32 岁时，他们成功了，他们真的飞起来了，他们就是美国的莱特兄弟。他们发明了世界上第一架飞机。

道理解读

莱特兄弟之所以成功，是因为他们有梦想。“飞翔”的梦想带给他们奋斗的方向和动力。

梦想是人生的方向和动力，没有梦想的人，他们的人生是没有方向和动力的，只能在原地不断地打转，这样的人是不会成功的。成功只属于那些有梦想，并为之不断奋斗的人。

为中华之崛起而读书

十二岁的时候，周恩来为了求学离开了家乡来到了沈阳。当时的东北，是各国列强垂涎已久之地。为了能够在这块富饶的土地上牟利，帝国主义列强纷纷划定了所谓的“租界”。刚下车，他的伯父指着不远处一片繁华、热闹的街道，对他说：“千万不要随便到那个地方去。”

“为什么呀？”周恩来不解地问。

“那是租界，外国人的地盘，中国人在那里是不被欢迎的。”伯父咬牙切齿地说道。

“什么，外国人的地盘，那不是中国的土地么，怎么成了外国人的地盘？”年幼的周恩来急忙问道。

“什么为什么，国家软弱呗。”伯父叹了口气，没有再说什么。

后来，周恩来进了学堂，和同学们说起了那个中国人不能去的地方。同学们也都很好奇，于是，在一个周末，他们相约，一起闯进了租界。

果然，租界里没有几个中国人，全是一些红眉毛绿眼睛的外国人。正当周恩来和同学左右观看时，忽然前面不远处的巡警局门前围着一群人，吵吵嚷嚷地。周恩来和同学们急忙跑了过去，只见一个巡警正训斥一个衣衫褴褛的妇女，妇女哭泣着乞求巡警为她做主。原来她的丈夫被洋人的汽车轧死了，而那名肇事的洋人正趾高气扬地站在一旁。

中国巡警不敢得罪肇事的洋人，不仅没有替那名可怜的妇人主持正义，反而把她训斥了一通。周边围观的中国人都默默低着头，不忍直视。这时，周恩来才真正明白什么是“洋人的地盘”。

从此，周恩来总是心事重重的。有一天，魏校长在课堂上问同学们，“同学们，你们为什么而读书呀？”

同学们踊跃地回答，答案不一，有的说：“为了明理”；有的说：“为了做官”；有的说：“为了金钱”，等等，周恩来却坚定地说道：“为中华之崛起而读书！”为了这个梦想，周恩来付出了毕生的努力。

道理解读

周恩来为了祖国不再受列强的欺凌，立志为中华之崛起而读书！有了这个伟大的目标，周恩来披荆斩棘，置生死于度外，最终实现了自己的理想。

当一个人的梦想与国家命运紧密联系在一起时，他一定是一个伟大而高尚的人。

鲁迅弃医从文

早年间，为了拯救国人，鲁迅先生曾立志学医。然而，一次偶然的机会，彻底改变了鲁迅先生学医的志向，从而弃医从文，投身到了革命工作中。

日本仙台某专科医学院的课堂上，正在播放着一段日本军人残害中国同胞的视频。一位被日本人说成是特务的中国人被捆绑起来，在很多中国人面前，凶残的日本人一刀砍下了他的头颅。而此时，围观的中国人竟然没有一个脸上有反应。

看着那些凶残的日本兵和麻木不仁的中国人，鲁迅先生的心感到一阵阵发凉。特别是听着周边的日本同学们纷纷议论道：“中国人竟如此软弱、没有骨气，看来他们离亡国灭种不远了。”鲁迅先生再也沉默不下去了，他拍案而起，毅然离开了教室。

推开门的一瞬间，刺骨的寒风让鲁迅先生平静了下来。想到国人的麻木不仁，鲁迅先生觉得中国人需要医治的不是身体，而是精神。于是，他决定不再学医了，要弃医从文，他要利用笔杆子，唤醒国人。

就这样，鲁迅先生改变了梦想，立志依靠文章唤醒民众，与旧社会展开激烈的斗争，拯救危难的民族。他的作品《呐喊》《狂人日记》《野草》等，唤醒了无数沉睡的中国人，同时也鼓励了无数的革命战士。

道理解读

“国家兴亡，匹夫有责。”作为中国人，我们要坚决维护国家和民族的利益。同时，我们的梦想也要以国家和民族的利益为先。鲁迅先生将理想与国家的命运紧密地结合，根据祖国的需要而改变，最终成为中国现代史上伟大的文学家、思想家、革命家，被毛主席称赞为“中国人的脊梁”。

先国后家、祖国的利益高于一切，这是每一个有骨气的中国人应该做的事情。因此，我们的梦想必须服从祖国和人民的利益。

“笨学生”爱因斯坦

阿尔伯特·爱因斯坦，这名历史上最伟大的科学家，曾经被认为是彻头彻尾的“笨学生”。爱因斯坦从小就很笨，到了三岁才开始“咿呀”学语。而此时，比他小两岁的妹妹，已经能和邻居顺利交谈了。迟钝的爱因斯坦让父母开始忧虑，担心他的智力低下。为此，爱因斯坦一直到10岁，才开始上学。

在学校里，爱因斯坦依然是个出了名的“笨学生”，经常受到老师和同学的嘲讽。由于爱因斯坦反应迟钝，经常受到老师的惩罚和斥责。甚至，有的老师指着他的鼻子骂：“你简直是我见过的最笨的学生！”

在一次工艺课上，老师从学生的作品中挑出一张很难看的凳子，问道：“请问这是谁做的？”这时，爱因斯坦红着脸站起来。老师气愤地说道：“你见过比这还糟糕的制作品么？”同学们笑了起来。爱因斯坦低着头说道：“见过。”说着，他从包里拿出了两个更糟糕的凳子：“这两个是之前做的，交给您的是第三次做的。”同学们笑得更厉害了。

就这样，爱因斯坦在同学和老师的嘲讽下慢慢地长大了，上了中学。在中学里，爱因斯坦依然是出了名的“笨学生”，尽管他很努力，各科成绩依然一路红灯。为了排解心中苦闷，爱因斯坦开始阅读更多的书籍。在书籍中，爱因斯坦寻找到了精神的力量。爱因斯坦开始独自研究微积分、理论物理、麦克斯韦电磁理论等。

这个曾经的笨学生，后来却取得了巨大的成就，成了全世界公认的“聪明人”。

道理解读

别人怎么看你并不重要，关键是你自己别放弃自己。一个人无论聪明与否，只要肯付出，寻找到适合自己的梦想就一定能够成功。许多成功的人，在他们没有取得成功时，都被认为很笨。但是，他们从来不放弃自己，失败了重新来过，从不灰心丧气，最终都实现了梦想。因此，我们要相信自己能够实现梦想。

没有方向就会迷路

天气非常热，工人们正在干活，汗水湿透了衣裳。忽然间，一个不小心，陈平摔倒了，刚巧摔在了一捆钢筋上，右腿被一根钢筋穿透，疼得陈平哇哇大叫。工友们连忙将陈平送到了附近的医院里。

经过医务人员抢救，陈平脱离了危险。陈平是个老好人，平日里和工友们的关系非常好。他这一住院，大家隔三差五地就来看望他。这一天，陈平的病房里又一次人满为患，尽管医务人员一再要求他们离去。刚巧医院里来了一位国家级的骨科专家，于是工友们纷纷请求这位专家能够为陈平复诊一下。医院答应了他们的请求。

没过多会儿，医务人员带领一位年轻的青年医生走了进来，介绍道，这就是从国外进修回来的骨科专家——佟阳教授。只听陈平小声地喊道："佟阳，是你么？"年轻的专家抬起头，看了看陈平，"陈平，对，我是佟阳。"说完，二人笑了笑，热情地聊了起来。

看着眼前的两个人，众人面面相觑，心中一阵嘀咕：一个建筑工地上的工人和一个留学回来的海外精英，他们是怎么扯上关系的。

等到佟阳教授离去后，工友们问道："陈平，你怎么认识这样的人才呀？"

"呵呵，很多年前，他和你们一样，也在那块工地上干过活。我还是他的师父呢。"陈平笑着说。

工友们一阵惊讶，"那怎么最后他成了海外精英，你却还在工地上做工呀？"

陈平叹了一口气，"因为我是为了赚钱干活的，他是为了成为一名专家干活的。他非常清楚自己的方向在哪里，做工只是为了生存，当我们都休息的时候，他总是在不断地学习。"

道理解读

每个人都有实现梦想的能力，想要挖掘这种能力，就必须有梦想。有梦想的人知道自己人生的方向。因此，他们不会迷路，不会迷茫。他们是幸福的，他们能将自己的时间和精力精准地花费在实现梦想的事情上，他们不在乎压力、困难和周围人的眼光，他们的目光自始至终一直定格在梦想上，除此之外，别无他物。

纪昌学射

古时候，有一位射箭能手名叫飞卫。飞卫射箭，百发百中，只要看到过飞卫射箭的人，全都赞不绝口，称赞他是射箭能手。

有一个名叫纪昌的人，想要拜飞卫为师，学射箭。飞卫收下了纪昌，却对他说："和我学习射箭很辛苦，你能坚持么？"纪昌坚定地说："我不怕吃苦，只要能学习射箭，吃再多的苦也心甘情愿。"

飞卫点了点头，说道："学习射箭，首先要学会不眨眼，你先回家，学会了不眨眼之后，再来找我吧。"

就这样，纪昌回到家里，二话没说，直接仰面躺在了妻子的织布机下面，眼睛一眨不眨地盯着不停转动的踏脚板。日复一日，年复一年，纪昌为了学射，咬牙坚持，刻苦练习。两年时间过去了，纪昌终于学会了不眨眼，即使是锥子的尖端刺到了眼眶边，他的双眼也一眨不眨。

于是，纪昌告别了妻子，再一次来到飞卫这里。飞卫见到纪昌却说："学会不眨眼只是第一步，想要学好射箭，你还必须练好眼力才行。回去吧，什么时候练到看小的东西就像看到大的东西一样时，再来找我。"

就这样，纪昌又一次回到家里。他精心挑选了一根最细的牛毛，抓了一只小虱子，用牛毛穿过小虱子，悬挂在自家的窗口上。从此，他的两只眼再也没有离开过这只小虱子。十天过去了，那虱子好像开始一点点地变大了。纪昌继续练习，目不转睛地练习。

三年过去了，那只小虱子已经像车轮一样大小了。纪昌决定再看其他的东西，果然所有的小东西都变大了。于是，纪昌找来一张强弓，左手拿弓，右手搭箭，对准窗户上的那只小虱子，一箭射去，箭头准确地射到了虱子的头部。这时，纪昌才意识到自己学到了真实本领。

道理解读

这个故事告诉我们，想要实现梦想就必须持之以恒、坚持不懈。"吃得苦中苦，方为人上人。"自古以来，任何一位成功者，无不是不达目的誓不罢休的英雄好汉。成功没有捷径，只有坚持不懈、勇于攀登的人，才能抵达巅峰。

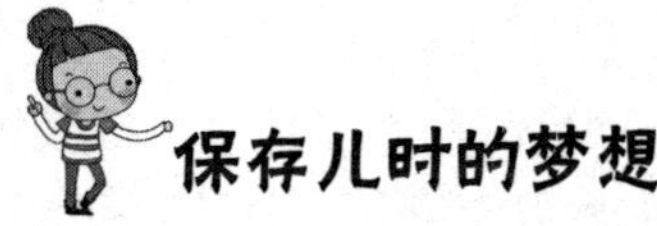

保存儿时的梦想

在一辆飞速前进的列车上，一个卖雪茄的小男孩，没有四处推销他的产品，而是停留在了几个衣着光鲜的乘客面前。原来，这几个人正在谈论着有关投资方面的事情。而这个小男孩显然是被他们的谈话吸引住了。

没过多久，那几个高谈阔论的人开始有人注意到这个小男孩。他转过头，对小男孩说道："谢谢，我们不买烟。"

男孩笑了笑："是的，我知道，我只是想听听你们的谈话。"

"可是，你能听懂么？"男人有些不屑地问道。

"当然了，现在我还听不太懂，但是终有一天我能听懂，因为我的梦想就是成为一名可以预测未来的交易商。"男孩很坦然地说道。

"什么，预测未来，这怎么可能，世界上根本没有人能够预测未来，看来你注定会失败。"男人笑了，其他人也跟着笑了起来。

这位小男孩并没有因为他人的嘲讽而放弃自己的梦想。他多年如一日坚持不懈地努力着。渐渐地，小男孩长大了。可是，他并没有忘记儿时的梦想。于是，他开始研究 K 线，他将美国数年来所有的交易所的历史记录全部找来，一个一个地研究。在那段日子里，他没有工作，全部的身心都在 K 线的研究上，连生存都成了问题。幸运的是，他的朋友隔三差五地接济他。就这样，男孩才没有饿死，但是饿肚子却是经常的事情。

终于，男孩的付出得到了回报。多年之后，他成功地发现了证券交易的规律，实现了儿时的梦想，成为一名可以预测未来的交易商。他成功地赚到了人生的第一桶金，自此开始跻身于变幻莫测的金融界。他就是金融界的传奇人物，著名投资家威廉·江恩。

道理解读

威廉·江恩坚持了儿时的梦想，这让他的人生变成了一辆目的地清楚、方向明确的列车，最终成功抵达了终点，实现了梦想。

对于我们而言，儿时的梦想是最美好的，应该保存在心底，时刻不要忘记。只要肯付出，梦想终有一天会实现。

顽强的海伦·凯勒

你相信有奇迹么？

在海伦·凯勒只有19个月大的时候，一场突如其来的高烧，让她丧失了听觉、视觉。一个原本活泼开朗的孩子，瞬间置身在无边的寂静和黑暗之中，内心深处将是怎样的恐惧。幸运的是，海伦是一个坚强的孩子，她开始尝试着用其他器官来感知这个世界。

刚刚学会走路的海伦，拽着母亲的衣角，慢慢地走出房间，接触外界的事物。她依靠触觉、嗅觉分辨事物和人。渐渐地，海伦发明了很多种不同的手势来与人交流。

然而，平静在海伦五岁的那一年被打破了。海伦发现别人并不像她这样通过手势交流，而是通过嘴发出声音交流。她能触摸到别人嘴唇在动，却不知道对方在说什么。而对方也不清楚她做出的手势是什么意思。于是，海伦意识到了自己与别人的差别。她开始暴躁，常常一个人在屋子里乱砸东西，甚至大喊大叫。

面对海伦的暴躁，家里人觉得有必要给海伦聘请一位家庭教师了。就这样，安尼·沙利文来到了海伦的身边，开始了他们长达一生的友谊。

安尼悉心地教授海伦，她让海伦摸着自己的嘴巴，辨识口型，还教会了海伦用布莱叶盲文朗读和写作。就这样，海伦奇迹般地学会了讲话。这对一个失聪的人来讲简直就是一个奇迹。

顽强的海伦并没有就此满足，她充分利用自己的天赋和勤奋，考入了拉德克利夫学院。上学期间，海伦凭借着不达目的誓不罢休的毅力创作了处女作《我的生命》，成为了一本畅销书。随后，她出版了更多的书籍。她用自己的亲身经历告诉世界，告诉其他残疾人：身残志不残。至今，海伦·凯勒的事迹依然鼓励着很多人。

道理解读

梦想的实现需要坚强的毅力。海伦·凯勒凭借着顽强的毅力，战胜了身体的残疾，取得了很多正常人都无法取得的成绩。相比于海伦取得的成绩，她背后的付出和坚持才是最可贵的。

在梦想面前，人人平等，即使是身体有缺陷的人，依然可以凭借着顽强的意志力，获得梦想的青睐，更何况身体健康的我们呢？

前卫画家毕加索

20世纪西班牙最著名的艺术大师巴勃罗·毕加索，是一位真正的绘画天才。他的艺术生涯和生活都充满了传奇色彩，他的画不仅在当时，即使是在现在依然熠熠发光。

这样一个天才，在学习上却是一个名副其实的呆瓜。毕加索不喜欢学习，上课对他来说就是折磨。每当听老师讲课时，毕加索的思绪都不知道飞到哪里去了。有一次，老师让毕加索回答一个简单的问题。毕加索没能回答出来。从此，他便成了同学们嘲讽的对象。有的同学甚至跑到他的面前，问道："毕加索，二加一等于几？"然后大笑得直不起腰。

时间长了，所有的人几乎都认为毕加索是一个傻瓜，只有他的父亲坚定不移地相信自己的儿子。他对毕加索说："孩子，你虽然书读得很差，但是你是个绘画天才。"就这样，小小的毕加索在父亲的鼓励下，开始了绘画创作。

毕加索不再在乎别人的嘲讽，他自由自在地创作着每一幅作品。毕加索的画风多变，他的作品无所谓格局设定、前后搭配。毕加索似乎根本不在乎那些所谓的设计，完全随心所欲地创作，时而平静、时而狂躁、时而浮躁、时而稳重，变化无常让人难以捉摸。唯有一点不变，那就是自由。毕加索的每一幅画都深深地体现了自由的主题。

这个绘画天才，所创作的画作超出了时代，人们无法理解他，甚至还有人嘲讽他是“前卫画家”。对于这个称呼，毕加索只能无奈地苦笑，他非常清楚，做一个前卫画家，这是必然会遇到的现实。

然而，毕加索没有放弃，在孤独的奋斗路上，毕加索战胜了困难、孤独、误解，终于得到了世人的认可。最终他的画被很多人接受，毕加索也因此成为了著名画家。

道理解读

毕加索追求自己绘画的梦想。为了守护自己的梦想，毕加索在周围一片质疑声中艰难前行，最终守得云开见明月，赢得了人们的认可，取得了巨大成功。

我们要学习毕加索的这种坚持梦想的勇气和决心，大胆创新，走在时代的前头。

从音乐盲到小提琴师

一次偶然的机会，听到一位小提琴大师的独奏，从此，这位青年便爱上了小提琴。他梦想着自己也能拉出动听的曲子。

为了实现梦想，年轻人倾其所有，买了一把小提琴。每天早晨他都会到公园练琴。由于从来没有接受过专业训练，他拉出的琴声非常难听，像青蛙的叫声。晨练的人们听到之后，讽刺他是一个音乐盲。

在人们的不断打击下，青年人渐渐失去了信心，连自己也开始怀疑到底有没有能力实现梦想，越想越灰心。就在他马上就要放弃梦想的时候，一位陌生的老太太对他说：“年轻人，你拉得真好听，我想每天都能听到你的琴声，你能每天都来拉琴么？”

听到老人的话，年轻人备受鼓舞，顿时信心大增，心想：“原来还是有人喜欢我的琴声的，说明我还是有机会的。”从此，年轻人每天都信心满满地去公园练琴。而那位老太太也总是准时去听他拉琴。每一次听他拉琴，老太太都只是微笑着听，一句话也不说。

时间过得真快呀，一眨眼儿几年就过去了。年轻人依旧每天准时到公园练琴，老人家也同样准时，风雨无阻。只是，年轻人的琴声再也不像刚开始那样不受大家欢迎了，公园里晨练的人们一点点地开始喜欢听他的琴声。很多人都赞扬他的琴声，唯有那位老太太一直默默听着，从来不和他交流。

后来，年轻人参加了全国小提琴比赛，竟然一举夺得冠军。年轻人激动极了，他第一个要感谢的人就是公园里每天都来听他拉琴的那位老太太。于是，第二天年轻人早早来到公园寻找老人，他迫切地想要将这个好消息与她分享。奇怪的是，这天这位老太太没有准时来到公园。年轻人坐在原地等了好久，一直没有见到老人的身影。这时，一个人对他说："你是不是在等那个聋老太太呀，她搬家了，不会再来了。"

"什么？聋老太太？"年轻人一时愣在原地。

道理解读

很多时候我们之所以觉得事情难做，打击了我们的自信心；而事实上，不是事情难做，而是我们原本就信心不足，才使得事情变得难做。自信心是实现梦想的关键，只有你相信自己，梦想才能实现。

在冰面上追逐梦想

穿着厚厚的衣服，依然觉得寒风瑟瑟。冰面上冷飕飕的、光灿灿的，让人见到它就觉得心里发冷。年轻人迫不及待地穿好冰鞋，第一次滑冰，早已做好了摔跤的准备，可是真的站在冰面上，心中还是紧张。

他紧张地盯着脚下，小心翼翼地向前滑。一旁的教练不停地提醒他要注意要领。然而，此时此刻，他的大脑高度紧张，根本听不到教练说话。忽然，一个不小心摔倒了，身体被滑出了好远，紧张的他竟然没有感觉到疼痛。

"终于摔倒了，原来摔跤也不像想象中那么可怕呀。"年轻人心里想着。

这一跤摔得好，他不再紧张了，开始放开步伐，身体也明显比刚才协调多了。溜过直滑轮，他渐渐开始尝试着控制方向和速度。果然，滑冰并不复杂，他已经渐渐地掌握住要领。于是，他开始加大力度，高速划过亮晶晶的冰面，冰场里刺骨的寒风吹来，他就像一只脱缰的野马、离弦的冷箭，在冰面上自由地旋转。飞一样的速度，让他忘却了疼痛，忘却了害怕，忘却了周围人的眼神，只想着尽情地释放自己，与速度、灵活、奔放融为一体。

接着他开始发明更多的动作，他要将轮滑美化，他要在冰面上舞出自己。潇洒灵动的身影，优美绝伦的动作，他赢得了所有人的瞩目。用他的话说："轮滑没有极限，充满魔力，能带给我很多。"

是的，也许从释放自我的那一刻他就已经成功了。没有成功者的荣耀和花环，没有奖杯，没有所有的功利心理，有的只是靠自己战胜了恐惧和懦弱的喜悦。

道理解读

追逐梦想的途中也许没有鲜花和掌声，但是有释放自我、提升自我的喜悦。人们用实现梦想、克服困难来体现自身的价值。事实上，梦想的吸引力就在于你一次次地摔倒，又一次次地爬起来。

我们不一定非要成功，但是我们一定要实现梦想。梦想是我们的心中所属，在实现它的过程中，我们展现出了最美的自我、最洒脱的人生。

亚历山大的财宝

亚历山大是亚里士多德的徒弟，心胸博大宽阔，是世界上最伟大的君王之一。在他短暂而光辉的一生中，将所有的梦想全部变成了现实。

作为将领，他领导的马其顿王国称霸欧洲，从未打过败仗；作为君主，他的子民虽然经历多年征战，却依旧安居乐业。他智勇双全、英勇无比、目光远大。

他凭借一己之力，带来了希腊和中东文明的共荣，使东方思想和希腊文明的进程加快了800多年。这位伟大的君主，将全世界的人都视为自己的子民，终其一生想当全世界的君王。

每每攻克一座城池，他都会将掠夺到的财富分给自己的部下，然后身无分文地重新出发。尽管亚历山大身无分文，可是他的军队却从未出现过物资匮乏的情况。于是，人们怀疑亚历山大拥有着巨额的财宝，但他不屑于别人的怀疑。

有一句名言叫作“把财富留给别人，把希望留给自己”。亚历山大不想拥有财富，他究竟想拥有什么？

事实上，亚历山大大帝的财宝就是希望，更喜欢肥沃的土地和先进的生存技术。肥沃的土地和先进的生产技术带给了亚历山大获得无尽财富的希望。因此，他的财富取之不尽用之不竭。

道理解读

希望不仅仅是亚历山大的财宝，也是我们所有人的财宝。所有的人都应该带着希望生活。希望是我们获得一切财富和成功的种子，是积极心态的催化剂。有了希望，我们就如同有一颗永不言败的心，没有实现不了的梦想。

神枪手与徒弟

很久以前，有一位非常出名的神枪手收了三名徒弟。徒弟们非常努力，认真地和师傅学习本领。没过多久，神枪手发现徒弟们有一个非常不好的习惯。于是，他决定好好给徒弟们上一课。

这一天，神枪手通知徒弟要带着他们去草原上打野兔。

到了大草原上，神枪手问道：“徒弟们，你们看到了什么？”

大徒弟说：“我看到一片大草原和蓝蓝的天空。”

神枪手听完，摇了摇头。

二徒弟见到师傅的表情，思考了一会儿，说道：“师傅，我见到草原、蓝天、您和师兄弟们，还有野猪、野兔还有鹿。”他尽可能地说全自己所见到一切，原本以为会得到师傅的夸奖。没想到，师傅更加失望了，回过头来恨恨地瞪了他一眼，不再理睬他了。

二徒弟有些疑惑，大师兄看到了两样，师傅不高兴，而我看到了这么多，怎么师傅好像更加不高兴了呢？

这时，神枪手看了看三徒弟，问道：“你呢，你看到了什么？”

三徒弟羞愧地低下头：“师傅我只看到了野兔。”

神枪手闻听，放声大笑。“这就对了，我看你们打野兔，你们的眼睛里就只能有野兔，这样你们的目标才能更明确。如果你们眼中的目标太多，那么还能瞄准目标么？”

从那以后，三位徒弟永远地记住了师傅的话，他们眼中的目标永远只有一个。没过多久，三位徒弟都成了有名的神枪手。

道理解读

神枪手通过打野兔这件事情告诉自己的徒弟目标只能有一个，才能成为真正的神枪手，如果同时树立很多的目标，那就变成了没有目标了，将会导致学而不精，一事无成。徒弟们明白了师傅的意思，从而一心一意专心学习射击，最终全都成为了神枪手。

现实生活也是如此。一个人只有敢于为达到目标而努力，梦想才有可能实现。一心向着目标前进的人，眼睛里除了目标再无其他事物，这时全世界都会为他让路。但是，如果目标太多，就成了没有目标了。

只写过一部书

仅因为一部书就名扬文坛的作家几乎是绝无仅有。而《飘》的作者，美国著名作家玛格丽特·米切尔就是这样一位作家。

玛格丽特·米切尔一生只写过这一本书，之后她便和丈夫过起了深居简出的生活。而她的这部作品《飘》的问世，引起了全世界的轰动，被翻译成 29 种文字，销售量高达 3000 万册。

玛格丽特·米切尔出生于美国南部新生代城市亚特兰大。从小她就对亚特兰大的战争历史感兴趣，常常缠着外婆讲述那个时代的故事。后来，玛格丽特·米切尔长大后，凭借着自己儿时对亚特兰大历史的了解和亲身经历写下了这部举世闻名的爱情故事。

玛格丽特·米切尔的一生是凄苦的一生，历尽磨难，恋人的死去、亲人的死去、婚姻的不幸等。她的情感在字里行间中流露出来。《飘》不是玛格丽特·米切尔凭空虚构出来的，而是她十年磨一剑的作品。

通常，人们只看到成功者享受成功的那一刻，没有人想到他获得成功之前的付出。《飘》的创作花费了玛格丽特·米切尔整整十年的时间。在这期间，玛格丽特·米切尔付出了很多的心血，无数次地撕了重写，从每一个用词开始推敲，查阅了很多资料。玛格丽特·米切尔放弃了所有休息的时间，一心扑在创作上。10年时间，不是10分钟，没有坚强的毅力和律己精神，玛格丽特·米切尔根本坚持不下来。

付出就会有回报，玛格丽特·米切尔花费十年的时间，精心创作的《飘》，经得起岁月的考验，是一部经典的爱情巨著，又是一部反映当时社会政治、经济、文化、道德等诸多因素的宏伟史书。

道理解读

俗话说："十年磨一剑"， 玛格丽特·米切尔为了完成《飘》的创作，做了很久很久的准备，最终一举成名天下知。

"台上一分钟，台下十年功。"没有人的成功是随随便便的，那些光鲜成功的背后是无数个夜晚和白天默默无闻的坚持和付出。

鸡群中的老鹰

一只鹰蛋从鹰巢中滑落下来，掉在了草丛中，被路过的农夫捡到，放进了鸡窝里。鸡窝里有一只母鸡正在孵蛋。于是，这只老鹰蛋便和其他鸡蛋一起被孵化了。

由于小老鹰和其他小鸡长得不一样，大家总是欺负它，说它是最丑的小鸡。老鹰很是自卑，经常一个人躲在角落里。吃饭的时候也总是等到别的小鸡全都吃完了，它才小心翼翼地走过去，吃点残羹剩饭。

一天，天空中飞过一个体型巨大的老鹰。鸡妈妈和小鸡们连忙藏在鸡窝里不敢出来。小老鹰有些好奇，问鸡妈妈："妈妈、妈妈，天上飞过的大鸟是什么，为什么你们都这么怕它？"鸡妈妈连忙将小老鹰叼回鸡窝里，说道："孩子，那是老鹰，天空中最厉害的霸主，有千里眼和飞毛腿，能在很远的地方看到你，并且瞬间飞到你的身边，杀死你。"

小老鹰听完鸡妈妈的描述后，自言自语道："我要是能够成为一只老鹰该多好呀，再也不会有人欺负我了。"

小鸡们听完都咯咯地笑了，指着小老鹰说道："别白日做梦了，你是鸡群里资质最差的，还想成为高高在上的老鹰。"说完，一群小鸡扑了过来。没过多会儿，可怜的小老鹰就被小鸡们咬得遍体鳞伤。小老鹰伤心地躲在角落里落泪。

这时，鸡妈妈走了过来，说道："可怜的孩子，妈妈一直都相信你就是老鹰的后代，所以你才与大家长得不一样。"

"是么，我真的是老鹰的后代？"小老鹰连忙问道。

其实鸡妈妈并不知道它就是老鹰的后代，只是不希望小老鹰一直这么自卑下去，就编了这样一个善意的谎言。

很快，小老鹰不再自卑了，每天都昂头挺胸的，动不动就跑到后山上练习飞翔。它不再在乎小鸡们的嘲讽，它坚信终有一天自己会像老鹰一样展翅高飞。

终于，在一个电闪雷鸣的午后，迎着轰隆隆的雷声，小老鹰张开翅膀在天空中翱翔。

道理解读

小老鹰出生在鸡窝了，一直认为自己是最丑的小鸡，以至于受到其他小鸡的欺负。直到它相信自己是老鹰的后代，开始刻苦的训练，终于练就了一身本领，展翅高飞了。现实生活中的你，也是一只遗落在鸡窝里的老鹰。

燕雀焉知鸿鹄之志

在古老传说中，北海有一条大鱼，名为鲲。后来，鲲变成了一只大鸟，名为鹏。大鹏鸟从小就有远大的志向，它要翱翔九天，飞到云朵上面。

有了这个志向，大鹏鸟每天都刻苦练习飞翔，增强双翅的力量。下雨时，大鹏鸟冒着雨练习，雨水淋湿了他的羽毛，飞向天空时，身体很冷，忍不住地颤抖，可是大鹏鸟依然咬牙坚持着。刮风时，风卷着沙石重重地击打着它的身体，大鹏鸟依然坚持练习。即使是受了伤，也从未间断过。

生活在农家屋檐下的小燕雀，见到大鹏鸟拼命的样子，连忙劝说道："鹏鸟大哥，你快歇歇吧，看这天气，一时半会雨都不会停，身体都淋湿了。"

大鹏鸟看了看躲在屋檐下的燕雀，没有说话，双翅一用力，向天空冲去。

燕雀看着风雨中的大鹏鸟，摇了摇头："不听劝，算了，我只管自己躲在温暖的小窝里，风吹不到，雨淋不到就行了。"说完，一歪头，美美地睡着了。

日子一天天过去，大鹏鸟凭着坚定的决心终于练出了强壮的身体。它有像泰山一样高的脊背，翅膀展开时可以遮蔽太阳。

于是，这一天，大鹏鸟来到南海，它决定飞翔。只见它击水而行，足足飞翔了三千里。然后，展翅高飞一直飞出九万里，连云层都在它的下边。

见到大鹏鸟飞翔的场景，燕雀漫不经心地摇了摇头，"好端端地飞那么高做什么，就像我们用力向上飞，能够飞上枝头不就可以了么？"

从此，燕雀只能在低洼之地抬头仰视高高在上的大鹏鸟了。

道理解读

故事中的燕雀没有远大的抱负，甘心在农户的屋檐下生存，最终只能飞上枝头；而大鹏鸟自小立志要翱翔九天，于是刻苦练习，终于修成正果，实现了梦想。这个故事告诉我们有什么样的梦想就会拥有什么样的人生。平庸的人是不能够理解有雄心的人的志向的。我们要学习大鹏鸟，树立远大的志向，不要着眼于眼前，胸无大志。

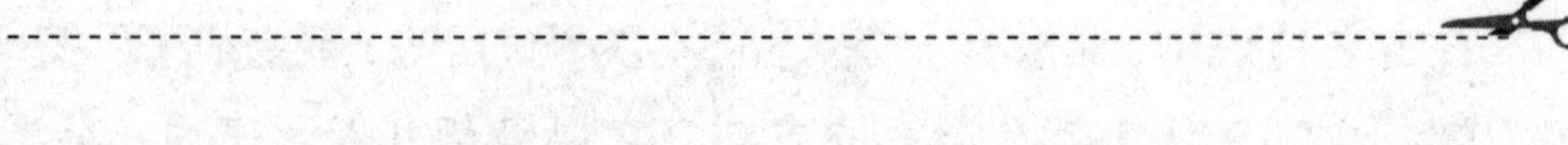

跳芭蕾舞的骆驼

一只身体健硕的骆驼，决心成为一名芭蕾舞演员。于是，在骄阳似火的大沙漠上，骆驼开始一次又一次地练习。由于骆驼的体型太大了，各种基本姿势做起来非常困难。没练多会儿，骆驼就开始大汗淋漓。

骆驼的朋友见它如此辛苦，纷纷劝它放弃。可是，骆驼似乎铁了心，非要坚持下去。就这样，骆驼在酷热的沙漠中坚持练了好几个月。

这一天，骆驼在练习完之后，自言自语道："还是很不错嘛，应该可以邀请朋友们观看我的演出了。"于是，骆驼邀请了一些朋友和芭蕾舞评论家来观看自己的演出。

舞台上，骆驼笨拙地表演完所有的动作之后，向台下的观众鞠了一躬。可是，没有掌声响起。台下的观众你看看我，我看看你，全都默默地低下了头。有个别观众甚至还出言不逊："天啊，这简直是我见过的最难看的芭蕾舞表演了。"

这时，一位评论家打破了尴尬的气氛，直言不讳地说道："骆驼先生，我必须坦率地告诉您，您的动作非常难看，根据您的身材，您永远也成不了合格的芭蕾舞演员。所以，您还是放弃吧。"

骆驼听完之后，擦了擦脸上的汗水，说道："对我而言，我已经做到最好了。现在我很满意自己的舞姿。跳芭蕾舞是我的梦想，我会一直坚持下去的。"

听完骆驼的话，观众们被它的精神打动了，不约而同地鼓起掌来。在掌声中，骆驼先生再一次翩翩起舞。奇怪的是，这一次，大家竟然觉得它的舞姿非常美妙。

道理解读

知足者常乐。骆驼为了实现梦想，拼劲全力，即使得不到所有人的认可，他依然觉得很快乐，因为它看到了自己的进步。一个不知满足的人，无论他取得多么大的成绩也不会感到快乐的。只有那些懂得珍惜眼前的人，才能感受到真正的快乐。

因此，我们不要去在意别人的目光，大胆做自己就好了。

癞蛤蟆先生的轮船

这一天，癞蛤蟆先生攒够了钱，决定带全家乘轮船出去旅游。他们一家乘坐着轮船游遍了祖国的名山名水。回来之后，癞蛤蟆先生久久不能平静。

“坐船的感觉真好呀，尤其是船长先生的工作，真是令人羡慕呀。稳稳地坐在船舱里，拿着望远镜，指挥着轮船航行，简直是世界上最享受的工作了。”癞蛤蟆先生对他的孩子们说道。

看着爸爸意犹未尽的样子，儿子小癞蛤蟆说道：“爸爸，我们可以自己造一艘轮船，您来当船长，我们当船员。然后我们全家就开着轮船四处游玩。”

“这个主意好呀，我怎么没想起来呢？我的孩子，你太聪明了。”癞蛤蟆先生说道。

第二天，癞蛤蟆先生便带领全家一起造船。他们砍下湖中的荷叶，用荷叶做船体，然后又找来芦苇做轮船的桅杆……

正当癞蛤蟆一家忙得热火朝天时，一只青蛙蹦了过来，“我说癞蛤蟆大哥，你们这是在做什么？”

“我们在造轮船呀。很快我们就会拥有一艘自己的轮船了。”癞蛤蟆先生显得有些激动。

“天呀，太可笑了，你竟然想到造轮船，真是痴心妄想，难怪别人总是说你想吃天鹅肉。”青蛙呱呱地说个不停，仿佛癞蛤蟆做了一件特别搞笑的事情。

“谁说不可以呀，即便是我真的想吃天鹅肉一样可以吃到。”说完，癞蛤蟆继续忙着造船，不再理睬青蛙先生的嘲讽了。看着癞蛤蟆先生认真的样子，青蛙觉得有些尴尬，呱呱了两声便走开了。

癞蛤蟆一家经过不懈的努力，终于造出来一艘轮船。绿油油的船身在碧水中显得格外的漂亮。很快，癞蛤蟆一家登上了他们的小轮船。癞蛤蟆先生担任船长，孩子们做船员，一家人玩得不亦乐乎。一旁的青蛙先生，羡慕地看着它们。

道理解读

世上无难事，只怕有心人。实现梦想不是一件困难的事情，只要我们肯用心去做，梦想终有实现的一天。就像故事中的癞蛤蟆先生，它一直坚信自己能够造出轮船来，最终实现了梦想，造出了轮船。

想高飞的小公鸡

稻谷田里，鸡妈妈正带领着孩子们悠闲地散步。没过多久，小鸡们的肚子就开始咕咕地叫了。鸡妈妈只好为孩子们寻找食物。只见，鸡妈妈一跳一跳，没有几下，就找来了很多的谷子和虫子。小鸡们你争我抢地吃了起来。

吃完之后，鸡妈妈决定教小鸡们飞翔的动作。它将小鸡们领到草地上，指着草叶上的虫子说：“孩子们，看到了吧，小虫子在那里。现在你们试着扇动自己的翅膀，飞翔起来吃到叶子上的虫子。”

于是，小鸡们开始不停地扇动翅膀，企图吃到草叶上的虫子。看着哥哥姐姐们全都在认真地练习，小公鸡觉得很无聊，它东看西看，就是不肯认真地练习。鸡妈妈走了过来，用力地敲击了一下小公鸡的脑壳：“你这只淘气鬼，不许偷懒，赶快练习。”小公鸡不服气地说道：“根本不用练习了，我能飞得更高。”说完，小公鸡用力一跃，果然飞得不低。

这时，天空中传来一阵长鸣声。小公鸡抬头一看，只见天空中一只老鹰飞得好高呀。小公鸡羡慕地说道：“我也想像老鹰一样飞得高高的。”

鸡妈妈听到之后，轻轻地拍了一下小公鸡的头，说道：“淘气的小公鸡，你为什么不能像你的哥哥姐姐那样认真地练习呢？飞得那么高有什么用呢？高空中有虫子等着你抓么？”小公鸡揉了揉小脑袋，不好意思地笑了。

鸡妈妈接着说：“作为公鸡，你只要能够飞上草叶就可以了，太高你吃不到虫子，太低你也吃不到虫子。”

于是，小公鸡开始认真地练习，低了努力往高了飞，高了就适当调整。就这样，久而久之，小公鸡不再渴望成为老鹰了。它能恰到好处地飞到刚好捉到虫子的高度处，既不高也不低。

道理解读

想高飞的小公鸡树立了一个不适合自己的梦想，暂且不论小公鸡有没有能力飞得像老鹰一样高，只是飞得太高的确对它捕食没有任何的好处。梦想的确立不是盲目的，需要结合实际和自身的情况，确立一个真正适合自己的目标。梦想无所谓好坏，适合自己的才是最好的。

“空想家”小狮子

小狮子的爸爸是威风凛凛的森林之王。从小见惯了父亲高高在上发号施令的样子，养成了它桀骜不驯的性格。小狮子心想：“等我长大之后，也要向父亲一样，受百兽的爱戴。”从此，小狮子觉得自己与其他小动物不一样，自己生来就要做大事情。

小狮子的妈妈每每吩咐小狮子做一些力所能及的小事情时，小狮子总是拒绝，它仰着头，对母亲说道：“我是要做大事情的，这些小事还是让别人做吧，不要浪费我的时间。”

其他的小伙伴请小狮子帮点小忙时，小狮子也总是拒绝：“我是做大事情的，怎么能做这些小事情呢？”

就这样小狮子每天都无所事事地闲逛，因为没有任何大事情需要它做。久而久之，其他的小动物开始嘲笑小狮子，并且给它起了一个外号“空想家”。只有小狮子依然沉迷于做大事情的幻想中。

这一天，小狮子的爸爸决定帮助儿子改掉这个坏习惯。他对儿子说道：“孩子，任何做大事情的，都是从做好小事情开始的。试想如果一个人连小事情都做不好，那么他怎么能够做好大事情呢？”

小狮子觉得父亲说得有些道理，但是它不愿意就此认错：“可是，如果总是做小事情，那么我就没有时间做大事情了。”

老狮子想了想，从兜里拿出一些种子，对小狮子说道：“这些种子能开出最美丽的花朵，谁能把它孕育出来，就是最聪明的人。这个大事情你能做好么？”

小狮子晃了晃小尾巴，说道：“很简单呀，只要把花籽埋进土里，定期给它浇点水，过几天鲜花自然而然就长出来了

父亲点了点头：“是呀，一株植物想要开出美丽的花朵，需要先将自己埋进土里，那么你想要做大事情，应该怎么做呢？”

小狮子顿时觉得脸上火辣辣的。

道理解读

小狮子的故事告诉我们，要想成功，就必须踏踏实实地做好每一件小事情，不能眼高手低、心浮气躁。没有扎实的基础，就不可能造出万丈高楼。

第二章
坚持信念：努力付出就一定会有所收获

信念是人生中的一座灯塔，在将你引入风雨旅途的同时，也能带你步入成功的彼岸。一路坚守着信念，冲破一切借口和困难，便会创造一个美好的人生。

信念是一面旗帜

美国历史上第一位黑人州长罗杰·罗尔斯，出生在纽约一处肮脏的贫民窟里。周边不仅环境糟糕，还充斥着罪恶，是犯罪者和堕落者的天堂。在这儿出生的孩子，很多成为了社会的败类、渣子。他们从小耳濡目染，除了打架斗殴、偷窃、吸毒、欺负弱小，什么本领也没有。在这样的环境下，罗杰·罗尔斯出淤泥而不染，不仅没有堕落，反而考入了大学，最终成了纽约州的黑人州长。

每当罗杰·罗尔斯回想起自己成功的经历时，总会想起他的小学校长皮尔·保罗。 罗杰·罗尔斯说："没有校长，也许我今天我也是一名恶棍。"

1961 年，皮尔·保罗走进了这所诞生罪犯的小学，他见到的是，孩子们不学习、旷课、打架、辱骂老师、破坏学校公物等。皮尔·保罗没有被眼前的情景吓住，他想了很多办法，企图引导孩子们步入正途。遗憾的是，皮尔·保罗的方法都没有奏效。 不过，他一直在努力把这些孩子带出泥沼。

这一天，罗杰·罗尔斯迟到了。为了躲避老师没完没了的批评，罗杰·罗尔斯决定从窗台上跳进教室，刚巧被皮尔·保罗逮个正着。没想到，皮尔·保罗校长不仅没有批评他，反而对他说道："从我第一眼见到你，我就知道你一定会成为纽约州的州长。"

罗杰·罗尔斯闻听惊讶不已。他很难想象自己将来会成为州长。他将校长的话深深地记在了心里，并决定以此为目标努力奋斗。

从那天起，"纽约州州长"就像埋在罗杰·罗尔斯心里的一面旗帜，时刻引导着他约束自己。罗杰·罗尔斯不再浑身是泥了，不再污言秽语，不再无所事事。他有了明确的方向，走起路来也精神抖擞的。

终于，在罗杰·罗尔斯 51 岁那年，真的成为纽约州州长。在就职演说中，罗尔斯说："信念值多少钱？信念是不值钱的，它有时甚至是一个善意的欺骗，然而你一旦坚持下去，它就会迅速增值。”

道理解读

信念是一面旗帜。罗杰·罗尔斯自从树立起“成为纽约州州长”这面旗帜，不再堕落开始努力上进，最终真的成为了纽约州州长。现实生活中的我们，也要坚定信念，让它作为旗帜，指引我们走向光明，走向成功。

坚持到底就是胜利

一个年轻人路过一间画廊，只见一位老人正在一张张地撕毁已经画好的画。年轻人觉得很可惜，便问道：“你为什么要撕掉它们呀，画得这么好，多可惜呀。”老人并没有理睬他，只顾着撕毁那些画卷。终于，老人撕完了最后一张画，抬起头来，对年轻人说道：“这些画没有画好，所以决定毁掉。”

年轻人接着说道：“可是它们看起来问题并不大呀，你花费了那么多的时间和精力绘制而成的，太可惜了。”

老人不以为然，说道：“有什么可惜的，只要我用心画，终有一天会画出令自己满意的画来。”

年轻人备受鼓舞，的确，只要坚持下去，不放弃，梦想终有一天会被实现的。

第二天，年轻人决定去远方实现梦想去。在陌生的城市里，他吃尽了苦头。为了生存，他做过建筑工人、搬运工人、清洁工人。尽管每天都很累，做的工作也总是很脏，但是，他没有想过放弃。他相信只要自己能够坚持到底，终有一天可以出人头地。

一年、两年、三年，时间一点点地过去，年轻人的生活依然很艰苦。前途一片灰暗，年轻人有些灰心。但是，每当他想起那名画师的话时，心中的阴暗就会一扫而光，然后精神饱满地出去谋生活。

皇天不负有心人，年轻人的坚持终于有了回报。他和几个朋友合伙开了一家小餐馆。别看店面小，可是他们选的地点好。附近有一座办公大楼，每天前来吃饭的人络绎不绝。没过几年，年轻人和他的朋友们纷纷在城市里立足，并收获了爱情，有了自己的小家。

道理解读

萧伯纳曾经说过："多走一步，就可以缩短一步接近成功的距离。胜利就在前方，你的任务就是坚持，就是再多走一步。"人在奋斗的过程中，不论遇到什么事情，不论经历多大的坎坷，都不要放弃，不要回头看，要坚定信念，义无反顾地坚持下去。我们要永远记住：坚持到底就是胜利。

居里夫人和镭

著名女科学家居里夫人，从理论上推测到了新元素镭的存在。然而，这一推论没能得到巴黎大学董事会的认可，因此，他们拒绝为居里夫人提供所需要的实验室和实验器材。

为了证实镭的存在，居里夫人只好租下一个破旧不堪的棚子作为"实验室"。由于居里夫人家庭贫寒，为了能够节省开销，她独自去矿上收集沥青矿渣，然后用大麻袋运到实验室。

当然了，在这个所谓的实验室里，实验器材竟然是一口煮饭用的大铁锅和一根棍子以及一些必要的试剂和试管。居里夫人每天做的实验就是用那根大棍子不停搅拌着煮沸的沥青液体。在那个密不透风的小棚子里，居里夫人期待着有一天可以证实自己的猜想。

居里夫人的猜测在 4 年之后得到证实。在这四年中居里夫人每天都在不辞劳苦地做着化工厂工人应该做的粗活。实验室外面足足堆积了整整 8 吨的矿渣。居里夫人满怀期望地等待着奇迹的诞生，不想等来的结果却是一小团污迹！

失望之至的居里夫人回到了家，躺在床上，久久不能入睡。她不甘心就这样放弃，她坚信自己的推论不会有错，可是为什么最终得到东西不是白色的晶体呢？居里夫人百思不得其解。忽然一个念头闪过："谁说镭一定是白色的晶体呢，也许它的颜色就是黑色的。"想到这里居里夫人立即从床上爬起来，连夜赶到实验室。

在漆黑的夜里，实验室里那团乌黑的东西，散发着耀眼的光芒！就这样，具有极强放射性的元素镭诞生了。居里夫人惊喜地叫了出来。

道理解读

很多时候，我们是对的，只是因为不能坚持，顶不住压力而放弃了正确的思想。坚定信念、相信自己是成功的内在要素。故事中镭的发现，与居里夫人勇于坚持己见的精神是分不开的。没有坚定的信念，面对如此恶劣的环境，居里夫人根本坚持不下来。信念是一种强大的力量，可以帮助我们克服一切困难。我们要学习居里夫人这种坚持信念、永不放弃的精神。

自信成就未来

亚伯拉罕·林肯是一位伟大的政治家。在他小的时候，家里很穷。父亲为了一家人的生计，做过很多工。小林肯也经常利用课余时间帮助父亲做家务。后来，林肯曾形容自己的童年是一部"贫穷的简明编年史"。就是在这样的环境里，林肯也从来没有怀疑过自己的能力，他坚信自己终有一天会成功。

随着林肯长大，他渐渐涉身政治领域。在那个种族歧视思想根深蒂固的年代，林肯大胆地抨击黑奴制度。他的勇敢和自信赢得了很多人的支持，同时也触碰了很多人的利益，得罪了很多人。但是，林肯坚信自己的思想是对的，是进步的思想，因此无论多么困难，他都勇敢面对。

他 51 岁的时候，成为共和党的候选人，与史蒂芬·道格拉斯竞争总统的职位。当时的竞争场面非常激烈，二人获得的民众支持也几乎不相上下。在这千钧一发之际，任何一个小小的纰漏都会导致竞选的失败。林肯和史蒂芬·道格拉斯都不敢有丝毫的松懈。民众也为难，不知道该选谁。就在此时，一位记者提问道：“如果让你们自己投票，你们会把手里的票投给谁？”这个问题出乎所有人的意料，大家都静静地看着两位总统候选人会怎么回答。

经过短暂的思考，史蒂芬·道格拉斯表示不知道该怎样回答这个问题。而林肯却面带微笑地答道：“我会投给我自己，因为我相信没有人会比我做得更好。”回答的是那么肯定。民众不得不为他强大的自信和勇敢喝彩。最后，林肯赢得了竞选，成为了美国历史上最伟大的总统之一。

道理解读

自信是一种力量，是战胜困难的利刃，是通往成功的锁钥，一个人拥有了自信，就拥有了成就未来的能力。法国浪漫主义作家罗曼·罗兰曾说过：“人能在一生之中取得成功，亦必只有一个源头，而这个源头唯有自信。”的确，这就是自信，它可以成就未来。

人生不应有下一次

几个学生向苏格拉底请教成功的秘诀。苏格拉底清楚他们的来意之后，没有多说什么，只是将他们带到一片果林边。学生们看着眼前的果林，不明白老师的用意。这时，苏格拉底对学生们说道：“现在，你们纷纷走进果林，找到自己认为最满意的果子。记住，你们只有一次选择的机会。”说完，苏格拉底向林子的另一头走去。

学生们按照苏格拉底的要求，纷纷走进果林，寻找他们认为最满意的果子。

很快，同学们都拿着果子，来到林子的另一端。此时，苏格拉底已经在那里等候多时了。见到学生们手里都拿着水果，问道：“你们都找到最满意的果子了么？”

这时，一个同学大声地说道：“老师，我想再来一次。因为之前我进到林子里时，见到一个光滑的果子，可是我觉得后面可能还有更好的，所以就没有摘它。结果等我走出林子后，也没有发现比它再好的果子。

所以，我想重新来过。”

苏格拉底问道：“想要重新来过的同学请举手。”

只见同学们纷纷举起手来。苏格拉底数了数举手的人数，笑着说道：“嗯，为数不少嘛。看来大部分同学都想重新来过呀。遗憾的是，人生没有第二次机会。”

“老师什么意思呀？”一名学生有些没有听明白。

苏格拉底说道：“同学们，你们的人生就是一条永远无法回头的单行道，只有一次机会，永远没有下一次。记住我今天说的话吧。”

听完苏格拉底的话，同学们都陷入了深思……

道理解读

每个人的人生都是一条无法回头的单行道。因此，我们没有重新来过的机会。既然人生没有下一次，那么面对仅有一次的人生，我们应该认准目标，坚定不移地进行下去，努力释放自己的生命，做任何事情都尽心尽力，力求无怨无悔，不要等到事情到了无法挽回的地步再后悔。

我们应该怀着仅有一次的态度认真地度过生命中的每一天，当天的事情，当天完成，不要遗留到明天，努力减少失误和遗憾。这样的人生才更加有价值。

永远不要放弃梦想

当杰克第一次踏上闻名遐迩的纽约时，他只有 24 岁，年轻力壮，却身无分文。

杰克有一个梦想，他想成为白手起家的富翁，为母亲在纽约最繁华的地方买一栋房子。当然，为了实现梦想，首先需要在这所城市立足，杰克决定先找一份工作。因为他既无资本，也无特殊的技能，最终只能找到一份看仓库的工作。

在别人看来杰克相貌堂堂，高大威武，当一名库管员的确有些屈才了。而杰克却不那么想，他没有忘记自己的梦想，尽管现实与梦想的差距很大很大，但是他从来没有想过要放弃。杰克利用看仓库赚来的钱，维持自己的生存，还买了很多书籍，让他能够积攒力量，为了以后能够做大事情。

杰克在工作岗位上，认真负责，忠于职守。到了下班时间，杰克利用一切可用时间阅读各种经济和财务的书籍。很快，杰克的知识增进很快。杰克得到了老板的赏识，他非常赏识杰克勤奋学习的精神，将他调到了业务部。岗位换了，杰克的心却没有变，他没有忘记自己的梦想，一如既往，兢兢业业，做出了良好的工作业绩。

很快，杰克职位又提升了。步步高升的杰克，此时已经积攒了足够的财富。他没有忘记最初的梦想，认为时机到了。于是，杰克果断地辞去了工作，独自创业。

杰克利用这些年积累的人脉和经验很快就取得了生意上的成功，获得了高额的利润。随着财富的增加，杰克没有忘记梦想，他继续努力奋斗，频频出击。终于在一年后，杰克开始接触房地产行业。生意越做越大，此时的杰克已经拥有了近十套高级别墅了。

道理解读

梦想和现实之间存在着很大的差距。很多人在经历了诸多困难之后，决心开始动摇，一点点地放弃理想。这样的人是永远也无法实现梦想的。人生最大的错事就是放弃梦想，无论遇到多少困难和障碍，请永远不要放弃梦想。要坚守你的信念，脚踏实地地往前走，梦想终有一天会实现。

巴拉昂的遗嘱

巴拉昂是法国著名的大富翁之一。然而，他的财富却没有办法延长他的寿命。1998 年，巴拉昂病死在法国的博比尼医院。临终之际，巴拉昂留下了一份遗嘱。在遗嘱中，巴拉昂搞了一次有奖竞猜，奖金为 100 万法郎，谜题就是："穷人最缺少的是什么？"

巴拉昂死后，法国多家报纸同时刊登了他的遗嘱。顿时，整个法国轰动了。人们纷纷写出了自己的答案，寄往报社。成千上万的答案中，有的说，穷人最缺的是机会；有的说，穷人最缺的是资金；有的说，穷人最缺的是思想；还有的说，穷人最缺的是信息……答案五花八门。但是始终没有人能够答出巴拉昂期待的答案。

事情就是这样，当人们开始渐渐绝望的时候，新的转机总会出现。就在巴拉昂逝世一周年之际，有人拿到了这笔奖金。令人惊讶的是，拿到这笔巨额奖金的竟然是一个只有 9 岁的小女孩。

小女孩的答案和巴拉昂留下的答案一模一样：穷人最缺少的是野心。很快，巴拉昂遗嘱的执行人将这笔奖金交到了小女孩的手中。在她领奖的时候，记者们问道："你怎么会想到这个答案呢？"

小女孩天真地回答道："因为每当姐姐将她的男朋友领回家时，总是悄悄地警告我'不要有野心'。因此，我想野心应该是个很神奇的东西，能够让人得到想要得到的一切。"

答案揭晓了，人们都陷入了沉思，"这么浅显的答案，甚至连一个 9 岁的孩子都能想到，为什么成年人想不到呢？"巴拉昂通过这个活动想要告诉人们一个最简单的道理，人人都知道，只是总是把它忘记：不想当将军的士兵不是好士兵。

道理解读

想要成就一番事业，就必须有点野心。野心是人前进的动力，积极进取的内在需求。一味地安于现状不是好事情，"不安于小成，然后足以成大器"，在努力奋斗的同时，加上一点野心，说不定结果可能会更加美好。

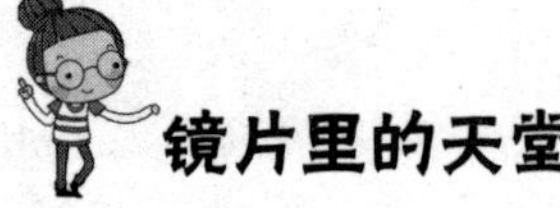

镜片里的天堂

初中毕业后的列文·虎克，决定靠自己的能力养活自己。于是，他告别了家园，来到了附近的小镇上。经过努力，列文·虎克终于找到一个工作——替镇政府看大门。

列文·虎克是一个平庸的普通人，没有远大的志向，他非常满意自己的现状。在看门的岗位上，一干就是60年。就是这样一个普通的看门人，却得到了英国女王的接见。

看大门的工作非常清闲，也很无聊。年轻的列文·虎克经常会觉得无所事事。为了打发时间，列文·虎克不得不找点业余爱好来打发时间。于是，列文·虎克开始磨玻璃。这个爱好既费时又费力，刚好符合列文·虎克的需求。就这样，列文·虎克每天都磨呀磨呀。和他的工作一样，一磨就磨了60年。列文·虎克磨玻璃的技术远远超过了专业磨镜师。

然而，列文·虎克此时并不知道自己磨出的镜片有什么用途，只是实在无聊的时候，他会将镜片贴在眼睛上。这一贴，列文·虎克竟然看到了一个令人惊讶的世界。通过镜片，列文·虎克竟然看到了很多肉眼看不到的东西，也就是现在人们常说的“微生物”。

事实上，列文·虎克磨出来的镜片放大倍数远远超过了当时的科学水平。就这样，显微镜被发明出来了。至此，只有初中文化的列文·虎克，被巴黎科学院授予了院士头衔，并得到了英国女王的接见。

大名鼎鼎的荷兰科学家列文·虎克，在他平淡无奇的人生中，发明了一双能让人类看到另外一个世界的眼睛。

道理解读

列文·虎克创造了一个奇迹。这不是一个偶然，而是必然的。当一个人能够花费60年的时间做一件事情，那么，这件事情一定可以带给他奇迹。生活中，我们不要轻视生活中任何一个细节，认真地对待它们，要知道奇迹来源于生活，人生的每一次质的飞跃，都是有无数个细微的小事组成的。

山谷里的白百合花

在一个深不见底的深谷中，溪水潺潺，四季如春，生长着很多不知名的杂草。一天，风姑姑来到这里，见到满地的杂草，竟然没有一朵鲜花的点缀。于是，风姑姑悄悄地留下了一颗百合花的种子。

百合花的种子在土壤里生根，它努力地钻出地面，和绿油油的杂草们一起生长。没有开花的百合花，看上去就像是一株杂草。

“你好呀，小兄弟，新来的吧，我怎么从来没有见过你呀？”一株高大的杂草问道。

百合花非常有礼貌地回答道：“是的，我才来到这里没有多久。这里温暖如春，还有这么多杂草朋友，我非常喜欢这里，相信在这样优美的环境里，我能很快开花的。”

“什么，开花，开什么玩笑，杂草怎么能开花呀。你不会把自己当成是花了吧？”杂草们都笑了起来。

“是的，我真的就是花，我的名字叫做百合。我能开出特别漂亮的花朵，到时候你们都能闻到我的花香。”小百合天真地答道。

杂草们听完小百合的回答，笑得更加厉害了：“愚蠢的家伙，你说大话的样子可真可爱呀。”

“我们不要理睬它了，明明是一株草，非要把自己说成是花，太虚伪了。”杂草们纷纷扭过头去，不再理睬可怜的小百合。小百合很是伤心，它想让大家能够相信它。可是，任凭小百合反复地解释，杂草们就是不愿意相信它。最后，小百合不再解释什么了，心想：“你们等着吧，等到我开出漂亮的花朵时，你们就会知道我说的是真的。”

从那以后，小百合开始认真地成长，积攒能量。终于，小百合开出了美丽、洁白的花朵，花香四溢。杂草们闻见花香，纷纷转过头来，见到小百合真的开出了美丽的花朵，全都目瞪口呆，再也不敢嘲笑它了。

道理解读

百合花面对杂草的质疑和嘲讽，没有屈服，而是默默地提高自己的实力，等到时机成熟之后，用实力证明了自己。生活中，当我们面对别人误解和嘲讽时，过多的解释是没有用的，生气和愤怒也没有用，只有静下心来，好好提高实力，让自己变得强大，用实力来证明自己。

信念的力量

那些年，他穿着一双打了补丁的破球鞋去十里外的镇上上学。他对人说："我想去北京生活。"人们笑了，"你是咱们这个小村落里的毛孩子，能不能离开农村都不好说，还想要去北京。"他没有再说什么了。后来中考结束后，他考上了中专。村里人说："娃子，你这下子可出息了，考上了中专，就意味着有铁饭碗了，脱离庄稼地了。"他说："我想去北京做大事。"其他人不说话了。

三年之后，他毕业了，偏偏赶上新政策，国家不负责分配工作了，毕业生需要自己找工作。村里人都为他惋惜："这下大学白考了。"只有他还在重复着那句话："我要去北京生活。"第二天，他收拾行囊，踏上了去北京的列车。

来到北京，他才发现，原来自己的学历是那样的低。他开始跑业务、发传单，为了节省开支，他住地下室。一年之后，他回到村子里。人们一看，有些心疼他，"外面的世界不好闯，实在不行就回来吧，村里的生活也很好，你看你现在穿的衣服还是走得时候的那件，只是更破了"。

尽管日子很难过，他还是重复着那句话，"我要去北京生活"。

没过多久，他怀揣着母亲做的千层饼离开了村子。之后，一连几年不曾回家。当村里人渐渐忘记他时，一位去北京上大学的孩子回来说道："他成功了，现在有自己的公司了，在北京买了一栋办公大楼。"人们这才想起他，一个模模糊糊的背影，瘦瘦小小的。于是，村里人成群结队地去北京看他。的确他成功了，成了大老板，他热情地接待村民。看着眼前那张似曾相识的面孔，村民们都有些迷糊，"他真的成功了？"

道理解读

如果将人生比作赛道上奔驰的跑车，那么信念就是油箱里的油。只有油是满的，车子的动力才十足。这就是信念的力量，它能驱动我们的人生：在我们克服困难的时候，激励我们，给我们力量；在我们遭遇失败的时候，鼓励我们，给我们重新站立的勇气；在我们想要放弃的时候，支持我们，给我们坚持下去的理由……

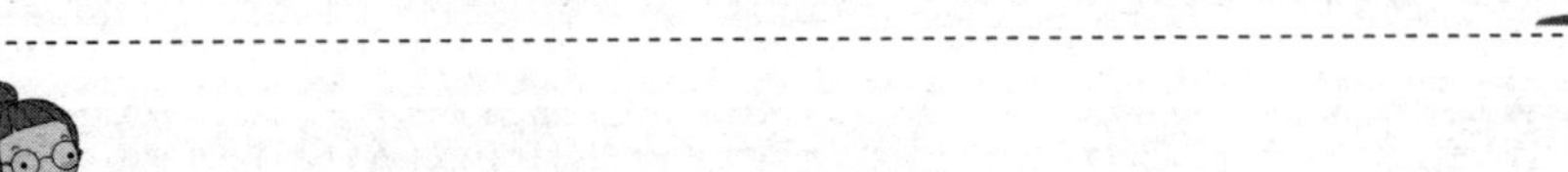

意料之外的回报

年轻人不愿意在继续朝九晚五的单调生活了，于是，他选择了辞职。刚巧美国的一家公司正在招聘，他决定试一下。

面试很严格，需要通过三个部门经理的考核。

第一个环节是人力资源部的考核。经理问道："你理想的工资是多少呀？"

年轻人回答道："要求不高，和其他员工一样就可以了。"

"抱歉，每一位员工都有不同的作用，所以我们的员工没有相同的工资。"经理说道。

看着人力经理那张冰冷的脸，年轻人意识到自己的答案没有符合他的要求。他连忙转动大脑，"是这样呀，请原谅我对贵公司薪酬制度的不了解。根据我的实力，我理想的工资是六千元。"

"能说一下理由么？"人力经理刚要递回简历的动作停止了。

"我有一定的经验，因此，我的工资不能是最低一级的。可是我还有很大的空间需要上升，因此我的工资也不能是最高一级的。综合考虑我选择了中档。"年轻人理性地回答道。

人力经理微微一笑："符合我的胃口，人嘛就应该有准确评估自己的能力和勇气。恭喜你通过了我的面试。"

到了第二个环节：部门经理的面试环节。毋庸置疑，部门经理所关心的是他的技术水平。年轻人很顺利地通过了。

最后一个面试官是公司的老总。当他进入老总办公室时，老总正在打电话，示意他坐下。接着指了指他的公文包，示意他帮忙拿过来。

年轻人没有多想，直接将公文包递给了老总。考虑到他正在打电话，年轻人顺手将公文包的拉链拉开，撑起公文包，以方便老总拿里面的东西。

终于，老总这个漫长的电话打完了，他看了看眼前的年轻人，说道：

"你通过了，明天就来上班吧。工资为人力资源部既定工资水平两倍。"

年轻人惊呆了："为什么呀？您什么都没问呢。"

老总回答道："我需要真心替我着想的员工。"

道理解读

付出一定会有回报。当然，意料之外的回报不一定总有。但是，只要我们肯付出，愿意多付出一点，那么收获意料之外的回报是非常有可能的。不试试你怎么知道呢？

一盆白色金盏花

很久以前，美国的一家园林机构在报纸上刊登了这样一则消息，在全国范围内寻求纯白色金盏花的花种，并声明有丰厚的奖金。赏金数额，让每一个看到这个消息的人都心动不已。

这件事情轰动了整个国家，所有的人几乎在一夜之间都知道这个消息了。大家纷纷开始种植金盏花。可是，一直以来，金盏花只有两种颜色：金色的和棕色的，从来没有人见过白色的金盏花。看来想要得到白色的金盏花，就必须孕育新品种。按当时的科学水平，想要培育出新品种的植物，简直就是异想天开。所以，没过多久，大家便开始放弃。

一晃二十多年过去了。很多人都已经想不起当年的这个消息了，甚至连那家发消息的园林机构都已经忘记了这件事情。然而就在这时，这家园林机构收到了一件邮包。那是一件来自偏远乡下的邮包。园林机构的负责人打开一看，里面装的竟然是100粒纯白色金盏花的种子和一封应征信。

纯白色金盏花种子？是何方神圣竟然培育出了自然界里根本没有的新品种。带着这个疑问，园林机构的负责人读了那封信。

原来，寄花种的竟是一位年逾古稀的老人。当年老人无意间从报纸上得知那则消息之后，便开始购买了大量的金盏花种子种下。一年之后，金盏花开花了。老人从这批金盏花中挑选颜色最浅的花种继续种植。

第二年，老人又如法炮制，挑选出颜色最浅的金盏花花种种植。

就这样，日复一日，年复一年，老人每年都会挑选出颜色最浅的金盏花花种。直到二十多年后，老人种植的金盏花中终于出现了一朵白色的金盏花。

就这样，老人二十多年的坚持终于有了回报。园林机构的负责人被老人坚持不懈的精神打动，立刻兑现当年的承诺。老人得到了一大笔令人羡慕的奖金。

道理解读

故事中的老人二十多年一直坚持不懈地朝着目标前进，终于，量变达成质变，老人做成了一件看似不可能的事情。我们要向故事中的老人学习，不轻言放弃，无论遇到怎样的困难，都坚定不移、坚如磐石。实现梦想会遇到很多困难，只要我们能够坚持、不放弃，终有一天梦想会实现。

只有“付出”，才能“杰出”

一个平凡的女孩，相貌平平，能力平平，上的大学也很普通。她从小喜爱文学，每天都在不停地创作和阅读。平凡的大学生活，给了她足够的时间和空间投身于文学创作中。

后来，她以普通的成绩，从大学毕业。依旧平凡的她来到葡萄牙发展事业，并与当地的一名记者结婚。结婚后的她依旧迷恋文学。每天与丈夫沟通最多的就是她的创作。她的丈夫终于受不了她的执拗和幼稚，毅然决然地离开了她。

失恋的她，很快又失去了工作。一无所有的她来到英国，租了一间破旧的小屋。在寒冷的冬天，她没有钱交暖气费，和女儿一起围坐在棉被里取暖。

此时的她，失去了丈夫，失去了工作，居无定所，身无分文，只能依靠政府的救济金生存，经常食不果腹。现实如此残酷，可是她依然热爱文学，坚持创作。

为了节省电费，她经常带着孩子在咖啡店里创作，一待就是一整天。然后，到了晚上，她会将自己一天创作出来的故事讲给孩子听。在那段黑暗的岁月里，孩子是她支撑下去的唯一理由，也是她的第一个读者。

就这样，在女儿的啼哭声中，在周围嘈杂的闲谈声中，《哈利·波特》诞生了。她的《哈利·波特》被翻译成35种语言，畅销115个国家，成了出版界的传奇。

她就是乔安娜·凯瑟琳·罗琳，《哈利·波特》的创作人，英国文学史上最富有的作家，财富超过了英国女王。

道理解读

没有人能随随便便成功。乔安娜·凯瑟琳·罗琳在面对失恋、失业、寒冷、饥饿等恶劣环境的考验下，依旧坚持着对创作的付出。她取得的杰出成绩，不是偶然的，是她付出很多很多之后的必然回报。

这个真实的故事告诉我们：成功需要付出，持久的付出，只有“付出”，才能“杰出”。

每天进步一点点

父亲蹲在院子里，吧嗒吧嗒地抽着旱烟。浓浓的烟雾之下是父亲那张一筹莫展的脸。“和你一般大的狗剩娃儿都一岁了，早就独立撑门面了。既然没能考上大学，我看你也别复读了，去找一份工养家吧。”

第二天，他背上行李去城市里找工作了。高中毕业的他，没有任何的技能，只找到了在小餐馆洗碗的工作。又脏又累，他干了没多久就辞了。思前想后，他决定要做点有技术的工作，厨师吧。于是，他开始应聘厨师。因为他没有干过，也没有学过，所以没有饭店肯要他。终于，一个小饭店的老板决定让他试试。

第一天上灶，客人点了很多菜。他站在那，不知道该做什么。央求着别的厨师帮忙做了两样，勉强应付了一天。晚上，老板对他说明天别来了。就这样，他的工作结束了。

接着，凭着在第一家饭店学会的两道菜，他又找到了工作。上灶那天，客人拿了一个甲鱼让他做。这下可难住他了。在客人的指点下，甲鱼终于做好了。同时，他的这份工作也做到头了。可是，他却学会了怎么做甲鱼。

之后，他又找到了工作。这一次，他能简单应付了。为了学习更多的新菜，他每天都请那里的大厨去高级餐馆吃饭，边吃边点评不同的菜。从大厨的点评中，他又学会了很多。没过多久，他又被辞退了。

接着他继续找工作，很快他就找到了工作。一如既往，他继续给大厨打下手，请大厨吃饭。他很奇怪，那些大厨们非常喜欢点评别人做的菜，指出不足之处，捎带着讲出正确的做法。就这样，随着他兜里的钱一点点被花光，他学到的东西越来越多。

尽管他依旧会被辞退，可是再找工作的难度却一点点地变小。几年过去了，他已经在一家大型酒店里干了近五个月了。他一如既往地请那里的厨师吃饭。不同的是，请客的对象又扩大到了经理、大厅领班、服务员、前台、保安等。

后来，他成了这家酒店的厨师长。之后，他辞职了，这一次是他主动辞职的。因为，他决定自己开酒店。

道理解读

做人、做事不可眼高手低，只要每天都能进步一点点就是胜利。日积月累，成功就在眼前。

老人与黑人小孩

纽约街头上一个卖氢气球的老人推着货车叫卖着。老人是一位历尽沧桑的生意人，有自己的生意经。每当生意不好的时候，老人都会亲手放飞几个彩色的气球，五颜六色的气球飞上天空，甚是好看，经常会吸引很多人注意力。就这样，他的气球生意做得挺好。

这一天，老人一如既往地放飞了气球，周围的孩子们看见之后，蜂拥而上。几个白人小孩欢呼着围了上来，纷纷选购了自己喜欢的气球，然后兴高采烈地跑开了。

白人小孩的身影消失后，老人见到一个黑人小孩怯生生地站在马路对面，望着老人货车上的气球。从他的眼神中，老人看出他也想买一个气球。只是这个黑人小孩，因为肤色的原因，经常受到白人小孩的欺辱，所有很自卑。他紧紧攥着小手，不敢向前。

善良的老人看出了黑人小孩的心事，向他招了招手。黑人小孩怯生生地走了过来，用恳求的语气，小声地说道："您能卖给我一个气球吗？"

老人轻轻抚摸着孩子的头，说道："当然可以，孩子想要什么颜色的？"黑人小孩没有说话，只是用手指了指那个黑颜色的气球。黑人小孩竟然想要黑色的气球，老人惊诧地看了看这个黑人小孩，默默地将黑颜色的气球递给了男孩，说道："孩子，无论什么颜色的气球都能够飞上天空。记住，气球能不能升起，不是因为它的颜色，而是因为气球内充没充满氢气。"

黑人小男孩看了看老人，脸上露出了笑容，一松手，黑色的气球立刻飞一般地冲上天空。在蔚蓝的天空中，黑色气球飞得好高好高，远远高过了那些彩色的气球。

道理解读

自古以来，英雄不论出生。成功从来都与出身无关。成功与信心有关。无论你拥有一个什么样的出身，只要你有信心，能够勇敢、积极地面对自己所拥有的一切。那么，成功一定属于你。

记住：在这个世界上，所有人都可以嫌弃我们，唯独自己不能嫌弃自己，要相信自己，热爱自己，是金子总会发光的。

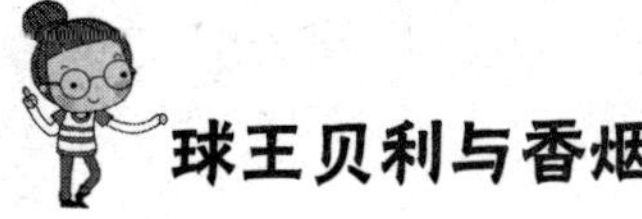

球王贝利与香烟

巴西足球运动员贝利被誉为"球王"。从小贝利就非常喜爱足球，并且很早在这方面就显示出了异于常人的天赋。足球在贝利的脚下充满魔力，似乎受控于贝利的主观意识，完全听从他的指挥。同时，贝利还喜欢一个东西，那就是香烟。在他很小的时候就喜欢看大人吸烟的样子。后来，贝利开始尝试吸烟。因此，别看他年纪不大，烟龄却不短。

一天下午，贝利与几个伙伴踢完球以后，学着大人的样子抽起了烟。他喜欢看着烟雾从嘴里吐出、缓缓上升的样子。那种感觉让他感到无比放松。这时，贝利的父亲刚巧经过，看到贝利沉迷吸烟的样子，默默地走开了。

等到贝利回到家中，父亲叫住了他，说道："我知道你喜欢踢足球，而且还颇具天赋。日后加以训练，我想会有一定成绩的。可是你却爱上了吸烟。吸烟有害身体健康，长此以往，我担心你会毁掉你的身体，再也不能在足球方面取得成绩。因此，我觉得我有必要提醒你。"

说完，父亲拿出了一沓钞票递给贝利，说："如果你已经做好选择了，决定选择香烟，那么这笔钱就是给你买香烟的。"

看着父亲转身离去的背影，看着桌上的一沓钞票，贝利幡然醒悟。他抓起桌上的钞票，迅速追上父亲，将钞票还给父亲，坚定地说道："我做好选择了，我选择足球。爸爸，我以后再也不会吸烟了。"

从那以后，贝利真的不再抽烟了。后来，贝利参加了足球队，经过了多年的刻苦训练，终于成为了一代球王。

道理解读

一个成功者必须学会克制自己的欲望。贝利成功克制了吸烟的欲望，最终成为一代球王。他的这种顽强意志力值得我们学习。

在欲望面前，很多人都选择了屈服，他们无法战胜心中的欲望，最终只能与成功越来越远。成大事的人，需要凭借坚强的信念克制不良的欲望，让自己变得更加强大，这是成就大事业的基本前提。

盲人如何跳伞

周末，晴空万里，是个练习跳伞的好日子。机场上，十几个穿戴整齐的人正等待着接受跳伞练习。不远处传来一阵狗吠声，只见一只导盲犬引领着一位盲人朝这边走来。

“不会吧，你也是来参加跳伞训练的吗？”有人小心地问道。

“是的，我是你们的队员。”那名盲人回答道。

“啊？”随着这一声惊呼，所有的人都愣住了，“怎么可能呀，太不可思议了吧。”队员们开始窃窃私语。

“你们不用不相信，我知道你们很难想象一名盲人是怎么完成跳伞的。在我看来，跳伞一点都不难。”盲人平静地说道。

“是呀，是呀，我们非常好奇，你能和我们说说么？”队员们说道。

“这有什么，当我听到跳伞指令时，我就抱着我的导盲犬和你们一起跳下去呗。”盲人说道。

“可是，你怎么知道什么时间打开降落伞呀？”队员们问道。

“教练不是说过嘛，从跳下去开始数五个数就可以了。”盲人答道。

“那你怎么知道什么时间着陆呀？”另一个队员问道。

“这个最简单，当我的导盲犬开始紧张得四肢乱动时就快着陆了。”盲人笑着答道。

队员们被盲人的回答征服了，再也不敢小看他了。果然，训练结束后，教练说道：“今天的训练，他表现得最好，你们都应该向他学习。”顺着教练手指的方向，盲人正微微地笑着。

没有想到，这次跳伞训练最优秀的竟然是一个盲人。

道理解读

在我们看来很多困难是无法逾越的，其实恰恰相反，那些看似困难的事情，只是事情虚张声势的表面。只要你肯认真去做，你就会发现，做好它们很简单。

产生这种畏惧情绪的根源就是我们自己。在我们的心中，早已树立起了一座看不见的障碍，在没有动手之前，就认为很多事情是没有办法做成。一切的障碍全部来自我们的内心深处，是它们吓得我们不敢前行。

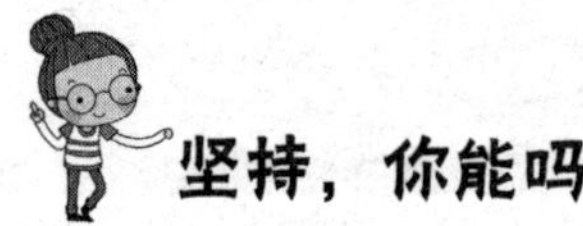

坚持，你能吗

年轻人拥有一个美好的梦想——要成为一个成功者。为了实现这个梦想，年轻人开始一次又一次地尝试。在这个过程中，他无数次地跌倒，无数次又爬了起来。每一次，他都告诉自己：“要坚持。”

在他只有 12 岁的时候，母亲改嫁了。继父是一个酒鬼，动不动就动手打他。为了摆脱继父的暴力，也为了实现自己的梦想，他决定离家出走。14 岁时，他离开了家四处漂泊，过着流浪的生活。

终于，在 18 岁的时候，原本以为他幸运地收获了爱情。不曾想没过几个月，新婚的妻子就卷走了他的全部家当。这个打击很沉重，在之后一段时间里，他一蹶不振，生活一塌糊涂。

31 岁的时候，穷困潦倒的他立志学习。他努力考取了律师资格，却在法庭上与当事人大打出手。最后，他为这次鲁莽、愚蠢的行为付出了惨重的代价——永远失去了成为一名优秀律师的资格。

更糟糕的是，他开着车经过一座桥时，桥竟然坍塌，他和他的车子一起掉入河中。百年不遇的横祸竟然让他赶上了。

40 岁时他决定创业，白手起家干起了加油站，却因为动手打人陷入了纠纷之中。

然后他又开起了餐馆，却在生意最红火时被告知拆迁。

直到他 88 岁时，他终于成功了，他开的快餐店至今遍布世界各地。全世界都知道了他的名字，他就是哈伦德·山德士，肯德基的创始人。

道理解读

每个人的人生总会遇到各种各样的困难，没有一帆风顺的人生。想要做大事，遇到的困难就会更多。只有选择了坚持的人才能实现心中的抱负。哈伦德·山德士经历了很多的困难，他选择了坚持。于是，肯德基成为世界上最有名的快餐店。这个故事告诉我们，在追逐梦想的路上，唯有坚持，以一颗永不放弃的心来面对困难时，梦想才会被实现。如果这期间，你被困难吓倒了、退缩了、不愿意继续坚持了，那么之前的努力就全都白费了。

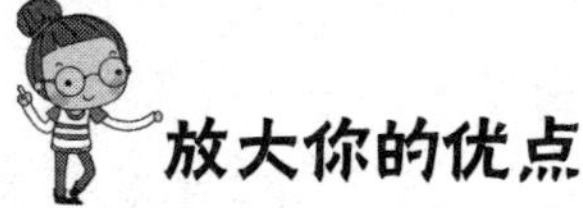

放大你的优点

花园里的花草树木都死了。园丁很伤心，他不明白自己精心照料的花园怎么会成了这个样子，一片狼藉，再也没有了往日百花争艳、绿草青青的模样。

以前的橡胶树，高大挺拔，看上去威风凛凛的，像个王者。可是，它看不到自己的优点，总是抱怨自己不够高大。葡萄也长得非常茂盛，每年都能结出很多很多的葡萄，一串一串的，挂在藤上，像个灯笼，美丽极了。可是，它也看不到自己的优点，总是抱怨自己不能坚挺地站立起来。河边的垂柳，柳条弯弯，像个美丽的亭子，四周挂满了绿色的小纸鹤。可是，它也看不到自己的优点，每天都抱怨自己不够强壮……

所有的花木都看不到自己的优点，它们终日抱怨，自卑的情绪与日俱增。终于，它们全都郁闷死了。园丁看着四周枯萎的数木和花，心痛极了。他埋怨这些植物，只看到自己的缺点，看不到自己的优点，整日生活在自怨自艾中，终于亲手毁灭了自己。

这时，园丁的眼睛一亮，他看到了一株生长旺盛的小草，嫩绿嫩绿的草叶上，露珠摇曳，一闪一闪的，透着生命的光泽。园丁走了过去，说道："小草呀，他们都枯萎了，你为什么还活着？"

小草眨着亮晶晶的眼睛，回答道："我不像它们，我觉得自己很优秀。"

园丁笑了，"我虽然不赞同它们只见缺点、不见优点的愚蠢想法。可是，你作为一株草，自信哪里来的呢？"

小草微微一笑，说道："没有我，大地展现给人们的只能是一片灰土。我让大地变得绿色，充满活力。于是，春天姐姐就来了。"

园丁终于明白小草的自信从哪里来的了。

道理解读

故事中的小草不仅看到了自己的优点，而且放大了自己的优点。它将自己的优点与广博的大地联系在一起。一株草，只是一点绿色，一片草，就是一片绿色。大地披上了一片绿色，春天就来到了。

我们要学习小草的这种乐天、自信的生活态度，着眼于自身的优点，并且放大它们，我们将会看到一个美丽、幸福、充满自信和快乐的世界。

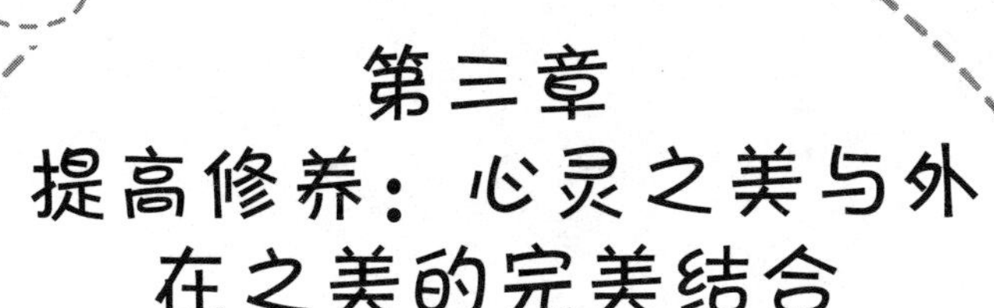

第三章 提高修养：心灵之美与外在之美的完美结合

修养是做人的最高境界，是一个人道德、礼仪等综合素质的体现。修养和文化知识有关，但也与家庭的影响和后天的修为有关。

修养是人的第二身份证

一位中国留学生像大多数中国留学生一样，借住在当地一户居民家中。房东是一对老年夫妇，认为自己家里住进了一位外国留学生是一件非常光彩的事情。

留学生非常努力，经常待到图书馆闭馆才离开。回到家里，房东老夫妇都已经睡了。留学生非常满意房东老夫妇，因为有了他们，自己可以一门心思地学习，不用为生活操心。

可是没过多久，这位留学生就感到房东先生对他的态度有些冷淡，每一次见面都像有话要说的样子。留学生猜测，房东先生一定是想加房租。于是，他没有理会。

这天晚上，留学生回来依旧很晚。房东先生蹑手蹑脚地走出房间。先是寒暄了两句后，然后有些为难地说道："在你中国的家里，如果你回家已经很晚了，你的父母已经睡了，你也会使劲关门、啪啪地走路吗？"

留学生愣住了："我……可能我没有注意。"

"我相信你不是有意的。只是你能不能轻点，我太太有失眠症，一旦吵醒她，她就很难再睡着。"房东先生微微停顿了一下，接着说，"其实我早就想提醒你，只是我太太怕伤你的自尊心，一直不让我说。你不会把我的提醒当成恶意的伤害吧？"

留学生摇了摇头，心想："如果是我的父母，是不会和我计较这些的。到底不是我家呀。"从那以后，留学生每次回来都会轻手轻脚的。而他和房东夫妇的关系似乎也不像以前那样亲密了。

这一天，留学生刚刚进门，只见房东先生阴沉着脸。正当他心里纳闷时，房东先生说道："孩子，你是不是小便的时候没掀马桶垫子？"

留学生的心里"咯噔"一声，"偶尔……"

房东先生有些生气："你怎么能这么做呢？这是对女性的不尊重。"

留学生有些恼羞成怒，“总之你是看我不顺眼，既然如此，我走。”第二天，留学生全然不顾房东夫妇的挽留，毅然决然地离开了。接下来，留学生一连走了五六户人家，他们全都拒绝接纳他，理由竟然是“听说你小便时不掀开马桶垫子？”

道理解读

习惯和修养是人的第二身份。有良好修养的人，才能得到别人的尊重。

真诚带给你好运

很久以前，在一个暴风雨的夜晚，有一对老夫妇走进了一家旅馆。

“你好，我想订一间房。”老夫妇说道。

“很抱歉，房间已经没有了。一般情况下，我们会为顾客推荐另外的酒店，可不巧的是，那家酒店也没房间了。”旅馆服务员说道。

老夫妇看了看外面的暴雨，有些为难了。这时，另外一名服务员说道：“这样的天气，很难想象你们离开这里无处可去的情景。这样吧，如果你们不介意，就去我的房间吧。反正我今天要值夜班，不回去。”

老夫妇非常感激这名服务员，尽管他们有些内疚，但是面对这样的天气，他们也只能接受服务员的好意了。

第二天，老夫妇走下楼来，想要给那位服务员一笔钱，作为房租。服务员婉言谢绝了：“我的房间是免费的，我不能收您的钱。”

老夫妇拍了拍服务员的肩膀，说道：“像你这样的员工，是每位老板梦寐以求的，将来我也会盖一家旅馆，请你做经理。”

服务员笑了笑，并没有在意老夫妻的话。

几年过去了。一天，服务员收到了一封信，信中讲述了那个暴风雨的夜晚。当年的老夫妇邀请他去纽约，并附上了一张机票。

服务员如约来到纽约。老夫妇热情地接待了他，并带他来到了曼哈顿，一所坐落在第五大道和三十四街间的豪华建筑物前。

老先生指着眼前的大楼，说道：“孩子，这就是我专门为你建的饭店，我曾经对你说过的。”

服务员惊呆了，他有些不敢相信，“您把我搞糊涂了。为什么是我？您到底是谁？”

老先生笑了笑，说道：“我的名字叫威廉·渥道夫·爱斯特。我曾经说过你是每一位老板梦寐以求的员工。”

道理解读

这是一个真实的故事，年轻的服务员，因为真诚交了好运。的确，真诚真的可以交好运。《三国演义》中，刘备三顾茅庐，用真诚打动了诸葛亮，最终得到诸葛亮的倾力相助，建立了蜀国。

诚信是最好的救生圈

从前，有个商人经常需要划着船到河的那边做生意。有一次，他在河中遇上了风暴，船被打翻，商人落入了水中。他大声呼救，不远处，一位渔民正划着船回家，见到这种场面，连忙赶了过来。

情急之下，商人对渔民说道：“如果你能救我，我会给你一百两黄金。”渔民原本不是因为酬金才赶过来救他的，听到有一百两黄金的酬金，渔民更加积极了。

很快，渔民便将商人救上了岸。商人有些懊悔自己一时冲动，竟然说给他一百两黄金。于是，商人决定爽约，他没有给渔民一百两黄金，只给了他十两黄金。

渔民接过这十两黄金，二话没说，摇着船回家了。

后来，又有一次，商人再一次遇到了风浪，商人大呼救命。岸上的渔民看见了，准备去救他。这时，另外的一个渔民说道：“这个人说话不算话，去年我救他时，他说给我一百两黄金，结果上岸后只给了我十两黄金。”

渔民们听到商人是一个没有信用的人，都不想冒着危险去救他。商人不停地呼救，甚至说出“谁能来救我，我给谁一千两黄金”。可是，渔民们不再相信他了。大家眼睁睁地看着商人在风浪中挣扎。尽管有些于心不忍，可是没有人愿意冒着被河水吞噬的风险去就一个不讲信用的人。就这样，商人挣扎着，叫喊着，最后连他自己都绝望了。他至死也不明白，都说重赏之下，必有勇夫，为什么自己出了那么高的价钱，岸上的渔民依然无动于衷？

道理解读

中国历来讲究“言必信，行必果”。诚信是中华民族的传统美德，是我们为人、立身、处世之本，是人与人相互信任的基础。故事中的富商不讲诚信，说到做不到，最终亲手埋葬了自己。由此可见，一个不讲信用的人，会失去别人对他的信任。一旦他他身处险境时，不会有人愿意帮他。一定要记住：在生活的长河中，我们随时都会翻船，而诚信是我们最好的救生圈。

宽容使人升华

美国总统华盛顿从小就立志做一名“绅士”。1754年，华盛顿奉命带领部队驻守亚历山大城。恰逢弗吉尼亚州正在竞选议员。于是，华盛顿也参加了竞选。在竞选中，华盛顿遇到一位坚定的反对者——威廉·佩恩。他们争论得非常激烈，甚至到了剑拔弩张的地步。情急之下，华盛顿说了一句侮辱威廉·佩恩的话。威廉·佩恩听到之后，大怒，举起手中的拐杖将华盛顿打倒在地。

台下的民众见到这一场景都惊呆了。每过多久，支持华盛顿的民众开始躁动，现场一度失控。华盛顿的部下，听说华盛顿被打之后，也纷纷赶来，准备暴打威廉·佩恩。华盛顿拦住了大家，他让所有人保持冷静，自己可以解决这个问题。

第二天，威廉·佩恩接到了华盛顿的邀请函，邀请他前去赴约。威廉·佩恩认为这是华盛顿的阴谋，是鸿门宴。尽管如此，威廉·佩恩还是决定赴约，他不能让华盛顿觉得自己连赴宴的勇气都没有。

出人意料的是，宴会上没有火药、枪支，华盛顿一见到威廉·佩恩就微笑着走上来握手，说道："昨天的事情是我的无礼引起的，事后我觉得自己做得不对。如果你昨天打了我一拐棍已经消气了的话，我们交个朋友吧。"

威廉·佩恩非常惊讶华盛顿的处理方法，于是，他们成了好朋友。后来，威廉·佩恩一直跟随华盛顿，是华盛顿的忠实支持者。

道理解读

故事中，原本威廉·佩恩是华盛顿的反对者。可是，在一次争执后，华盛顿充分地展示出了他的宽容，使得人格得到了升华，最终征服了威廉·佩恩。

这个故事告诉我们，宽容是一个人拥有良好修养的外在标志之一。宽容可以让人的人格、魅力得到升华，更容易俘获他人的心，赢得他人的支持和好感。

秋风中最美丽的叶子

秋天来了，天气开始逐渐变冷。树上的叶子一片一片地落下。很多叶子哭泣着，不愿意就这样结束自己的生命，他们还想继续留在枝头。看着叶子们伤心欲绝的样子，大树很为难："你们都是我生命的一部分，我也不愿意让你们死去。可是，如果我继续供养你们，那么自己也不能熬过寒冷的冬天。"

叶子们听到大树的话，哭得更加伤心了。

到了晚上，叶子们都睡了，其中的一片叶子悄悄爬起来，对大树说道："大树爷爷，你就留下我吧，我想如果我们都死去，你也会感到孤独的。就让我陪着你吧，你这么高大的身躯供养我一片应该没有什么问题的。"

大树笑了，说道："我跟你说实话吧，你是第 101 个对我说这种话的叶子。"这时，树枝上的叶子全都睁开了眼睛，你看看我，我看看你，眼睛里充满了歹毒的目光，恨不得对方赶快死去。

看着叶子们剑拔弩张的样子，大树叹了一口气，默默地闭上了眼睛。

第二天，叶子们依然赖在树上不肯落下，它们你踹我，我踹你，互相厮打在一处。树枝上发出“哗哗……”的声响，战败的叶子一片一片地落下。大树看着残缺的落叶，悲伤地说道：“每年都要来一场这么残酷的杀戮。”

这时，一片长在最高处的叶子，看到了眼前的一幕，也感到悲伤。它大声地说道：“同胞们，不要再打了。事实上，落下的这一刻才是我们一生中最美好的时刻。我们的一生都是为了这最后一刻曼妙的舞姿而努力着。只有我们落下，才能化作春泥滋养大树。大树得到了足够的营养才有能力在第二年的春天供养我们的下一代。”

说完，这片原本长得很结实的叶子，掐断了自己的茎，跳着美妙的舞姿，翩翩而下，像个美丽的仙女。叶子们全都看呆了，它们的一生都只是别人的点缀，从没有想过自己也能成为舞台上的主角。于是，它们不再争斗，为了能舞出最美的舞姿，为了自己的后代，它们终于心甘情愿地落下。

大树见到叶子们纷纷跳着美丽的舞姿，高兴地说道：“这是我见过的秋天里最美丽的叶子。”

道理解读

这个故事告诉我们，既然事情已经无法改变了，那么与其被动地接受，不如敞开胸怀，从容不迫地接受命运的安排。

给仇人一块面包

二战时期，苏联人民在斯大林的领导下，浴血奋战，终于取得了莫斯科保卫战的胜利。

战争的胜利对苏联人民来说固然可喜，但同时他们也付出了沉重的代价。在这场战争中，很多妻子失去了丈夫，很多父母失去了孩子，很多孩子失去了父母。胜利的喜悦中，充斥着仇恨和悲伤。

当上万名战俘被苏联士兵押解着走进莫斯科城时，道路两旁挤满了群众。围观群众人山人海。他们之中大部分是老人、妇女和儿童。而他们的亲人都在这场战争中失去了宝贵的生命。当他们看到这些战俘时，心中的仇恨被激发出来。他们不顾一切地往前冲，试图要为自己战死的亲人报仇。

一双双充满血丝与复仇火焰的眼睛，一声声复仇的呐喊。战俘们被眼前的一幕吓住了，他们不由自主地后退，很多重伤员被扔在原地。他们无助地叫喊着、哭泣着。

尽管大批军队和警察立即组成了人墙，将战俘们围在中间，尽力保护他们。但是面对愤怒的群众，再坚硬的墙体也阻挡不住他们的愤怒。一位中年妇女冲过了人墙，冲到一个受伤的战俘面前，她要为自己的孩子报仇。

这是一个双腿被炸弹炸断的重伤号，此时，面对着愤怒的妇女，他顾不上肢体的疼痛，不住地求饶、哭泣。忽然，这位妇女停止了，看着眼前的这名战俘，十几岁的样子，无助地哭泣着，就像是自己的孩子。中年妇女再也不忍心下手了。“终究只是一个可怜的孩子呀。”中年妇女默默地念叨着，伸手从衣服里拿出一块面包，递到伤号的面前。伤号几乎不敢相信自己的眼睛，他惊恐地看着妇女，不敢去接面包。直到妇女把面包喂到他的嘴边。他才如梦方醒，狼吞虎咽地大吃起来。看得出他饿坏了。

看到这名战俘狼吞虎咽的样子，中年妇女再也抑制不住心中的悲伤。她能想象得到，在他们的家乡一定也有一位和她一样的母亲在等待着自己的孩子。于是，她轻轻抱住这名战俘，失声痛哭起来！

这是一个母亲失去孩子之后撕心裂肺的哭泣。所有人都惊住了，人群一下子安静下来。每个人的脸上都挂满了泪花，无论是苏联民众还是战俘们。

道理解读

故事中那位失去孩子的母亲，最终宽恕了她的敌人，让所有的战俘醒悟、开始悔恨自己的行为。这个故事告诉我们：宽恕敌人远比杀死敌人，更能让敌人醒悟；化解仇恨，比继续仇恨更能安抚受伤的心灵。

别在骄傲自满中迷失

沼泽地里，河马是所有动物中最漂亮的。尤其是那条黑亮亮的尾巴，让所有动物都羡慕不已。

在动物们的夸奖声中，河马渐渐骄傲起来。每天什么事情也不做，只拖着那条又黑又亮的尾巴四处炫耀。时间长了，沼泽地里的其他动物开始不喜欢河马了。大家开始排斥它。尽管河马也意识到了大家的排斥，但是它认为，动物们是因为嫉妒它才排斥它的。于是，河马继续沉浸在自满中。

这一天，森林管理员告诉它们，不远处发生了火灾，想要逃跑是不可能的了，唯一的逃生办法就是跳进沼泽里。动物们听到之后，纷纷跳进了沼泽里。只有河马还留在原地。动物们看着火光越来越近，眼看就要烧过来了，纷纷劝河马赶快跳下来。

可是，河马却不愿意跳进那又脏又臭的沼泽里。它飞快地向远处跑去，企图找到一个安全的地方，躲避火灾。河马跑呀跑呀，始终没有找到能躲避火灾的安全之地。大火在风的作用下，蔓延得很快。河马再也躲不去了。熊熊的大火很快就吞噬了河马。那条又黑又亮的尾巴最先着起火来的。

惊慌失措的河马，急忙向沼泽跑去，一头扎进了黑乎乎的沼泽里。

大火终于灭了。动物们从沼泽里出来，洗了洗身子，又像以前一样地生活着。只有河马，在这场大火中，失去了美丽的尾巴，连整个身体的皮肤都被烧坏了，浑身皱巴巴的，难看死了。

道理解读

满招损，谦受益。故事中的河马因为骄傲，听不进忠言，最终被大火烧伤了皮肤。这个故事告诉我们，在成功面前一定要保持平常心，不可骄傲自满，这样才能避免灾难，避免退步，拥有更大的上升空间。

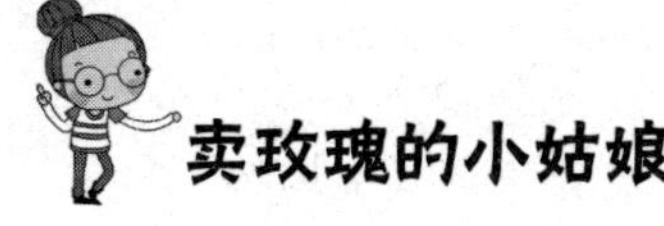

卖玫瑰的小姑娘

一个寒冷的夜晚，公交站的旁边一位瘦弱的小姑娘挎着一个花篮。“姐姐，买一朵玫瑰花吧，很便宜的。”路人面无表情地走开了。甚至有的路人为了不被小姑娘缠住，径自远远地绕开了。

天气很冷，小姑娘穿得很单薄，小手被冻得红彤彤的，不停地乞求路人买她的玫瑰花。“叔叔，买一朵玫瑰花吧，求求您了。”一位年轻的男子被小姑娘缠住了。他停下来，看了看小姑娘篮子里的玫瑰花，问道：“多少钱一朵？”

“只要十元。”小姑娘回答道。

“这是一百元，足够买全部的玫瑰花了。天气太冷了，你快回家吧。”男子说着拿出一百元递给小姑娘。

小姑娘接过一百元钱，飞快地跑开了。

大家都说男子上当了，小姑娘用几枝凋零的玫瑰花骗了他一百元钱。男子笑了：“天气太冷了，让一个孩子挨冻做什么。”

第二天，小姑娘又出现了，她站在公交站边，似乎在等待什么人。忽然她看到了昨天的那名男子。小姑娘飞速地冲了上去，递给他一枝玫瑰花，就跑开了。男子有些摸不着头脑。

第三天，小姑娘又出现了，依然给了男子一枝玫瑰花就跑开了。

一连一个星期过去，小姑娘每天都会等在那里，给男子一枝玫瑰花。终于，这一天，男子拽住了小姑娘，问道：“为什么每天都给我一枝玫瑰花呀？”

小姑娘低着头，搓着小手，说道：“因为，一百块钱能买二十枝玫瑰。我还欠你十枝玫瑰花。”男子欣慰地笑了：“那你能告诉我为什么你要在这里卖玫瑰么？”

小姑娘抬起头，天真地答道：“因为老师说如果我有一支笛子，他就会教我吹笛子。妈妈身体不好，没有太多的钱，我不能向她要。所以就来这里卖玫瑰花。”

男子笑了，“看到你高兴的样子，是不是已经攒够了买笛子的钱？”

小姑娘高兴地点了点头。

这一天，公交站里的座椅上，一个男子和一个小姑娘愉快地交流很久很久。

道理解读

小姑娘拿了男子的一百元钱，买了长笛，实现了自己想要学习的愿望。同时，她依然坚持着每天给男子送一朵玫瑰花，来偿还那一百元钱。这是守信的表现。最后，男子和小姑娘成了好朋友。这个故事告诉我们，无论贫穷与富贵，我们都要诚实守信，才能问心无愧。

楚厉王劝鼓

西周时期，楚厉王是一个昏庸的皇帝。他在皇宫外设置一面巨大的警鼓，并与全城的老百姓约定：当鼓声响起时，就代表皇宫里发生了紧急情况，那么老百姓们都要立即前来防守城池。否则，就会被满门抄斩。

老百姓们担心会被满门抄斩，于是每天都竖着耳朵听是否有鼓声。当然，危机不是经常发生的。过了好长时间，皇宫外的鼓声也没有响起。但是。满城的百姓却始终保持着谨慎，不敢有丝毫的懈怠。

日子就这样一天天地过去了，昏庸的楚厉王却将这个约定抛到九霄云外。每天声色犬马、歌舞升平的生活，让楚厉王整天浑浑噩噩、迷迷糊糊的。一天，楚厉王又喝醉了。他衣衫不整地跑到了宫殿外撒酒疯，见到一面大鼓，觉得有趣，于是不假思索地敲了起来。鼓声传出很远。全城的老百姓都听到鼓声。于是，大家放下手中的活，随手拿起武器，跑向皇宫。没有多会儿，皇宫外的老百姓越积越多，将皇宫围得里三层外三层。

守卫们立即向楚厉王报告，说：“陛下，全城的老百姓都来了，手里拿着武器，等候陛下的调遣。”

此时，楚厉王还处在模糊的状态中，稀里糊涂地听明白了侍卫的报告，说道："让老百姓都散了吧，我只是和他们开个玩笑。"侍卫将楚厉王的话转告给了百姓。老百姓听完，嘴上不说，心中却在骂娘。

没过多久，皇宫里真的出现了危机。楚厉王连忙派人敲响了那面大鼓。这一次，全城的老百姓听到鼓声之后，没有像上一次一样跑来支援，他们以为又是楚厉王在开玩笑。而他自己在这场危机中尝尽了苦头。

道理解读

失信于人是件非常可怕的事情。一个人一旦失信于人，那么他将很难再取得他人的信任。人与人之间没有了基本的信任，是不会建立起深厚的友谊的。故事中的楚厉王失信于民，最终自食恶果，造成严重后果。我们一定要引以为戒，做一个遵守信诺的人。

不要盲目和别人攀比

一头大奶牛，身体强壮，力气大，每天都能生产很多奶。主人非常喜欢它，为它建造最好的房屋。高高的屋顶，上面还开着一扇窗户。奶牛躺下睡觉的时候，都能看到外面美丽的风景。不仅如此，主人还把最好的食物留给他。香喷喷的饲料，充满了营养。奶牛的日子过得非常惬意。

相比之下，奶牛的邻居旺财就没有这种待遇了。主人觉得它的作用就是看家，所以不怎么重视他。它的狗窝是用几张破旧的木板做成的，既不挡风也不挡雨，遇到刮风下雨的天气时，旺财总是蹲在房檐下，看着自己破旧的狗窝和奶牛那高大明亮的房子。

这一天，旺财再也受不了了，它决定毁了奶牛。于是，它跑到奶牛面前，说道："你以为你很了不起么，在我看来，你真的很差劲。很多动物都比你强。"奶牛刚刚吃完午饭，听到旺财的话，不紧不慢地问道："那么，请问谁比我强呀。"

旺财带着奶牛来到森林里，指着树上的猴子，说道："你看，猴子先生爬树的水平多高呀，那么高的树一下子就爬了上去，你行么？"奶牛用前蹄试了试，摇了摇头。

旺财又将奶牛带到田野里，指着天上飞行的大雁，说道：“你看，老鹰姑姑飞得多高呀，你行么？”奶牛抬起头，看了看天上的老鹰，又摇了摇头。

旺财又将奶牛带到了田间，指着正在挖洞的老鼠，说道：“小老鼠那么小，却能挖出很深很深的地洞，你行么？”奶牛叹了一口气，低下了头。

旺财又指着自己对奶牛说道：“再看看我，我有世界上最灵敏的鼻子，什么东西只要我闻一闻它的气味，无论它被藏到什么地方，我都能找到它。你能么？”奶牛有些绝望了。

回到家里，奶牛开始不吃不喝，它觉得旺财说得很有道理，自己简直一无是处。没过几天，昔日健壮的大奶牛开始消瘦，奶产得也少了。主人看到每天挤出的一点点奶，对奶牛越来越失望。终于，奶牛没有奶了。主人决定将他卖给屠夫。得知消息的旺财高兴坏了。

道理解读

世界上没有最好的，只有更好的。每个人都有自己的长处和短处。盲目地拿自己的短处与别人的长处比较，最终只能落得奶牛的下场。因此，我们只要做好自己就行了，不要盲目的和别人去比较！

买啤酒的少年

那一年，几名记者来到尼泊尔的一个村庄里。这是一个坐落在海拔1500米斜坡上的村庄，村子里只有四百多人，零零散散的。这里环境优美，却没有任何的现代化设备。这里没有电，村民们依旧过着日出而作、日落而息的生活。这里没有自来水，村民们每天都要步行一段距离，去山涧里打水喝。这里没有任何店铺，想要买东西更是需要步行很远。

炎热的夏季，记者们每天都大汗淋漓的，他们无比怀念冰镇的啤酒。于是，便找到当地的一个少年，给了他一些钱，让他去帮忙买几瓶啤酒。

少年接过了钱，立即出发，足足走了三个多小时，终于把啤酒买了回来。记者们将啤酒放进山涧的溪水里。溪水冰凉清澈。不一会，啤酒的温度就和溪水一样，喝下去，清凉解暑。几瓶啤酒下肚，记者们觉得不那么热了。看着空空的酒瓶，记者们后悔没有让少年多买一些。于是，他们再一次找到少年，给了他很多钱，让他多买一些啤酒回来。

少年出发了，一天、两天，少年始终没有回来。记者们猜想，少年一定是看钱多，带着钱逃跑了。他们越想越气愤。直到第三天的晚上，少年才出现在他们的面前，身上沾满了污渍，手里拎着十几瓶啤酒。

原来，少年来到以前买啤酒的地方，发现那里只有三瓶啤酒了。为了多买一些，少年又步行了一天，来到另外的地方买了十几瓶。少年拿着十几瓶啤酒赶忙往回赶。一不小心摔进了山谷，昏迷了整整一天，等他醒来之后，好不容易爬上来，一步一步地往回赶。赶回村庄时，已经是第三天的晚上了。

少年将啤酒和找回的零钱交给记者们，一瘸一拐地回家了。从那以后，记者们开始热爱这个村庄，他们和那位少年成了好朋友，拍摄了很多美丽的图片。

道理解读

答应别人的事情，即使再难也要做到。这样才能赢得别人的尊重和信任。故事中的少年历经困难，最终买回了啤酒。他赢得了做人的尊严，他人的敬重。诚信与贫富无关，是一个人内在修养的外在体现。

守时是最大的礼貌

这一天，年轻人决定拜师。智者对年轻人说：“你很聪明，也很努力，是个不可多得的人才。这样吧，明天早上 9 点，你到山谷里河边的草屋里去找我。”

第二天，年轻人算好时间，早早就出发了。一路上非常顺利，按照年轻人的计算，他能够准时到达河边的小屋。可是，当年轻人走到河边时，才发现桥梁断了。年轻人猜测，可能是前两天山里下大雨，将桥梁冲垮了。

眼看着就要到与智者约定的时间了。年轻人想，“如果从山上绕过去，恐怕时间就来不及了。可是不绕过去又能怎么办呢？”年轻人想了又想，忽然看到旁边有一幢木屋。他找到木屋的主人，要求购买这幢木屋。木屋的主人非常愿意卖给他，只要能给他一百英镑。这时，年轻人从兜里拿出一百英镑递给了木屋的主人，说道：“如果你能在15分钟内从屋顶拆下一块木板，横在那边的断桥上，这个木屋我就送给你。”

木屋的主人不明白年轻人为什么这么做，但是他依然照做了。就这样，年轻人顺着木板很顺利地过了河，准时地敲响了智者的房门。

智者看到年轻人准时到达，非常高兴，说道：“其实我早就知道那座桥坍塌了。如果你按正常的时间计算出发的时间，就一定会迟到。我这么做的目的就是为了考验你是否守时。”年轻人笑了笑：“是的，我和您一样，非常重视时间。在我看来，不守时是对别人最大的不礼貌。我是不会这样对待别人的。”

智者非常喜欢这个守时的年轻人。在之后的日子里，智者将自己毕生所学毫无保留地传授给了他。

道理解读

不守时的行为是非常不礼貌的行为，是没有良好修养的表现。守时体现了你对别人的尊重，只有尊重别人，别人才能尊重你。因此，守时也是对自己的尊重。我们要向故事里的年轻人学习，守时守信，才能彰显自己的良好修养。

赫耳墨斯和樵夫

樵夫砍柴回来，路过一座小桥，不小心把斧子掉到河里，被河水冲走了。樵夫很伤心，这是他唯一的家当了。想到这，樵夫坐在河岸上大哭起来。赫耳墨斯听到了樵夫伤心的哭声，决定帮助他。于是，赫耳墨斯跳到河里，捞起一把金斧子来，问道：“年轻人，这是不是你的斧子？”

樵夫摇了摇头。赫耳墨斯又一头扎进水里，没过多久，又捞起一把银斧子，问道：“年轻人，这是不是你的斧子？”樵夫又摇了摇头。于是，赫耳墨斯第三次扎进水里，这一次，他捞起来了一把黑黢黢的铁斧子，问道：“这是不是你的斧子？”年轻人连忙点了点头。

赫耳墨斯非常欣赏樵夫诚实的品格，决定将三把斧子都送给他。可是，樵夫只拿了属于自己的那把铁斧子，高兴地回家了。回到家里，樵夫将刚刚发生的事情讲给哥哥听。哥哥听完大骂樵夫蠢，放着金斧子、银斧子不要，偏偏只拿回了一把锈迹斑斑的铁斧子。

第二天，樵夫的哥哥决定去碰碰运气。他走到河边，故意把自己的斧子丢进河里，然后坐在那儿痛哭起来。赫耳墨斯果然出现了，了解情况后，便下河捞斧子。不一会儿，赫耳墨斯捞起一把金斧子，刚想问话，樵夫的哥哥就迫不及待地说：“对，对，这就是我丢的那把斧子，快拿过来。”赫耳墨斯见到他贪婪的嘴脸，再也不愿意帮他捞斧子了。他一头扎进水里，游向远处。樵夫的哥哥失声大哭，他不仅没有得到金斧子，就连自己的那把铁斧子也弄没了。

道理解读

诚实是人生最大的财富。有了诚实，我们可以赢得别人的信任；有了诚实，我们可以赢得他人的尊敬；有了诚实，我们可以赢得做人的尊严；有了诚实，我们可以赢得更多的机会；有了诚实，我们可以赢得更多的帮助。有了这些，我们可以赢得比金钱更重要的一切。

蜈蚣和公鸡

很久以前，蜈蚣和公鸡是非常好的好朋友，经常结伴出游。一天，蜈蚣和公鸡一起去看日出。日出真漂亮，金灿灿的阳光照射过来，公鸡头上的大红冠被照得红彤彤的，像一块红宝石，耀眼极了。

蜈蚣看到后，非常喜欢，想到自己即将参加选美比赛，如果有这样一顶大红冠做帽子，一定会成为最漂亮的动物。于是，蜈蚣去对公鸡说：

“公鸡哥哥，公鸡哥哥，是这样的，有件事情想要麻烦您。”蜈蚣知道公鸡非常珍惜他的大红冠，有些不好意思张口。

公鸡见到它那副为难的表情，连忙说道：“蜈蚣弟弟，你有事尽管说话，我们是好朋友，不要这样吞吞吐吐的。”

蜈蚣清了清嗓子，大声地说道：“我要去参加森林里的选美比赛，想借你的大红冠用一天，可以吗？”

公鸡听完，二话没说，立即摘下大红冠，交给了蜈蚣：“一定要夺得冠军回来。”

就这样，蜈蚣戴上公鸡的大红冠来到比赛现场。所有的动物都被蜈蚣的大红冠吸引了，纷纷将手中的票投给了蜈蚣。蜈蚣高兴极了，心想：“要是我能一直拥有这个大红冠就好了。”

晚上，蜈蚣回到自己的家里，看着漂亮的大红冠，怎么也舍不得将它还给大公鸡。就这样，一连几天蜈蚣也没有将大红冠还给公鸡。

公鸡在家里等呀等呀，一直不见蜈蚣来还大红冠。没有办法，他决定亲自上门讨要。蜈蚣远远地见到大公鸡来了，连忙躲了起来。一连数天，大公鸡怎么也找不到蜈蚣。这可急坏了大公鸡。大公鸡心想：“蜈蚣一定是不想还我的大红冠了，所以就躲了起来。我必须抢回我的大红冠。”

从此以后，公鸡见到蜈蚣就追。蜈蚣见到公鸡就躲。一天，蜈蚣出来玩耍，没想到大公鸡悄悄地接近了它。蜈蚣正玩得高兴时，一转身看到了大公鸡，连忙逃跑，可是已经来不及了。公鸡扑过去，一脚踩住蜈蚣，说道：“今天我不仅要回我的红冠，还要吃掉你！”说完，大公鸡一把摘下蜈蚣头上的红冠，将蜈蚣吃进了肚子里。可怜的蜈蚣，不仅没能得到公鸡的大红冠，还把自己的小命丢了。

道理解读

这个故事告诉我们，一定要做一个讲信用的人。没有人愿意和不讲信用的人交朋友，也没有人愿意帮助不讲信用的人。不讲信用最终只能害人害己。

骗人的山猫

一天，山猫拎着一只鸡来到小熊的家里。“小熊小熊，我没有地方住了，我能在你家住一晚么？”小熊见到山猫可怜的样子，说道：“好吧，山猫，你就在我家住吧。”到了晚上，山猫悄悄地爬了起来，偷偷地吃掉了鸡，将鸡毛小心翼翼地藏了起来。第二天，山猫大哭起来，说是找不到它的鸡了。

小熊觉得山猫的鸡是在自己家丢的，应该赔偿山猫，于是就说：“山猫，你别哭了，我再赔你一只鸡。”山猫拿着小熊给的鸡，心想：“小熊可真笨呀。”

过了几天，山猫又拿着一条鱼来到小熊家里。“小熊，我今天晚上又没有地方住了，你能收留我吗？”小熊再一次收留了山猫。结果到了晚上，山猫又悄悄地爬了起来，吃掉了那条鱼。第二天，山猫又大哭起来，说鱼不见了。

小熊觉得有些奇怪，可是又不知道是怎么回事，只好又买了一条鱼，赔给山猫。山猫拿着鱼离开了。

后来，山猫又拿着一只鸭子来到小熊的家里。“小熊，我又没有地方住了，在你家再住一晚行么？”善良的小熊又答应了山猫的请求。到了晚上，山猫又悄悄地爬了起来，吃掉了那只鸭子，将鸭毛小心地藏了起来。

小熊因为前两次的事情，已经产生了警觉。它躲在暗处，静静地看到了一切。

第二天，山猫又大哭起来，说鸭子又不见了。这一次，小熊没有赔给山猫鸭子，而是拿出了一些鸭毛，说道：“明明是你吃了鸭子，却让我赔给你。”

山猫看事情败露了，撒腿就要跑。小熊一把抓住了山猫，狠狠地教训了它一顿。

道理解读

这个故事告诉我们，千万不要撒谎。这个世界上没有不被揭穿的谎言。就像故事里的小熊，大家都不喜欢和爱撒谎的人交朋友。

一场特殊的比试

训练场上，教官告诉他们：“你们之中，只能留下一半，其余的都会被淘汰。”所有的受训人员都知道留下来意味着什么，被淘汰又意味着什么。

为了能够留下来，拥有一份好前程，他已经悄悄地把所有的受训人员当成了对手。而他的老乡，一个没心没肺的家伙，依然把所有的人都当成是好朋友。

老朋友犯了错，那个没心没肺的家伙想要提醒他，为了他不被淘汰。可是那个精明的老乡却阻止了他：“你傻呀，他的实力那么强，被淘汰还能有一份好工作，可是我们呢？如果你去提醒他，那么他就会改正错误，很有可能被留下。到时候，我们又多了一名对手。”没心没肺的家伙一把推开了他那精明的老乡。

他选择了提醒朋友，他不能做违背良心的事情。朋友拍了拍他的肩膀，笑了。

几天后，教官通知他留下来，他的那位曾经犯过错误的朋友也被留了下来。而他那位精明的老乡却被淘汰了。老乡不服气，“为什么淘汰我，我表现得很好呀？”教练告诉他，因为你没有把这里的人当成朋友。

很多年过去了，在一次执行任务的过程中，一把枪瞄准了那个没心没肺的家伙。原以为自己会死去，不想枪声响了，他没有倒下，当年的那位犯了错误的朋友却应声倒下了。他发疯一样地抱着朋友，哭泣着。朋友微微睁开眼睛，说道：“别哭了，我们是朋友，肝胆相照是应该的。”

这个没心没肺的家伙在那天夜里找到了教官，“一直以来，我都不明白你为什么淘汰我的老乡，现在我明白了。因为他没有共赢的念头。”

道理解读

所谓的比试，就是一方压倒另一方。然而，人生中的很多比试都是特殊的，它们的目的不是一方压倒另一方，而是双方互相搀扶，共同抵达终点。故事中那位精明的老乡，之所以被淘汰，就是因为他彻底弄错了比试的真实目的。记住，在比试中，共赢永远是最好的结果。

失败的应聘者

是的，他又失败了。妻子看到垂头丧气的他，就知道了面试的结果。“不要气馁呀，帅哥，他们没有看到你的优点，这样的企业，不值得你付出努力。”看着妻子坚定的眼神，他又重新找回了自信。

这一天，他又去参加面试，这一次他真的很感兴趣，觉得自己也很擅长做这份工作。一番面试结束后，他又失败了。这一次，他想不出任何理由为自己开脱，“看来我真的是一个失败者”。伤心的他，喝了很多酒，醉醺醺地回家了。看到妻子之后，他大骂妻子：“你就是一个骗子，说什么我是最有才华的，为什么我连一份工作都找不到呢？别人都看不到我的优点，难道只有你能看到么？”

妻子哭了，她将烂醉如泥的丈夫扶回了房间。她没有说谎，她真的觉得自己的丈夫是最有才华的人。看着丈夫英俊的面孔，她又笑了：“小傻瓜，你还不知道自己到底有多优秀呢，我相信终有一天你会知道的。”

第二天，丈夫酒醒后，想到自己对妻子的无礼，有些内疚。可是妻子却依旧很开心，似乎昨天的事情根本没有发生。她告诉自己的丈夫，是金子总会发光的。于是，丈夫再一次找回了信心。

之后，一连很多次，丈夫始终没有面试成功。而每一次，妻子都会给他鼓励和信心。看着妻子坚定的眼神，他不得不相信自己是真的有才华。

后来，在妻子的鼓励下，他创业了。公司按照他的想法，运转得非常好。这时，他发现妻子说得的确是真的。在公司成立一周年的年会上，他说：

"我是最失败的应聘者，因为没有任何一家公司看上我。同时，我又是最成功的应聘者，因为我的妻子看上我了。"

道理解读

这个故事告诉我们，家人和朋友无条件的支持才是我们人生中最大的财富。因此，无论到什么时候，都要爱我们的家人和朋友。

克林顿的名片

美国总统克林顿从小就是一个颇富同情心的孩子，凡事礼让，喜欢和谐，与人为善，在任何情况下都能保持乐观的生活态度。克林顿的这些习惯对他以后的政治生涯产生了重要的影响。

克林顿从小就失去了父亲，后来跟随母亲改嫁与继父生活在一起。克林顿的继父脾气暴躁还经常酗酒，喝醉了之后，就在家里大吵大闹，对克林顿的母亲大打出手。克林顿的母亲是个逆来顺受的传统女人，对于丈夫暴力和麻烦事只有忍气吞声。

在克林顿未满 6 岁的时候，继父醉酒后又和母亲发生争执，忍无可忍的克林顿为了保护母亲，朝着继父开了抢。这件事情被邻居们传得沸沸扬扬。克林顿一家不得不搬离原来的住所。

14 岁那年，克林顿已经长成了大孩子，面对继父的家庭暴力，他勇敢地对着继父挥拳。继父惊呆了，他意识到，克林顿已经长大了，有能力与自己抗衡了。从那以后，继父再没有虐待过他们母子二人。

克林顿是宽容的，为了家庭的和谐，为了与继父建立起亲情，他主动将自己的姓氏改成继父的姓氏。因此，直到今天，克林顿的名片上赫然印着继父的姓氏。克林顿不在乎别人说什么，只要母亲能够幸福，家庭能够和睦，姓什么没有关系。

克林顿的名片上一直沿用着继父的姓氏，在他做总统的时候，也没有想过改回生父的姓氏。他认为这是他对那个曾经对他拳脚相加的继父的承诺。他必须遵守，也有责任为家庭和谐尽自己的一份力量。

道理解读

克林顿非常讲信用，无论对任何人都是如此。他的事迹告诉我们，无论贫穷与富贵，都要尊守信诺，与人为善，做一个有胸怀、懂感恩、有责任感、有担当的人。

责任感创造奇迹

苏珊出生在一个音乐世家，从小就沐浴在音乐中。她非常喜欢音乐，一直希望自己可以在音乐上取得好成绩，度过自己的一生。但是，阴错阳差，她没能继续她的音乐梦，而是进入了大学的工商管理系。

一向认真的苏珊，虽然不喜欢自己所学的专业，但是依旧很认真地学习。每次考试成绩都是最优秀的。在她即将毕业的那一年，她被学校保送到美国麻省理工大学继续深造。之后，苏珊又以优异的成绩读完了博士学位。

如今的苏珊早已是证券界的风云人物了。可是，她依然说："如果可以重新来过，我依然会选择音乐。"

人们非常奇怪，就问道："既然你不喜欢自己的专业，为什么还要那么努力地学习呢？为什么还要这么努力的工作呢？"

苏珊笑了笑，说道："因为这是我的工作，我处在这个位置上，就要尽力做好，这是我的责任呀。做好自己应该做的事情，不仅是对工作负责，也是对他人负责，更是对自己负责。"

道理解读

世界上有很多人，每天所从事的工作并不是自己喜欢的工作，所做的事情也有很多不是自己感兴趣的。但是，他们依然会努力做好。因为，既然处在那个位置上了，就要承担起应有的责任。

责任感是人们心中对自己的要求。我们来到这个世界，除了享受快乐、亲情、友情等一切美好的事物之外，还要承担起自己的责任。不管我们喜不喜欢，感不感兴趣，既然我们做出了选择，那么有些事情就必须去做。这是对自己和他人的尊重。记住，世界上并不是只有兴趣才能创造奇迹，责任感同样可以创造奇迹。

手捧空花盆的孩子

很久以前，有一位国王，年纪很大了，依然没有子嗣。于是，国王决定从他的臣民中挑选一个孩子来继承他的王位。

这一天，国王命人将全国各地的孩子都聚集到皇宫里来。然后，国王给每一个孩子发了一粒花籽，并告诉他们，三个月后，谁种出来的鲜花最美丽，就让谁来继承他的王位。

孩子们纷纷回到各自的家里，将花籽栽进花盆里，每天浇水，悉心地照顾着。

三个月很快就过去了，孩子们再一次来到国王面前。他们每一个人的手里都捧着一盆花。一盆比一盆漂亮，有红的，有黄的，有白的……美丽极了。

孩子们都很兴奋，希望自己的鲜花是最美丽的。可是，国王看着这些鲜花，却皱起了眉头。他默默走过每个孩子，一句话也不说。忽然，他停在一个孩子的面前。只见这个孩子手里竟然捧着一个空花盆。国王的脸上终于露出了笑脸，问道："他们都种出了美丽的花朵，你怎么捧着一个空花盆呀？"男孩低着头，显得很伤心，"我已经尽力了，我把花籽种在花盆里，每天都很用心地给它浇水。可是三个月过去了，花籽却怎么都不发芽。所以，我……我……"

周围的孩子们听了，大笑起来，有的孩子甚至开始嘲笑他，"看他那样，怎么可能种出美丽的花朵呢？"

国王却走上前去，轻轻拉起那个男孩的手，说道："找到了！找到了！我要找的继承人就是你。"其他的孩子们听到国王的话，纷纷表示不服，"明明我们种出了美丽的鲜花，而他却什么也没有种出来，为什么是他呢？"

国王说道："其实，我发给你们的花籽是煮熟的，试问，已经煮熟的花籽怎么可能发芽、开花呢？"

孩子们听完之后，再也不说话了。

道理解读

那些手捧鲜花的孩子们，连最起码的做人根本都没有，又怎么有资格成为国王的继承人呢？这个故事告诉我们一个非常简单的道理：诚实是做人的根本！

购买上帝的小男孩

夜幕降临，一个小男孩，手里拿着一枚1元硬币，四处寻找商店，见到商店，进去就问："请问您这儿有上帝卖吗？"商店老板都说没有。

终于，男孩进入第29家商店时，问道："请问您这儿有上帝卖吗？"商店老板是位慈祥的老人，他笑着问男孩："告诉我，孩子，你为什么要购买上帝？"男孩哭了："因为我的叔叔在工地干活时，从高处摔了下来。医生说，只有上帝可以救他。我从小就是一名孤儿，是叔叔把我养大的，我一定要救叔叔。"

看着跑得满脸是汗的孩子，老人有些感动："告诉我，你有多少钱？"

小男孩拿出了硬币："我有它，这是我的全部财产。"

老人接过老人硬币，递给了他一瓶饮料，说："让你的叔叔喝了它吧，这就是上帝。"

小男孩喜出望外地跑到医院，将饮料交给了医生，说："这就是上帝，快让我的叔叔喝了吧。"医生们不忍心伤害一个孩子的心，收下了饮料，安抚孩子回去了。

没过多久，这家简陋的医院里来了一个世界顶尖级的医疗小组。他们采用世界上最先进的医疗技术，治好了小男孩的叔叔。

当小男孩的叔叔出院时，医疗费账单上那天价的医疗费用，险些让男孩的叔叔再一次昏过去。可是医生却告诉他，有位老人已经帮他把医疗费全付了。

原来，那位商店老板竟然是一个隐形富翁。为了打发时间，便开了这家商店。在被小男孩的孝心感动后，老人觉得有必要帮助他们，于是，他请来了世界上最好的医疗小组。男孩叔叔知道后，和小男孩一起来到那家商店，想要当面感谢恩人。可是，老人已经卖掉商店，出国去了。

道理解读

这个故事告诉我们，爱心才是真正的上帝！因为有爱心，我们互帮互助；因为有爱心，我们才拥有了很多的朋友；因为有爱心，我们才觉得不孤单；因为有爱心，这个世界才变得美好。爱心是每个人心中的上帝。当我们拥有爱心时，我们会感到无比快乐；当我们释放爱心时，我们会获得更多的爱心。

第四章 热爱学习：用智慧点亮生命的火炬

著名作家王蒙说过：“一个人的实力绝大部分来自学习。”学习像一把钥匙，像一座灯塔，像一面镜子，可以增智，可以解惑，更可以明辨是非。

每一位领袖都是读书人

美国的杜鲁门总统从没有上过大学，但是他的确是一名读书人。杜鲁门曾多次精读《圣经》和《大英百科全书》，以及很多知名作家的小说、诗歌等。广泛的阅读，打开了杜鲁门的思维之门，让他做出了很多科学的决断，促使美国在战后快速繁荣。

纵观各国的领袖，可能不是每一位都是校园里的高材生，但是他们一定都是读书人。读书有很多的好处，可以提高智商，解决疑惑，还能使人明辨是非。对于国家的领袖意义就更大了。领袖是一个国家的领头人和决策者，因此，必须要求他们具有聪明睿智的头脑和高瞻远瞩的眼光，以及果断的决策力。想要拥有这些能力就需要读书，因此，一个国家领袖一定是一名读书人。

特别是现在，高科技日新月异，没有广阔的视野，多方面的知识背景，和相对精深的专业素养，是不具备成为领袖的资格和能力的。外行领导内行，不仅在决策上会出问题，也极容易导致领导团队的矛盾和冲突。因此，读书对于一名领袖而言尤为重要。

尽管我们的领袖大部分是从基层慢慢成长起来的，但是他们从来都没有放弃过读书，他们的理论素养也很高。

同时，领袖读书，对全民也有一定的带头作用，让整个国家的民众都爱学习、爱读书，这对国家的发展、经济水平的提高都起到了很好的作用。

除此之外，人生真正的财富，是精神财富。领袖读书，可以帮助他们拥有丰富的精神财富，有助于他们保持平和的心态、理智的头脑和宽广的胸怀。这对他们的工作和国家的命运有着很大的影响。

道理解读

人生真正的财富，是精神财富。精神财富获得的主要途径就是读书。

作为领袖，懂得的知识应该更加丰富。尤其在这信息爆炸、科技飞速更新的时代，领袖们更应该多读书，丰富自己的精神世界，要知道：知识就是力量，丰富的知识就是领导力。

橱窗外的看书男孩

在一个偏远的小镇上，一个十几岁的男孩每天都早早起床，很晚才回到宿舍，整整一天不见踪影。孩子的父母都是镇上的清洁工，所赚的工资刚刚够一家人的生活费和供孩子读书的费用。贫寒的家境让这名孩子除了学费之外，不能再向父母多要一分钱。

可是，这个孩子天生喜欢读书。每天都来到图书馆里，认真阅读各类图书。每当图书馆到了关门的时候，他只能带着书籍来到一家 24 小时营业的便利店，利用透过橱窗的光看书。有时候甚至一看就是一夜，直到天亮了，男孩才离去。

时间长了，便利店的老板和男孩越来越熟悉。他被男孩爱读书的行为打动了，对男孩说道：“这样吧，你以后别在橱窗外面看书了，还是进来看吧，反正我们这里 24 小时营业。”男孩谢过了老板，但是他从来没有进去过，无论刮风还是下雨，都只在便利店的橱窗外读书。

便利店老板觉得有些奇怪，便问他为什么不愿意进去读书，屋里的环境不是更好一些么？男孩却回答说，第一，他不能随随便便地接受别人的好意，那样他会觉得自己欠别人的；第二，环境太舒适了他担心自己会不知不觉地睡着了，那样他就会浪费掉很多的时间。因此，男孩觉得在橱窗外读书是最好的。

男孩就这样坚持着在橱窗外读书。直到后来，他考上大学，成为学术界的泰斗级人物时，回顾当年在便利店的橱窗外读书的经历，依然是抱有浓浓的情意。他说，当年在橱窗外读书的经历是我这一生中最美好的经历，我的很多知识都是在那里掌握的。

道理解读

苦中作乐也是一种快乐。故事中的男孩一直在橱窗外读书，这种经历直接影响了他的一生。这个故事告诉我们，只要你想读书，那么无论在哪里，身处怎样恶劣的环境中，你都可以尽情地读书。

李广智退匈奴兵

飞将军李广是汉朝著名的军事将领。一次，匈奴人大举进攻上郡。皇帝身边的一名太监带领一队骑兵，在边疆纵马驰骋，看见三个匈奴。太监想，他们只有三个人，而我们有十几个人。于是便和他们战在一处。结果，匈奴人竟然以少胜多，杀光了太监带领的一队骑兵，还射伤了太监。太监跌跌撞撞地逃跑到了李广处。李广听完太监的描述，说道："那三个人一定是匈奴的神射手。"

为了铲除他们，李广亲自率领一百多名骑兵加紧追赶。很快，李广就追上了那三名匈奴人。三个人因为没有坐骑，所以只走了十里多。李广拉弓搭箭，一箭一个，轻而易举地杀死了他们。

这时，不远处的山坡上出现了匈奴兵，为数不少，看样子有几千人。他们看到李广竟然只带领百十人出关，认为是陷阱，于是，匈奴兵只是摆好了阵势，却迟迟没有行动。

李广带领的骑兵也很惊恐，"十比一呀，这仗怎么打？"士兵们想骑马逃回去，李广拦住了大家，说道："我们离开大部队已经十多里路，如果现在我们掉头逃跑的话，匈奴士兵定会不费吹灰之力将我们全部射杀。因此，逃跑是条死路，行不通的。反倒是不逃还有一线生机。匈奴士兵见我们不逃，定会认为我们是诱饵，引诱他们进攻，故而他们一定不敢轻举妄动。"

李广命令骑兵们继续前进至敌军二里左右的地方停下。骑兵有些担心地问道："我们距离匈奴人这么近，如果他们想要攻击我们，怎么办？"李广说："匈奴以为我们会逃走，现在我们不仅不逃走，反而离他们更近了。这样做，会让他们更坚信我们是引诱他们上当。”

果然匈奴人真的不敢出击。到了黄昏之际，匈奴军队更加紧张，担心汉军可能会趁着夜色做掩护，偷袭他们。为了防止落入险境，匈奴人最终决定撤退了。而李广他们美美地睡上一夜，第二天天亮才回到军营中。

道理解读

作家王蒙说过：“一个人的实力绝大部分来自学习。”学习对一个人而言，至关重要。学习可以提高一个人的智商，甚至在某一关键时刻，可以挽救自己和他人的性命。

聪明的占星师

古时候，有这样一位占星师，似乎有通天晓地的本领。他的预言往往都能应验。久而久之，这位占星师在民众心里，树立了极高的威望。这让当时的国王很是忌讳，他觉得占星师的存在已经严重威胁到了他的地位和权力。所以，国王就想秘密地除掉他。

这一天，国王召见占星师。在占星师来之前，皇宫内外就已经安排好了侍卫，随时准备杀死占星师。

占星师是个非常聪明的人，也是一个非常爱学习的人。他的预言之所以能够应验，并不是他有什么超能力，而是通过后天的学习，逐渐总结出来的客观规律。对于国王的忌讳，他早已心知肚明，也猜测到这次赴的是鸿门宴。可是，他又不能不去，所以他想了一个保全自己的方法。

没过多久，占星师来到皇宫。国王热情地招待了他。宴会上，看上去安静、祥和的气氛之下，充满了危险的气息。占星师看出了这一点。所以没有等国王发出行动的命令，他便对国王说：“昨夜夜观天象，发现自己的命运真好，竟然与国王陛下联系上了。”

国王一听，高高举起的手，缓缓放下了，“怎么和我联系上了？”

占星师说道：“我会在陛下驾崩前三天逝世。众所周知陛下的寿命很长，这岂不是说我的寿命也会很长么？”

国王陛下闻听此话，脸色骤变，连忙命令侍卫们撤下，并派遣高手日夜保护占星师，防止歹人伤害他。

道理解读

占星师并没有预知未来的超能力，只是他通过学习，掌握了事物的客观发展规律，从而能够做到先知，并且运用聪明智慧，巧妙地化险为夷。由此可见，学习是一盏灯，点亮智慧的灯。在人的一生中，可能会遇到很多的危机，没有什么比拥有一颗充满智慧的头脑更能确保自己顺利地化险为夷。

德军智闯英吉利海峡

英吉利海峡曾被英国人认为是防御最坚固的地段。第二次世界大战时，英国海军和空军将重兵布防在英吉利海峡上。

一天，一支德国舰队忽然大摇大摆地出现在了英吉利海峡上。一架正在巡逻的英国战斗机发现了这一情况，于是他们立即向司令部报告。

不幸的是，司令部那些人在接到这份报告以后，不仅没有及时做出相应的对策，反而认为这是个天大的玩笑。因为，别说是大白天了，就是在漆黑的夜晚，德国舰队也不敢贸然闯进重兵防守的英吉利海峡。他们甚至开玩笑说："如果德军真的在白天来到了英吉利海峡，说明他们想集体自杀。"

就在他们捧腹大笑之际，又一辆侦察机发来了同样的警报，声称：德军正在抢渡英吉利海峡最危险的地段。再一次接到同样的警报，司令部的那些人再也笑不出声来了。他们连忙部署相关的战斗策略。但是，在战场上，战机转瞬而逝。由于之前的延误，最佳战机已经错过，德军大摇大摆地，没费一枪一弹，顺利地通过了英吉利海峡。

按常理说，德军是根本没有可能通过重重防卫的英吉利海峡的。可是，德军正是利用了英国人的这一心态，巧妙地闯过了英吉利海峡，在英军的眼皮子底下输送了大量舰艇与官兵，增强了那里的战斗力。

后来，有人问起当时指挥德军智闯英吉利海峡的指挥官，何以敢在大白天大摇大摆地通过英吉利海峡时，他说道：“因为英国人认为我们绝对不敢这么做。”

道理解读

这个真实的故事告诉我们，永远不要轻敌，即使你拥有强过对方数倍的实力，也不要轻敌。要知道，你的对手是非常狡猾的，而双方的较量也不仅仅是双方实力的较量。很多时候，智慧也是影响战局的关键因素。一定要严守心理防线，不让对方抓住自己的思维漏洞，扭转战局。当然，我们也要懂得巧妙地利用对方心理的思维漏洞，做到出其不意、反败为胜。

只因为多看了一眼

一位颇有成就的年轻人，一直认为自己是个有雄心壮志的人。他经常看不起那些庸庸碌碌的人，认为他们是在浪费生命，是一群没有思想、混吃等死的无脑躯壳而已。

这一天，年轻人决定为自己写本自传。故事情节中，为了突出自己的优秀，年轻人决定在剧中设计了一个穷困潦倒、浑浑噩噩的庸人。为了接近真实，年轻人决定去乡下寻找一个原型。

在乡下，年轻人很容易就找到了这么一个人。在一片荒草肆意生长的农田里，一位满脸络腮胡子的老人坐在一把椅子上除草。年轻人撇了撇嘴，说道：“真懒惰呀，下地干活还要坐着椅子，难怪田地看上去这么荒。”

年轻人转身离开了，他需要立即将人物定格。在上车的一瞬间，年轻人又回头看了一眼。就因为多看这一眼，刚才那名邋遢不堪的负面人物形象被彻底颠覆了。只见老人座椅的旁边竟然靠着一双拐杖，老人那条空荡荡的裤管被秋风吹得一扭一扭的，而拐杖的扶手上挂着一个军绿色的水壶，上面赫然印着“中国人民解放军英雄连长”的字样！原来，这位老人根本不是什么懒散之徒，而是一位残疾的军人，曾经的战斗英雄！

后来，年轻人进村一打听才知道，原来老人的双腿是在一次抗洪抢险中失去的。部队原本已经为他安排了一份很不错的文职工作。可是，他坚持要求退伍，他说他已经残废了，不能给部队添麻烦，他要自力更生。

年轻人听完之后，双眼落泪，心中充满了愧疚。从此之后，年轻人再也不敢随便瞧不起人了，因为没有人能随便给一个并不熟悉的人轻易下结论。

道理解读

生活中的每一个人都是立体的，眼睛看到的不一定就是对的。我们要学会多角度看待一个人，不要以偏概全、轻而易举地下结论。看待某件事情或事物也是如此，要全面评估，多角度观察，透过表面看本质，才能得出准确的结论。

卖水的淘金者

19世纪中期，有人在美国加州发现了金矿。消息很快就传开了。很多人慕名而来，准备好好把握这个千载难逢的发财机会。

这些人里面包括农夫亚默尔。由于家庭贫寒，亚默尔也加入了这支庞大的淘金队伍，他同大家一样，准备通过自己的努力，挖到金子，一夜暴富。然而，梦想是美丽的，现实却是残酷的，当亚默尔历尽千辛万苦，赶到加州时，他才发现原来有很多人都做着和他一样的美梦。

加州，金矿上的人越来越多。然而，金子不是那么好挖的。挖金子的人一连努力了很长时间，也没有挖到一块金子。由于人多，金矿上的水源奇缺，人们的生活出现了严重的问题。很多人，不仅没有挖到金子，反而将命送在了这里。

亚默尔和大多数人一样，虽然很努力，也没有挖到金子。每天都要面对严酷的生存问题，亚默尔已经被折磨得只剩半条命了。

一天，亚默尔又听到周围的人抱怨缺水，他望着水袋中仅剩的一点点水，忽发奇想：既然挖不到金子，还不如卖水呢。

就这样，亚默尔果断地放弃了原来的梦想，开始将清凉可口的饮用水卖给前来挖金子的人们。

人们见到亚默尔放弃了挖金子，干起了买水的小买卖，纷纷嘲笑亚默尔，说他没出息，千辛万苦地到加州来，不好好地挖金子发大财，却做起了小买卖，每天赚点蝇头小利。

亚默尔并没有理会别人的嘲讽，他只顾买水。事实上，亚默尔每天获得的并不是什么蝇头小利，虽然一桶水值不了多少钱，但是矿上的挖金人多呀，需求量很大，而且，这些水原本也没有什么成本。因此，亚默尔每天买水的利润也很可观。

后来，很多淘金者大部分都空手而归了，只有亚默尔虽然没有淘到黄金，却在很短的时间靠卖水赚到了很多钱，成了名副其实的富翁。

道理解读

在追逐梦想的过程中，一定要灵活机动，面对一时无法实现的梦想，要随时准备转移注意力，寻找更多的机遇，不要死盯着一个目标，一成不变，这不是明智之举。

林则徐设计筹款

1838 年湖广等地遭遇多年罕见的大旱，粮食收成大减，甚至有的地方颗粒无收。一时间饥民遍地，动乱四起。时任湖广总督的林则徐，看在眼里，急在心里。他忧心如焚，拿出自己的全部财产赈济灾民，并动员部下募捐。然而，当地的官员们嘴上说忧国忧民，真要动真格的了，谁都不愿意拿出自家的钱。

林则徐见状，决定想一个计策。

第二天，林则徐命人在衙门口张贴告示，说他要率领众官设坛求雨，乞求天神庇护苍生。因为此事涉及天神，众人必须沐浴斋戒两日，以示诚心。到了求雨那天，林则徐带领一众官员们跪在地上，虔诚祷告。直到中午，烈日当头，没有一丝微风，天气异常的炎热，那些养尊处优的官老爷们哪里经受过这样的罪，一个个口干舌燥、大汗淋漓、叫苦连天。

终于求雨的时辰到了，官老爷们原以为结束了，可林则徐说："平时我们总是高居庙堂，过着饭来张口、衣来伸手的富贵生活，不能体会百姓的疾苦，以至于天降大旱。今天。我就带领你们体验一下农民的艰辛，品尝百姓们在烈日下挥汗锄禾的滋味。"

官员们闻听，腿都软了，嘴上虽然什么也没说，心里却暗自叫苦不迭。

大约过了三炷香的工夫，林则徐命人抬来事先预备好的凉茶。官员们早已渴得受不了了，见到凉茶便迫不及待地喝了起来。

由于天气炎热，凉茶又很凉，冷热交攻，众人纷纷呕吐起来了。林则徐笑着说道："让我来检查一下你们的诚心。"

说完，林则徐不顾脏臭，亲自检验每个人的呕吐物。检查结果显示，除了林则徐自己斋戒了两天，其他大小官员们的呕吐物不是山珍海味就是鸡鸭鱼肉。林则徐严肃地说："今天我们诚心乞求苍天的庇护，可是你们……这是对神灵的亵渎呀，苍天还愿意降下甘霖么？前几天我号召大家慷慨解囊，捐款捐物，你们却说自己家已经快揭不开锅啦，可是你们看看你们都吃了什么？"

官员们自知理亏，于是纷纷捐款捐物。

道理解读

面对谎言时，一味地指责批评，并不能让人心服口服，不如将计就计，设法让谎言不攻自破，无法立足，更能让人信服。

竖起来的鸡蛋

哥伦布发现了新大陆，让人们发现原来在海的尽头还有另外的世界。鉴于哥伦布的突出贡献，英国的皇室决定为他举行一场庆功宴。

庆功宴上，一位贵族对哥伦布的发现不屑一顾。他当着哥伦布和众人的面，说道："有什么可庆祝的，任何一个人坐上船，都能到达大西洋的对岸，这根本算不上什么发现，也不值得我们在百忙之中，抽时间为你庆功！”旁边的人听到之后，随声附和起来。

哥伦布并没有立即反驳，可是他身边的朋友们非常气愤，想要冲上去与他理论一番。哥伦布连忙阻止。在哥伦布看来，这些脑满肠肥的家伙除了享受生活，没有任何有价值的见解，因此，根本没有必要与他们生气。

为了堵上这些人的嘴，哥伦布让仆人从厨房拿来了几个煮熟了的鸡蛋，问道：“你们之中，谁能把鸡蛋竖立起来？”参加庆功宴的人纷纷尝试，却没有一位能将鸡蛋竖立起来，包括刚才嘲讽哥伦布的那位。

这时，哥伦布走上前去，拿起鸡蛋，用力地向桌面砸去，鸡蛋的一端破了，鸡蛋稳稳直立在桌上。

见到哥伦布用这么简单的方法让鸡蛋竖立起来，那些贵族顿时大哗：“你这算哪门子游戏，连三岁小孩也会做。和我们做这样的游戏，简直是对我们的侮辱。”

哥伦布忍不住笑了，反问道：“既然您说连三岁小孩都会做，为什么你们却没有一个人会做？”贵族们不知道该怎么回答，一个个羞得满脸通红。这时，哥伦布接着说道：“很多事情，不知道的时候觉得很难，别人解决完问题之后，回过头来看又太简单了！”

道理解读

有时候，与其费尽唇舌，与他人争执，不如开动脑筋，想出一个充满智慧的方法，让对方彻底无力辩解。记住，解决问题一定要运用智慧，不要盲干，更不要愚蠢地与对方发生争执。冲动和争吵是愚蠢的解决问题的方法。

爱迪生聚光救母

美国最伟大的科学家爱迪生，一生中有过 1000 多项发明。虽然没有上过几年学，但是他自幼好学，自学了很多知识。在他只有 11 岁那年，有一天，他从自己的实验室做完研究回到家中，见到母亲躺在床上哼哼。屋子里面只点着一根蜡烛，一位医生正站在母亲的床边。爱迪生见状，立即扑到妈妈身上问道："妈妈，您怎么了呀？"

医生说道："你妈妈得了急性阑尾炎，需要马上动手术。"

"可是我们家没有钱呀？医院是不会为我们这样的穷人看病的。"爱迪生的妈妈忍着剧痛说道，"您能在这里为我做手术么，医生？"善良的医生不忍心拒绝他们，考虑到他们的实际情况，的确没有能力去医院动手术，于是便答应了他们的请求。

医生一边准备手术，一边担忧地说道："眼看着天就黑了，屋子里的光线太暗了，我动手术的时候恐怕看不清楚。"

爱迪生着急地说："医生，那你趁着天空还有些亮光，赶快给我妈妈动手术吧！"

医生看了看四周，为难地说道："恐怕我现在已经看不清楚，不能为你的母亲做手术了。"

爱迪生的妈妈不忍心再为难医生了，说道："没关系的，明天白天再说吧。我可以忍一晚上。"

"不行，你的情况需要立即手术，等不到明天的！"医生坚定地说道。

爱迪生担心极了，他拼命地想怎么样才能让屋子里有足够的光亮。忽然爱迪生的心头一亮："我有办法啦！"

爱迪生将衣柜的镜子拆了下来，又找来三面大镜子和一些蜡烛。只见爱迪生将这些镜子和蜡烛分别放在床四周，又神神秘秘地鼓捣了一会儿。从镜子里反射出来的光线聚合在一起，照亮了整个屋子。

看着明亮的屋子，医生被爱迪生的精妙设计惊呆了。后来，医生就在这样一个独特的"手术室"里顺利地帮爱迪生妈妈做完了手术。

道理解读

科学的力量是伟大而又神奇的。学习科学知识的目的是为了能够灵活运用它们，为我们的生活提供更多的便利。科学是为人类服务的。

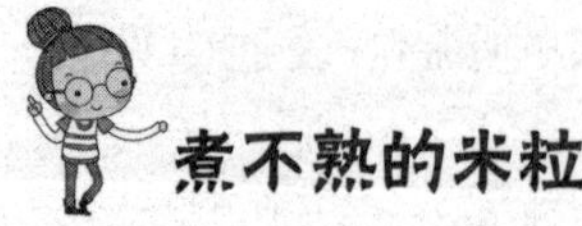

煮不熟的米粒

有一个米粒觉得自己很强大，长得很饱满，将来一定可以成为优等米。可事与愿违，米粒没能成为优等米。它觉得很委屈，心想：一定是挑选者弄错了，自己这么优秀怎么可能不是优等米呢?

第二天，米粒和其他的米粒一起来到新主人的家中。主人决定做大米饭，便将它们放到锅里煮沸。在沸水中，米粒更加坚定了自己的不平凡，因为它竟然是一颗怎么煮也煮不熟的米粒。米粒心想，这简直就是一个奇迹呀，自己一定是拥有什么超能力，可以与沸水抵抗。

于是，不服的米粒，离开了新主人的家，它要去闯世界，让世界上的人们都知道自己的不平凡。

从此，米粒见人就对人说："我是一颗煮不熟的米粒，我拥有超能力。"米粒完全沉浸在自我迷恋之中，终于有一颗老米粒看不下去，它对米粒大声吼道："你煮不熟有什么了不起的。作为一颗米粒，如果你不能被煮熟，成为人类饭桌上香喷喷的米饭，那么你的结局只能有一种，那就是被人当成没用的东西扔掉。"

米粒非常不认可老米粒的话。它依旧四处宣扬自己的不平凡之处。直到有一天，它遇到了一位科学家。科学家听完小米粒的自吹自擂，笑了笑，说道："我想你是弄错了，世界上根本就没有煮不熟的米粒。根据你之前的描述，我怀疑你当时身处高海拔的地方，沸水的温度达不到一百摄氏度，故而你没有被煮熟。这不能说明你是不平凡的，只能说明你是非常无知的。"

后来，科学家又带着小米粒亲自去了一趟高海拔地区，果然在哪里，小米粒了解到很多伙伴都没有被煮熟。小米粒羞愧地低下了头。

道理解读

这个故事告诉我们，没有知识是非常可怕的事情，对于很多道理非常浅显的事物都不知道是怎么回事，反倒会弄出笑话，让自己出丑。因此，我们要多读书，多了解事物的本质，这样才能真正做一名通透的人。

伊索解释遗嘱

有位富人养育了三个女儿，每个女儿都有各自的爱好：一个爱喝酒，一个好打扮，一个则有些小气。富人得知自己将不久于人世，便将自己的家产分成了三分，分给三个女儿，并规定每个女儿在将自己的遗产卖掉之后，要各自给她们的母亲一笔钱。

没过多久，富人便撒手归西了。三个女儿迫不及待地打开父亲的遗嘱。在遗嘱中，父亲将遗产分成三份：一份是乡下的别墅，包括葡萄棚下的餐桌、餐具、面盆、水壶和一个存放马尔付齐酒的酒窖，外加一个专门的佣人；另一份则是有一套装修非常考究的城里的房子，房子里面带有考究的家具、新潮的用具和一名梳头姑娘和裁缝，还有一些美丽的珍珠宝贝和贵重的衣物；第三份则是一个拥有全套设备的农场和牧场，还有一些牲畜和一些管理生产和牲畜的仆人。

看着这些财产，女儿们觉得如果抽签的话，那么可能很难得到自己心仪的那一份。于是，她们三个同意各自挑选一份自己喜欢的家产继承。对于三个女儿的决定，城里所有的男女老少都表示赞成，只有伊索一人表示反对，他说："如果富人还活着，知道你们这样分遗产，他会生气地骂你们所有人的。"

后来在伊索的主持下，三个女儿每个人分得了一份他们并不喜欢的遗产，然而将遗产卖掉，每个人都给了母亲一笔钱。分到遗产的女儿们将遗产卖掉之后，手中有了钱，纷纷找到了各自满意的夫婿，过起了幸福的生活。之后她们便将卖遗产的钱还给了他们的母亲。

这时，众人才明白，原来富人的遗嘱是这个意思。这才是富人立遗嘱的真实目的。

道理解读

父母爱子女必为之计深远。故事中的富人希望孩子们通过这份遗产作为桥梁找到属于自己的幸福生活，但是同时又不希望孩子们不劳而获，希望他们所拥有的一切都应该通过他们自己的努力获得。于是富人表明，遗产最终要还给孩子们的母亲。这个故事告诉我们，在考虑任何问题时都不要抱有不劳而获的思想，没有人有义务无偿地地为你付出。

4个盒子装9块蛋糕

一天，一位年轻人路过一片竹林，见到一位老者，虽然上了年纪，依然保持着良好的读书习惯。年轻人被老者的这种勤奋学习的精神深深地打动了，上前一看，却发现老者竟然看着一本漫画书。年轻人心生反感，当众羞辱了老人一番，说老者的智商竟然停留在了孩童时期。

老者说，我是孩童，那么你肯定比我这个孩童聪明，那么请先解答一个问题吧。老者提出的问题是，如何将 9 块蛋糕装进 4 个盒子里，而且确保每个盒子里的蛋糕数量不能少于 3 块？年轻人百思不得其解。他尝试了半天都不能做到将 9 块蛋糕装进 4 个盒子里，而且每个盒子里的蛋糕数量不能少于 3 块。

最终，年轻人得出一个结论：老者根本就是在故意刁难他，所以随便出了一道根本无解的题目搪塞他。年轻人感到非常气愤。他思来想去，决定还是去找一下那位老者，弄清事情的真相。当年轻人再一次见到老者时，老者依然是那副超然于世的样子，这让年轻人感到一阵反感。“如果他能用这样的手段来搪塞我，那么他不值得别人尊重。”年轻人在心中默默地想着。老者看出了年轻人并没有解出答案，便对他说：“跟我来吧。”

年轻人跟着老者来到屋内，只见老者拿出四个盒子：三小一大，然后又拿出一块蛋糕分成了九块，分别装进了三个小盒子里。然后，老者看了看年轻人，不紧不慢地将三个小盒子装进了最后的大盒子里。

年轻人惊呆了，老者真的做到了将 9 块蛋糕装进 4 个盒子里，而且确保每个盒子里的蛋糕数量不能少于 3 块。这下年轻人有些不知所措，如此简单的问题都解决不了，的确有些难为情。

道理解读

这个故事告诉我们，任何时候都不要小瞧别人。人外有人，天外有天。即使是一个孩童，依然有我们可以学习的地方。记住，任何时候，面对任何人都要有谦虚的态度，谦虚才能使人进步。

老锁匠的智慧

很久以前，在一个小镇上有一位老锁匠。他一生都在与锁打交道，技术非常高超，人品也很好。所以，全城的老百姓都很敬重他。老锁匠在为别人修锁时，总会将自己的姓名和住址告诉对方，说道："如果以后你家被盗了，锁是用钥匙打开的，你就来找我。"

渐渐地老锁匠越来越老，他想找一个徒弟，将自己的全部本领都传授给他。于是，老锁匠便收了两个徒弟，准备把一身的技艺传授给他们。

一年之后，两个徒弟都学了很多东西。这一天，老锁匠告诉他们说："祖上有规定，绝招只能传给你们中的一个人。为了公平起见，你们之间需要进行一场比赛，以便选出真正的继承人。"

三天之后，比赛开始了。全镇的老百姓都来围观了。只见老锁匠亲自动手打造了两个一模一样的保险柜，然后让徒弟们在没有钥匙的情况下打开保险柜。当然最终哪位徒弟用的时间最短，哪位就是最终的胜利者。结果很快就见分晓了，大徒弟打开保险柜只用了十分钟；而二徒弟却足足用了二十分钟。很显然，大徒弟胜了。

考试结束了，大徒弟想到自己马上就要成为继承人了，不免有些沾沾自喜。老锁匠看着两位徒弟，问道："告诉我你们再打开保险柜之后，都看到了什么？"

大徒弟立刻两眼放光，回答道："师傅，里面有好多钱，还有一些金条和珠宝。"

"你的保险柜里有什么？"问完大徒弟，老锁匠又转过身去问二徒弟。

二徒弟却支支吾吾半晌，才说出：“师傅，我不知道里面有什么。我只想怎么开锁，没有留意里面的东西。”

老锁匠欣慰地笑了，“好孩子。”第二天，老锁匠郑重宣布二徒弟为他的正式接班人。

大徒弟觉得很委屈：“师傅，你偏心，大家都看到了昨天的比赛，我赢了。”

老锁匠语重心长地说道：“做我们这一行的，信用比技术更重要。在你们刚刚开始学习开锁时，我就曾经告诉过你们，只能开锁，心中除了锁不能有其他物品。可是，你的眼中有金钱，说明你起了贪念。这是我们这一行中最忌讳的。”

听到这些话，大徒弟满脸通红，尴尬无比。

道理解读

信用是无形的力量与财富。做任何事情都要讲信用，这是任何时候都不能破坏的规则。

挤牛奶的姑娘

在一个宁静的小村庄里，村民们过着宁静的生活。虽然日子很清贫，但是村民们大多都很喜欢自己的生活。因而，他们生活得很快乐。

只有一位十几岁的小姑娘，她不喜欢自己的生活，她羡慕城里人的生活。原来，这位小姑娘有一位城里的表妹。表妹有很多漂亮的衣服，而她从来没有穿过一件新衣服。为了能够买一件新衣服，小姑娘每天都会到河边挤牛奶，然后再把寄出来的牛奶卖掉，换成钱存起来。

从家里到河边，小姑娘需要走上一大段山路。挤完牛奶之后，小姑娘再将牛奶顶在头顶上，走同样的一段山路回家。山路崎岖，不好走，但是小姑娘不怕。她一心只想攒钱。

这一天，小姑娘挤完牛奶从河边往家走。经过崎岖的山路时，小姑娘边走边想：“今天再把这桶牛奶卖了，我就攒够了买三百个鸡蛋的钱了。

然后再将三百只鸡蛋孵化，那就是三百只小鸡了。等到那个时候，把小鸡拿去卖掉。我就可以去买一条漂亮的新裙子了。在圣诞节的晚上，我穿上漂亮的新裙子，所有的男孩子都会觉得我很美丽，纷纷邀请我跳舞。而我就会像一个美丽的公主，选出我最喜欢的白马王子……”

小姑娘正美滋滋地幻想着，忽然脚下一滑，连同头顶上的牛奶一下子就滚下了山坡。于是，别说什么新裙子、白马王子了，连小姑娘之前挤出牛奶攒下的钱也全部用作医疗费了。小姑娘绑着石膏板，躺上病床上，难过地哭了起来。

道理解读

这个故事告诉我们，要专注、要脚踏实地做事情，不要三心二意，胡思乱想，这样会分散注意力，很容易导致失误。事实上，生活中的很多事情，难度都不大，只要我们用心、认真地对待，一定可以顺利完成。但是，如果我们三心二意，不能认真对待正在做的事情，那么很有可能在最后的关头出现失误，导致满盘皆输。

小老鼠装电话

人类在飞速地进步着，什么电话、电灯、电视机等，一切家电早已进入各家，成了人类生活必不可少的设备。森林里的动物们也纷纷跟着人类的脚步前进。面对着全体动物的进步，小老鼠也不甘落后，这不，小老鼠决定在家里装一部电话。

小老鼠认为只要自己装上电话了，就能和人类一样，享受现代文明的果实了。

工人师傅费了半天的力气终于搞定了小老鼠家的电话。小老鼠送走工人师傅之后，迫不及待地拿起电话。它要给它的表哥仓鼠打一个电话。兴奋之余，小老鼠发现自己不认识电话上的数字。它不知道该按哪些键。

被迫无奈，小老鼠只好请来了邻居小白兔。在小白兔的帮助下，小老鼠终于和表哥通上了电话。为了以后不再麻烦小白兔，小老鼠希望小白兔可以教会它按那些键。小白兔有些为难地说道：“小老鼠，不是我不教你，只是我觉得这样做根本就没有意义。你想呀，今天你给你表哥打电话，我教会你怎么按，那明天呢？如果你要是给另外一个人打电话不还是不会按么？这电话的键盘上是阿拉伯数字，你现在最应该做的事情就是认识它们。”

听完小白兔的话，小老鼠觉得很有道理。“的确，自己实在是太没有文化了。”小老鼠自言自语道。为了帮助小老鼠快速认识数字，小白兔做起了小老鼠的老师，认真地教它识字。

小老鼠还是很聪明的，没过几天，便认识了电话上的数字。现在，小老鼠无论给谁打电话，都能顺利地拨出电话。这件事情，让小老鼠意识到了学习的重要性。从那以后，小老鼠一改以前不爱学习的坏习惯，开始努力学习。

道理解读

这个故事告诉我们，人应该活到老，学到老。学习是自己的事情，学到了知识会让自己的生活更加便利，事业更加顺畅。因此，学习是件百利无害的好事情。作为新时代的接班人，我们更要努力学习，掌握更多的知识，引领社会进步。

森林里的比武大会

森林里，举行了一场特殊的比武大会——兔子和乌龟赛跑。所有的动物都来观看，它们非常好奇，乌龟竟然有勇气与兔子赛跑。

比赛开始了，小兔子一个健步就消失在了森林深处。这边小乌龟还在慢慢地爬行着，没有走出几步。结果似乎在比赛一开始已经公布了，没有哪个动物会认为乌龟会赢。

时间一点点地过去，乌龟依然缓慢地爬行着。路边的小动物们纷纷劝乌龟道：“小乌龟，你还是认输吧，不丢人，因为你和小兔子的实力实在是差得太远了，一个天上，一个地下，根本没有可比性呀。”

小乌龟没有理睬动物们的劝阻，它坚定地迈着步子，缓慢地前进。

小兔子跑了一会儿，回过头来，看不到乌龟的影子。显然，它已经将乌龟甩出很远很远了。小兔子暗暗一笑："小乌龟实在是不自量力。天气这么热，我看我还是先睡上一觉吧。即使这样，小乌龟也未必能够赶上来。"小兔子说完，靠在一棵大树上，呼呼地睡着了。

兔子美美地睡了一个午觉，睁开眼睛，看了看四周，还是没见乌龟的影子。"唉，这个小乌龟呀，爬得可真够慢的，我都睡了一觉，它还没有赶上。"兔子心想。然后，小兔子伸了伸懒腰，起身向终点奔去。

眼看着就要到终点了，忽然，小兔子看到了乌龟。"什么情况，小乌龟竟然跑到了我的前面？"小兔子有些不敢相信自己的眼睛。它定睛一看，果实是小乌龟，依旧那么慢慢蹭蹭地向前爬。近了近了，尽管小兔子拼尽了全力，依然没能赶在小乌龟之前通过终点线。

在这场森林大比武中，小乌龟竟然奇迹般地赢得了它与兔子赛跑的比赛。看着小乌龟站上领奖台，小兔子羞愧极了。

道理解读

这个故事告诉我们，勤能补拙。对于那些天赋不高的人而言，只要勤奋、刻苦依然可以弥补先天不足，超越那些天赋好的人。在学习上，勤奋才是第一位的。没有勤奋的学习态度，再高的天赋也是徒劳。

搜索智慧的乌龟

森林里，兔子自从那次和乌龟赛跑输了之后，一直郁郁不乐，缩在家里不愿见人。时间过得真快呀，一眨眼，有一场森林大比武开始了。同样，还是乌龟和兔子赛跑，这一次，小兔子决定再也不睡觉了，一定要一直跑到终点再休息。

比赛开始了，兔子一个箭步飞出，一路狂奔眼看就要到终点了，心想："这一次，我中途没有休息，小乌龟一定没有机会胜出了，上次比赛的耻辱终于可以洗掉了。”兔子一边想，一边回过头去看了看后面。乌龟没有跟上来，看来它必输无疑了。

兔子停下了脚步，它要调整一下呼吸，然后昂首挺胸地走过终点线，让所有的小动物们都看到它的风姿。还差最后一步就跨过终点线了。小兔子转身对着它认为乌龟所在的方向挥了挥手，似乎是在和乌龟告别。然后，兔子转过身来，准备一步跨过终点线。这时，兔子的目光呆滞了。“你……你是乌龟么？你怎么又跑到了我的前面？”看着已经在终点线另一端的乌龟，兔子觉得是在做梦。这一次它并没有中途偷懒呀，可是乌龟依然跑到了前面。

原来这一次，乌龟采取了智胜的方式。它知道兔子已经吸取了教训，一定不会再在中途休息。因此，如果真的各凭本事，乌龟将会必输无疑。于是，乌龟就开动脑筋，想到了一个好办法：在兔子刚开始奔跑的时候，乌龟便悄悄地爬到了兔子的尾巴上面，一路上稳稳地抓着兔子的尾巴，寻找机会智胜。终于在最后的关键时刻，乌龟利用兔子转身挥手之际，顺利地爬过了终点线。

就这样，这一次的龟兔赛跑，乌龟依然光荣地胜出了。

道理解读

这个故事告诉我们，只要开动脑筋，没有解决不了的问题。运用聪明才智是创造奇迹的重要砝码，故事中的乌龟运用智慧赢得了比赛。现实生活也是如此，我们应该学会动脑筋，才能避免像兔子一样的结局出现。

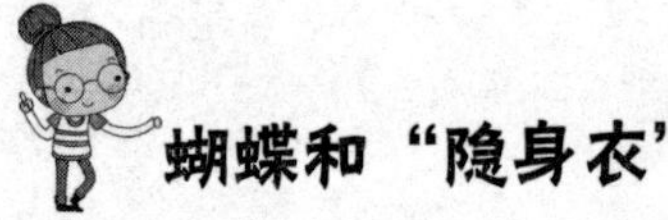

蝴蝶和“隐身衣”

这一天，美丽的花蝴蝶早早飞到田野里。一朵朵娇滴滴的小花上，挂满了花蜜珠。花蝴蝶开心极了，和伙伴们一起忙碌起来。

几个淘气的孩子跑了过来，手里拿着网子。“快跑呀，小孩来捕捉我们了。”一只蝴蝶发出了警报。蝴蝶们连忙飞离花丛。尽管撤退及时，但还有几只飞得不够快的蝴蝶落网了。它们被孩子们放进了瓶子里。看着被捕的兄弟姐妹们，花蝴蝶庆幸自己逃过了一劫。

从此，花蝴蝶不再喜欢自己美丽的外表了，因为它是招祸的原因。后来，花蝴蝶又发现了一个花圃，那里盛开着各种美丽的鲜花。花圃旁边还有很多树木。这真是一场花蜜盛宴呀。蝴蝶们成双结对地在花丛中飞舞，一片热闹的景象。

这时，捕捉者出现了。他们是一群蝴蝶标本爱好者，会将刚刚捕捉到的蝴蝶压制在书中。看着被捕的蝴蝶痛苦的样子，花蝴蝶难过极了。

花蝴蝶美丽的外表引起了捕捉者的兴趣。他们竭尽全力地捕捉花蝴蝶。它被追赶得四处逃窜。眼看着自己越飞越慢，就要落网了，这时眼前出现一棵树。花蝴蝶用尽最后的力气紧紧抓住树干，一动不动。

捕捉者很快就追到了大树这里，就在花蝴蝶的眼前。花蝴蝶吓坏了。第一次有捕捉者距离自己这么近。花蝴蝶绝望地闭上眼睛，等待着死亡的到来。可是等了好久，什么也没有发生。花蝴蝶睁开眼睛一看，只见捕捉者四处张望，“明明看到飞到这里了，怎么就没有了？”捕捉者自言自语道。花蝴蝶也很纳闷，明明自己就在他眼前，怎么就看不见自己呢？

从那以后，花蝴蝶再遇到危险便会飞到树干上，一动不动。利用这个方法，花蝴蝶总能化险为夷。后来，大家纷纷传言花蝴蝶有“隐形衣”，能够瞬间隐形。只有它自己知道，它的“隐形衣”就是树皮，和它拥有几乎一样的外表的树皮。

道理解读

故事中的花蝴蝶，在没有树木的花丛中，因为美丽的外表经常成为捕捉者的目标，这时美丽的外表成了它的催命符；可是当它落到树干上时，那美丽的外表又成了它的保命符。这个故事告诉我们，要学会因地适宜，根据环境灵活转化自身的优缺点。

想吃羊的乌鸦

一只喜欢异想天开的小乌鸦外出游玩的时候，刚巧看到一群羊正在草地上吃草。小乌鸦忽然想品尝一下羊肉的味道。可是，凭它的实力根本没有办法吃到羊肉。

就在小乌鸦思考的时候，一只老鹰从天而降，向羊群俯冲过去。羊群还没有来得及做出反应，一只可怜的小羊羔就已经被老鹰抓到了天空中。看到老鹰如此顺利地抓到了羊羔，乌鸦心想："如果我也像老鹰一样从高处俯冲下来，抓起一只羊羔不就行了么？"

于是，小乌鸦飞到羊群的上方，它左看右看，最终相中了一只瘦小的羊羔。虽然这只羊羔看起来很小，也很瘦，但是乌鸦觉得自己的饭量很小，已经完全够了。关键是，它担心太大的羊羔没有办法提起来。

就这样，选好目标之后，乌鸦便学着老鹰抓羊羔的样子，从高空中飞了下来。这一次，羊群早早地就看到了乌鸦，但是它们并没有理会，依然悠闲地吃着草。乌鸦飞到那只小羊羔的上方，一把抓住了那只瘦弱的小羊羔，想要腾空而起。可是，无论乌鸦怎么用力拍打翅膀，都不能像老鹰那样将羊羔抓到空中去。

其他羊羔看到乌鸦的滑稽动作，都忍不住笑了起来。

就在小乌鸦满头大汗、努力飞起来的时候，牧羊人赶了过来，一把抓住了乌鸦："就凭你，也想抓走我的羊羔，简直太可笑了。"说完，牧羊人哈哈大笑起来。

最后，牧羊人将这只淘气的小乌鸦带回了家，交给了孩子们。孩子们为了防止乌鸦逃跑便减掉了它的翅膀。从此，小乌鸦再也不能飞上天空了，它非常怀念以前自由自在的日子。小乌鸦就这样失去了自由，只能待在笼子里面仰望天空了。

道理解读

这个故事告诉我们，要清楚自己的实力，不要去追求那些本不属于自己的东西。做自己就好，不要盲目模仿他人。盲目地模仿他人，不仅不能很好地提升自己，实现自己的价值，很可能会搬起石头砸自己的脚，失去原本属于自己的一切。

钻到财主家的猪

猪妈妈生了七头小猪。小猪们在猪妈妈的照顾下快乐地成长着。慢慢地，小猪们长大了，开始吃主人喂的猪食。它们的主人是一名贫穷的农夫，只能为它们提供简单的食物。隔壁财主家的猪食美味极了。每次财主来喂猪，那香喷喷的味道都会让小猪们垂涎。

虽然财主家有美味的食物可以吃，但是猪妈妈从小就教育孩子们，不要羡慕财主家的生活，主人对它们已经够好了，虽然不能为它们提供美味的食物，但是非常爱惜它们。

勤劳的农夫每天都把它们的猪窝打扫得干干净净的。食物虽然不够美味，却很有营养。小猪一家在农夫的照顾下，健康快乐地成长着。

可是，其中的一头小猪非常羡慕财主家的生活，希望自己能做财主家的猪，过上富裕的生活。

机会终于来了，连续几日的暴雨将农夫和财主家中间的墙冲出一个小洞。小猪见到之后，果断地钻了过去。尽管妈妈和姐姐们极力地劝说它，但小猪的心意已决。它头也不回地走进了财主家的猪圈。猪妈妈摇了摇头，说道："既然它已经下定决心了，那就随它去吧。"

小猪终于如愿以偿地吃上了财主家的美食。"简直太好吃了，这里的生活可真幸福呀。"小猪自言自语道。

就这样，小猪便在财主家住了下来，每天都能吃到美味的食物，过得很幸福。很快，小猪长胖了，变成了一头真正的大肥猪。然而，再美味的食物也有吃腻的时候，小猪开始怀念起农夫家的粗茶淡饭了。但是，此时小猪早已不能钻过那个小洞了。

小猪越来越胖，连路都走不动了，只能窝在又脏又臭的猪圈里。它开始有些后悔自己当时没有听妈妈和姐姐的话，非要钻到财主家，照这个样子继续发展下去，它很快就会被财主宰了吃肉的。终于，这一天到来了。仆人们将小猪五花大绑地抬走时，它偷偷地看了一眼妈妈和姐姐们。它们依然自由自在地生活着，小猪默默地流下了悔恨的眼泪。

道理解读

这个故事告诉我们，不要过度贪婪，天下没有免费的午餐，任何不劳而获的好事情，都不是真正的好事情。因此，我们要珍惜现在所拥有的。

沙箱里的大石头

一个小男孩在他的玩具沙箱里玩耍，沙箱里有各种好玩的玩具：小汽车、奥特曼、小猪、小兔子等。

这一天，小男孩正在沙滩上玩修公路的游戏。他用玩具铁锹挖开沙子，一点一点地向前挖。突然前面发现一块大石头堵住了，挡住了他的“工程”建设。小男孩试图搬掉大石头。虽然石头的个头并不大，但是小男孩用尽全力依然无法将小石头搬开。最后，小男孩手脚并用，终于将大石头移到了沙箱的边缘。小男孩开始挖石头边上的沙子，用力推，用脚踹，大石头左右摇晃，就是没有办法将石头搬出沙箱。小男孩一次又一次地尝试，一次又一次地失败，最后一次，小男孩甚至被滚动的大石头砸伤了脚。

小男孩看着被石头砸红的脚趾，眼泪忍不住流了下来。一旁的父亲默默地看着整个过程。直到小男孩哭泣时，父亲才站起身来，走到孩子身边，问道：“孩子，你努力想要把这块大石头搬走，那么你觉得自己尽全力了么？”

小男孩抬起头，看了看父亲，用力地点了点头：“爸爸，我用了很大的力气都没有把大石头搬出去。”

孩子爸爸温柔地对小男孩说道：“可是，孩子你并没有尽全力，你没有请求我的帮助呀。我是你的爸爸，我的力气很大，你完全可以请求我帮助你把大石头移出去呀。”说完，父亲拿起了沙箱中大石头，放到了外面的花圃里。回头对着儿子笑了笑：“你看，事情是不是很简单呀。”

道理解读

在生活中，我们会遇到很多的困难，这些困难仅凭我们一个人的能力是不可能全部解决掉的，我们不要一味地蛮干或轻易放弃，不妨换个思路，寻求一下别人的帮助，可能问题会很容易就解决了。

兔子博士写论文

在一个阳光灿烂的午后，小兔子正在洞口前的草地上晒太阳。这么好的太阳，将小兔子晒得暖暖的，不知不觉竟然睡着了。这时，一只狐狸跑到兔子的面前，张开大嘴说道：“好肥的兔子呀，我要吃掉你。”兔子从睡梦中惊醒，连忙跳到一边躲闪：“狐狸先生，你就算想要吃掉我，也需要等几天，因为我正在写论文，马上就要完成了。”

狐狸听完之后，问道：“你在写什么论文，很重要么？”

“是的，我的论文题目是《兔子比狐狸更具优越性》。”兔子回答道。

“什么，兔子比狐狸更具优越性，我没有听错吧？”狐狸有些不敢相信。

“是的，狐狸先生，我已经快写完了，不信，你进来看看，如果我的论文不能说服你，那么你再吃掉我也不迟呀。”兔子说道。

就这样，狐狸跟着兔子进了洞。之后，狐狸再也没有出来。

几天后，兔子又出来晒太阳，这一次，一只大灰狼看到了它，想要吃掉它。兔子说：“灰狼先生，你可以等等再吃掉我么？我马上就要完成我的论文《兔子比狼更具优越性》了。”

“什么？你比我更具优越性，你是不是被吓疯了？”大灰狼得意地笑了。

“灰狼先生，我说的是真的，不行你进来看看，如果你发现我说的是假的，那么你可以立即吃掉我。”兔子说道。

就这样，大灰狼也进入了兔子洞里。之后，大灰狼再也没有出来。

森林里的动物们非常奇怪，为什么狐狸和大灰狼进入兔子的洞穴里就再也没有出来呢？兔子看着动物们好奇的样子，忍不住笑了起来：“这样吧，你们跟我一起进来吧，看看就知道怎么回事了。”

小动物们和兔子一起走进了洞穴，只见在兔子洞的深处狐狸先生、大灰狼先生的骨头整齐地摆在一起，骨头的旁边，正在睡午觉是一头巨大的狮子。

道理解读

这个故事告诉我们：不要只看表面的实力对比，每个人的实力都与其周边的人际关系的实力紧密相连。记住：永远不要小瞧那些站在巨人旁边的弱小群体，否者你会输得很惨。

会外语的小老鼠

一只大老鼠和一只小老鼠在洞外散步，突然，从天而降一只大黑猫。黑猫一眼就看到了它们，迅速扑了过来。由于大黑猫刚好堵住了洞口，老鼠们无法跑回洞里，于是开始没头没脑地四下乱跑。

大黑猫的速度也不慢，而且非常有经验，它三下五除二就抓住了那只大老鼠，一口咬住了大老鼠的脖子。大老鼠发出“唧唧”的惨叫声，没过多久，大老鼠就死去了。贪婪的大黑猫并没有就此罢手，它将目光锁住一旁的小老鼠。看样子，大黑猫还惦记着那只小老鼠呢。

小老鼠亲眼目睹了大老鼠惨死的全部经过，害怕极了。此时一见大黑猫转而注视着自己，暗叫不好，转身逃跑。它可不想成为猫的猎物，惨死在大黑猫的猫爪之下。可是，连实力比自己不知道强多少倍的大老鼠都被大黑猫抓住了，自己能逃出大黑猫的魔爪么？想到这些，小老鼠有些心虚。

小老鼠一边逃命，一边飞速转动脑筋，思考着解决危机的办法。大黑猫在后面紧追不舍。这样猫鼠大战，真是令人叹为观止。终究，小老鼠的实力有些弱。眼看着大黑猫就要追上小老鼠了。小老鼠竟然出人意料地忽然停住，转过身来，冲着大黑猫大叫两声：“汪、汪汪、汪……”大黑猫正全心全意地追赶着小老鼠，忽然听到这样的叫声，以为是仇家大黄狗来了，它顾不上去追小老鼠，本能地掉头就跑。就这样，小老鼠终于逃回了自己的老鼠洞里，用手擦了擦额头上的冷汗，“幸亏我那天和黄狗先生学了几句外语，不然我今天一定是在劫难逃了”。

道理解读

《孙子兵法》上讲“兵不厌诈”。故事中的小老鼠就采用了这一战术，巧妙地躲过了大黑猫的捕杀。这个故事告诉我们，多学习一些知识，多掌握一门语言，在我们遇到危机的时刻，这些知识往往能派上用场，帮助我们克服困难。千万不要等到用时，方才觉得自己学识浅薄，那时候就太晚了。

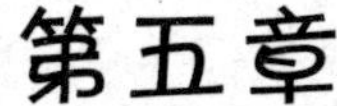

第五章 塑造性格：建好码头才能泊大船

性格能创造辉煌，也能导致悲剧。如果你想改变你的世界，创造属于你的辉煌，就必须改掉你的不良性格。坚韧的性格，会使你受益终身。

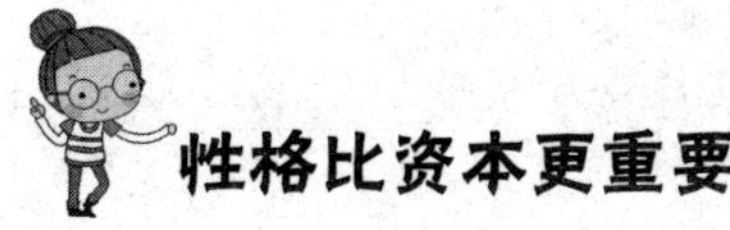

性格比资本更重要

两个同龄的小男孩是邻居。其中的一个男孩家非常富有，是名副其实的富二代；而另外那个男孩，家境贫寒，父母是残疾人。穷人家的这个小男孩非常懂事，知道照顾父母。更难得的是，在这样艰难的家庭环境下，小男孩养成了良好的性格：乐观、坚强、乐于助人、与人为善。所有你能想到的好性格在男孩的身上都能体现。

时光如白驹过隙，一眨眼两个孩子长大了。穷人家的孩子，凭借着自己的努力被学校保送上了大学。毕业后，他努力工作，真诚地对待他人，终于赢得老板的赏识，并将自己唯一的女儿交给了他。小男孩和老板的女儿非常恩爱，婚后，他们一起照顾男孩残疾的父母。后来，男孩又自学了法律，成为一名律师。他想通过自己的能力帮助那些需要帮助的人。渐渐地，男孩在法律界开始崭露头角，终于成为一名非常有名望的大律师。

这一天，他接受了一名委托人的请求，决定帮助他讨回公道。在法庭被告席上，他见到了儿时的邻居。他很难相信眼前的一切，在他的印象中，他的邻居是一名非常可爱的男孩子。

官司结束后，那位曾经的小伙伴被判了刑。他来到监狱探望他，“你怎么变成了这样？”律师问道。

男孩看了看昔日的那个穷小子，如今已经成了有名的大律师了，他痛苦地闭上了眼睛：“你上大学之后，我就接管了家族生意。那时候，我觉得自己很优秀，所有的人都夸奖我，很多女孩子主动追求我。直到有一天我因为与父亲赌气，跑进了赌场，我输掉了家里所有的财产和生意。父亲一气之下，撒手人寰了。从此，我就开始了犯罪之路。”

看着昔日的好友落得这样的结局，律师也为他感到惋惜。

道理解读

这个故事告诉我们，在奋斗的路上，性格远比资本更重要。良好的性格可以让我们更接近成功。不良的性格可以让一个人亲手毁掉一切，陷入万劫不复的深渊中。因此，我们要塑造健康、积极的性格，扫清所有的阻碍和困难，让我们的生活变得更加美好。

性格决定命运

在大自然中，有一种非常不起眼的动物叫作吸血蝙蝠。吸血蝙蝠的体积很小，却是拥有健壮体格的野马的天敌。这个说法让人觉得不可思议。人们普遍都会认为吸血蝙蝠无非是在野马的皮肤上咬破一点点，然后吸一点血，伤口不会太大，这对于强悍的野马而言，根本不可能致命。然而吸血蝙蝠的确是野马的天敌，它们可以轻而易举地杀死野马。

对于这个结论，记者小乌鸦不能信服，它决定亲自取证。

小乌鸦飞呀飞呀，终于找到了野马群。只见野马在河边悠闲地吃着青草。不一会儿，吸血蝙蝠飞过来了。“一双贼眉鼠眼，一看就不是什么好东西。”小乌鸦自言自语道。

吸血蝙蝠没有理会乌鸦的存在，它盯着野马群，认真地打量着每一匹野马。忽然，吸血蝙蝠飞了过去，趴在一只体型硕大的野马的后腿上，对着野马的大腿，狠狠地咬了一口。然后，吸血蝙蝠就怡然自得地趴在那里静静地等待着。

一旁的乌鸦认真地看着，发现吸血蝙蝠咬的伤口并不大，根本不会让野马丧命。

可是，性格暴躁的野马想把吸血蝙蝠从腿上弄下来，为了达到这个目的，野马开始疯狂地奔跑、乱踢乱踹。看着地上瞬间被野马折腾起来的灰尘，小乌鸦着实领教了野马的火爆脾气。

忽然，小乌鸦发现了野马的后腿上，有大量的鲜血涌出。吸血蝙蝠不费吹灰之力美美地喝起了野马的鲜血。此时此刻，暴躁的野马还没有要停下来的意思。它继续乱踢、乱踹、乱跑，腿上的鲜血在野马剧烈的运动中越流越多。野马流出来的鲜血已经很多，吸血蝙蝠吃得饱饱的，终于飞离了野马的大腿。而此刻，野马虽然摆脱了吸血蝙蝠，却控制不住血液的流淌。野马后腿血流如注。没过多久，野马便因为失血过多死掉了。

小乌鸦叹了一口气：“原来野马的死因是这样的。”

道理解读

野马愚蠢的行为导致了血管的破裂，血流如注，最终伤及性命。可以说，野马最终死于它的性格。由此可见，性格决定命运。我们一定要塑造良好的性格，不要让不良的性格毁掉自己。

纯真与善良

恶魔决定毁掉人类，以此来获得巨大法力。于是，它化身一个可怜的老太太，缩在街角乞讨。

这时，一个小女孩走了过来，看到了可怜的老婆婆。小女孩便央求自己的父亲收留可怜的老婆婆。女孩的父亲被孩子的善良打动，决定收留老人。他们将老人接回自己的家中，悉心照料。看着女孩和她的父亲如此尊重、照顾自己，恶魔暗自偷笑：“愚蠢的人类，你们真是太笨了。”

小女孩和父亲的生活并不富裕。近年来，随着父亲年纪越来越大，赚得钱也越来越少。老婆婆终日百病缠身，需要吃很多名贵的药材，这让父女俩原本并不富裕的生活更加雪上加霜了。为了维持生计，小女孩拿出了母亲留给她唯一的东西，一只玉镯，来到当铺里，换了一些银两。小女孩非常高兴，因为她终于有钱了，可以带老婆婆看病了。恶魔看着小女孩如此真诚地对它好，觉得非常气愤，它自言自语道：“愚蠢的人类，别想这样打动我，我是邪恶的恶魔，是不会被打动的。”尽管恶魔在心中反复强调这一点，但是事实上，它的心已经开始有些异样了。无端的愤怒就是心虚的最好证明。

也许连恶魔都不知道自己正在一点点地对眼前的这个小女孩产生了感情。

这一天，恶魔决定趁小女孩去给它买药的机会，吃掉女孩的父亲。等到小女孩带着老婆婆的药回到家时，父亲已经倒在了血泊之中。小女孩悲痛欲绝。

为了让父亲入土为安，小女孩将自己卖给了一户大户人家做丫鬟。临走的时候，小女孩告诉老婆婆说："老婆婆你不要害怕，父亲去世了，我会养活你的。大户人家每个月给我十个铜钱作为报酬。有了这笔钱，我们的生活就不发愁了。"

然而，大户人家的丫鬟不是那么好做的。小女孩不仅每天需要做很重的活，还动不动就被打。看着小女孩浑身青一块紫一块的伤痕，恶魔觉得心很痛。尽管它非常讨厌这种心痛的感觉，但是它终究无法看着小女孩受苦。于是，它用自己的全部法力救活了女孩的父亲。终于，小女孩在父亲的照顾下快乐地成长。

道理解读

纯真与善良是人类的瑰宝，可以感化身边的每一个人。

自己的错误自己承担

那年，强子九岁。一天，强子正坐在书桌前临摹庞中华的字帖。这时，门铃响了，是隔壁的邻居来找强子的爸爸商量点事情。强子正专心地练字，只听见父亲和邻居在楼道里嘀嘀咕咕，不知道说些什么。

那天，风很大，门一打开房间里的风就更猛了。强子的本子被风吹得乱翻动。强子有些急躁，连忙跑出去关门，把父亲还在外面的事情忘得一干二净。强子习惯性地用力一甩门。门即将关上的一瞬间，只听到父亲一声惨叫。门外的父亲，抱着左手蹲在了地上。疼得父亲五官都挤到了一起。顺着父亲的手，一滴滴鲜红的血液滴了下来。

邻居连忙扶起父亲，想要送父亲去医院。门内的强子被前面的这一幕吓傻了。看着父亲痛苦的样子，强子意识到自己闯了大祸。父亲转过头来，恶狠狠地看着强子。邻居也埋怨强子道：“你这孩子，关门也不看着点，你爸爸的手扶在门框上没看见呀。”

原来，强子刚刚用力关门，竟然一不小心夹住了父亲的手。十指连心，况且刚才强子还用力一甩，门夹住父亲手指的力度可想而知。想到这里，强子有些内疚，看到父亲恶狠狠的目光，强子的内疚情绪一扫而光，他更多地关心自己会不会挨揍。

可是父亲什么也没有说，看他的眼神也不像刚才那样了。强子的心渐渐放下了。

晚上，父亲的手指肿得像一根根胡萝卜，疼得他在床上翻来覆去的。强子隐隐约约听到母亲说：“实在不行去医院吧。”

“去啥医院呀，到哪里都得忍着，没有什么药能够立即止疼。”父亲说道，“今天手指刚刚被夹的时候，我气得想揍他，可是转念一想，这事也不怨孩子。是我自己把手放在门框处的。我自己的错误，凭什么埋怨孩子呀。”强子听到父亲的这几句话，忍不住哭了起来。他跑到父亲的床前，说道：“爸爸，对不起，是我没有看到你的手在门框上，是我的错。”父亲抱住了孩子，安慰了好久。

从那以后，强子养成了自己犯的错误自己承担的好习惯。

道理解读

这个故事给我们的启发是：自己犯下的错误要勇敢地承担后果，不要莫名其妙地迁怒他人，推卸责任。

狂妄自大的乌龟

乌龟连赢两场比赛之后，开始狂妄起来，认为自己是森林里最聪明的动物。

这一天，乌龟远远见到兔子走了过来，连忙迎上去。兔子见到乌龟，想要转身离开。乌龟却叫住了兔子，“兔子老弟，别走呀。怎么输了比赛连面都不见了？”

兔子连忙遮掩道：“没有、没有，只是忽然想到有点事情需要处理。”

乌龟冷笑道：“别伪装了，我要是你，我也觉得丢人。干脆你窝在你的兔子洞里别出来了。”

兔子转动着红红的眼睛，强忍着眼泪。

“乌龟，你太过分了吧。赢了两场比赛有什么了不起的。原本也只是为了娱乐才组织的比赛。你至于这样挖苦兔子么？”山鸡跑了出来，大声地与乌龟理论。

“你算什么东西呀，一只大笨鸡，小心哪天我把你炖汤喝。”乌龟得意地说道。

山鸡气得只想啄它。可是乌龟有壳呀，见山鸡走了过来，脑袋一缩，缩进了乌龟壳里。任凭山鸡啄咬，乌龟竟毫发无损。趁着山鸡不注意，乌龟反倒是狠狠地咬了山鸡一口，疼得山鸡“咕咕”直叫。

第二天，山鸡的表哥老鹰来到山鸡家做客，见到山鸡一瘸一拐地走路，便问：“你怎么了，受伤了么？”山鸡委屈地哭了起来，将昨天被小乌龟欺负的事情原原本本地告诉了表哥。老鹰是个火爆脾气，一听表弟被欺负了，二话不说，起身就去找乌龟算账去了。

乌龟见老鹰气冲冲地走了过来，就知道是因为山鸡的事情。它故技重施，将自己缩进了龟壳中。

老鹰说：“乌龟，这件事情是你不对，我也不打你，你出来向山鸡道个歉，就算过去了。”

乌龟喊道：“做你的白日梦去吧，就不道歉，你能拿我怎样？”

老鹰冷笑了两声，“你以为你缩进壳里，我就拿你没办法了么？”说完，老鹰一把抓起乌龟，飞上天空，然后把乌龟从高处扔了下来。

可怜的小乌龟被摔得龟壳四裂。从此，小乌龟再也不敢狂妄了。

道理解读

这个故事告诉我们，狂妄自大会让人失去正确判断事物的标尺，过高地估计自己的实力，不懂得合理尊重他人，从而引起别人的反感，最终害的还是自己。

有一种勇敢叫拒绝

森林里，猴子大王有一个小跟班，叫作毛毛。毛毛对猴子大王忠心耿耿。可是，猴子大王做事情从来不考虑毛毛的感受，经常让毛毛做一些它不愿意做的事情，做不好，还一味地埋怨毛毛。这让毛毛有些心寒。

这一天，猴子大王心情不好，又拿毛毛出气了。毛毛受了委屈，独自跑到后山哭泣。山神爷爷被毛毛伤心的哭声惊醒了。他和毛毛聊天，了解到了猴子大王的事情。山神爷爷对毛毛说道："孩子，没有人天生就是奴隶。你是自由的，地位不比猴子大王低。你要勇敢地争取自己的权利，不要一味地顺从。"

毛毛觉得山神爷爷说得有道理，于是，它决定从今天起，不再一味顺从，要勇敢地争取自己的权利，勇敢地说"不"。毛毛擦干眼泪，昂首挺胸地回到森林里。

猴子大王一见到毛毛就发起火来："你这只死猴，死到哪里去了，赶快去把我的洞穴打扫一遍。"

毛毛就像是没有听到一样，在树上继续晒太阳。猴子大王以为毛毛睡着了，就跳过去想要拉毛毛。毛毛一把甩开了猴子大王的手，说道："凭什么让我为你打扫房间呀，你自己没有手么？我不是你的跟班了，我要过我自己的生活。"

猴子大王没有想到毛毛会拒绝自己，一时不知道该说些什么了，竟然呆呆地愣在那里了。

看着猴子大王的脸色一会儿青，一会儿白，毛毛觉得爽极了。就这样，毛毛再也不是谁的小跟班了，它变成了一只勇敢的猴子。

道理解读

生活中，很多人经常会被迫做着并不应该由他们完成的事情，只是因为他们没有拒绝别人的勇气，因而选择了默默忍受不公。这样的人不值得我们学习。一味地委曲求全并不能换来对方的醒悟，只会让对方更加得寸进尺，一定要勇敢地拒绝对方提出的不合理要求，维护自己的切身利益，坚持自己的观点，这才是真正成熟和自信的表现。

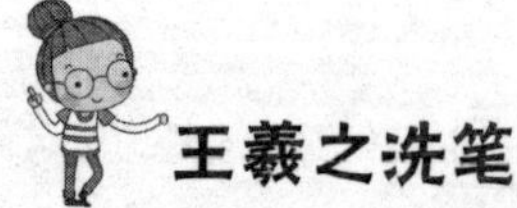

王羲之洗笔

王羲之是我国古代的大书法家，被人们誉为“书圣”。幼年时期的王羲之就酷爱书法。在之后的几十年里，王羲之锲而不舍地练习书法，终于达到了登峰造极的水平。

13岁那一年，王羲之偶然发现父亲珍藏着一本《说笔》的书法书籍。王羲之非常感兴趣，便趁父亲不注意偷偷地拿来阅读。父亲担心王羲之年纪太小，不能很好地保护好家传的技术，于是让王羲之长大之后，再研读这本书。可是，王羲之酷爱书法，迫切地希望现在就可以学习，于是他跪求父亲。父亲被他的执着打动了，终于答应了他的要求。

为了练习书法，王羲之废寝忘食，甚至连吃和走路都在思索着书法。有一次家人端来饭菜，刚好王羲之正在专心思索着书法，竟然将墨汁当成饭菜，吃得满嘴是墨，他自己竟然浑然不知。

在王羲之的家里，有一个洗笔池。从小王羲之就在这里练习书法，然后在池子里洗笔。久而久之，那个洗笔池的水竟然变成了黑色。随着时间的推移，王羲之洗笔的次数越来越多，池子里的水也就越来越黑了。最终，那洗笔池里的水竟然可以当成墨汁来沾着写字。

在池子里洗笔成了王羲之的一种习惯。后来，只要是王羲之停留过的地方，都有墨池出现。

王羲之凭借着坚韧的性格，终于成为一代“书圣”。

道理解读

故事中的王羲之无论春夏秋冬一直刻苦练习，正所谓台上一分钟，台下十年功，王羲之那俊美娟秀的书法背后，是无数次的练习。我们应该学习他刻苦的精神和坚强的性格。

在生活的海洋中，只有拥有坚韧性格的人，才能抵达彼岸。想要获得成功，虽然需要同时具备很多相关因素，但如果没有坚韧的性格，那就很容易动摇，很容易妥协，甚至很容易放弃。可以说，坚韧的性格是成功的保证，拥有坚韧的性格就有机会与成功握手。

学会与他人分享

在一个村庄里，一个果农凭借丰富的种植经验，研制出了汁多、肉厚、虫少、皮薄的新品种。新品种的出现，吸引了很多水果贩子前来采购。果农因此赚了很多钱。其他的果农见状，纷纷向他请教。可是，他认为，物以稀为贵，教会了其他果农，大家都能种植出新品种的水果，势必会影响他的生意。于是，便拒绝了其他果农。

第二年，果农发现自己的水果质量不如第一年好了。收入大减的他，来到农科院向专家教授请教，为什么第二年的果子不如第一年好了。

专家告诉他，如果想要果子质量好，他必须让周围所有的果农都种植这种新品种。否者，周边的果农种植旧品种，他种植新品种，到了花粉传播的季节，新旧花粉交叉传播，他的新品种也变成了老品种。这就是为什么第二年的果实不如第一年好的原因。

回到村子里，果农将自己种植新品种果实的技术教给所有的村民。大家一起都种植上了新品种的水果，最后获得了大丰收。

这位果农不仅获得了大丰收，还得到了村民们的爱戴。大家都很感激他，邻里关系也越来越好了。从那以后，有什么好东西、好消息，他都会与村民们分享。

道理解读

早在几千年前，孟子问梁惠王：“独乐乐，与人乐乐，孰乐？”梁惠王答道：“不若与人。”孟子又问：“与少乐乐，与众乐乐，孰乐？”梁惠王答道：“不若与众。”那个时候，我们的祖先就已经拥有了与人分享的智慧。而我们小的时候，也经常拿出自己喜爱的玩具与小朋友们一起玩耍，玩得不亦乐乎。可是，随着我们逐渐长大，难道我们的智慧还不如小时候了么？

贪婪的流浪汉

一个流浪汉在半路，遇到了一对只剩一口气的兄弟二人，哥哥后背上背着一个很重的袋子。

兄弟二人见到流浪汉背着很多的食物，便向他讨要一些。流浪汉不肯。

哥哥便说：你卖给我们行吗？说完把自己背着的袋子递给流浪汉。

流浪汉打开一看，眼睛都直了，那是一袋金子呀。他流浪了半辈子了，从来没有见过这么多银子。

流浪汉将食物交给兄弟二人，背着银子继续上路了。

几天后，流浪汉再也走不动了，他已经饿得奄奄一息了。

卖给他银子的兄弟俩很快就赶上他了。流浪汉看着原本属于自己的食物，有些后悔了。现在他明白了，即使拥有再多的钱，没有了性命也是枉然。于是，他向兄弟二人提出，再把食物买回来。兄弟二人无论如何也不肯卖。

流浪行非常失望地跌坐在地上，看着一袋子金子，悄然死去了。

流浪汉来到天堂，见到天神。天神说："本想让你的后半生拥有富裕的生活，谁想到你太贪婪了，竟然将自己的性命丢掉了。真是人为财死，鸟为食亡呀！"

流浪汉说："我从记事起就在流浪，穷怕了，所以来生我不想再当穷人了。"

天神说："其实这一世你就应该是富人命，你只需要将食物卖掉一些，没想到你竟然全都卖掉了。好吧，既然你觉得委屈，那么下一世的命运让你自己选择吧。你是愿意被一万个人供养，还是愿意供养一万个人呀？"

流浪汉一听，不假思索就回答道："当然是前者了。"天神叹了一口气："那你就去吧。"

流浪汉走后，天神自言自语道："怎么就不知道吸取教训呢？"

很多年过去了，当流浪汉再一次来到天神的面前时，他抱怨地说道："我想要过富裕的生活，被一万人供养，你怎么让我做了一辈子的乞丐呀？"

天神说道："一万个人供养你，不是乞丐是什么？"

道理解读

这则故事告诉我们，贪婪的人，往往到最后什么也得不到。事实上，贪婪是人的本性，每个人都有贪欲。适度的贪欲是人类前进、奋斗的动力，但是，贪欲太重，则会适得其反，甚至失去原来所拥有的一切。

我是鞋匠的儿子

林肯是美利坚合众国的总统，在他刚刚当选为总统的那一刻，整个参议院的成员都觉得没脸见人。原因是，林肯的父亲竟然是一名鞋匠。当时，整个参议院的议员出身都非常高贵，他们根本没有办法接受一个父亲是鞋匠低微之人作为他们的领袖。因此，在林肯第一次就职演讲中，一位傲慢的议员就提出："听说你的父亲是鞋匠。林肯先生，在您开始演讲时，请您先记住自己是鞋匠的儿子。"说完，所有的议员都笑了起来。

林肯听完之后，郑重地向他鞠了一个躬，说道："我非常感谢您让我想起了自己是一名鞋匠的儿子。如果我没有记错，我的父亲还为您的家人做过鞋子。如果您现在穿的鞋子不合适，我也可以帮助你修正。虽然我不是鞋匠，但是从小耳濡目染，也学了一些修鞋的技术。在座的所有议员，如果你们的鞋子不适合，都可以拿给我，我来帮你们修理。但是有一件事情是可以确定的，我永远无法像我的父亲一样伟大，他修鞋的技术无人能比。"

这时，参议院的议员们不再笑了，他们的脸上渐渐升起了崇敬的神情。

林肯接受说道："我的父亲已经不在了。我做总统永远也不能向我的父亲做鞋匠那样出色。我一定会记住您的忠告，永远记住自己是一名鞋匠的儿子。"

说到这里，参议院一片寂静。

道理解读

俗话说，英雄不问出身。是因为，出身如何与你是否能够成为英雄没有什么直接的关系。相反，很多人因为出身低微，而发愤图强，最终成为了万人瞩目的英雄。林肯就是这样的人。他的这个故事告诉我们，永远不要在意自己的出身，更不要因为出身低微而感到自卑。只要自己有实力，最终会取得成功。

同时，这个故事还告诉我们永远不要因为出身不够高贵，就埋怨自己的亲人，认为他们给自己带来了不好的出身，或是轻视那些出身低微的人，要是那样的话只能说明你是一个没有见识、思想狭隘、自私自利之徒。这样的人，是不可能有作为的。

门框太低了

富兰克林是美国著名科学家，非常有才华。可是这样一位有才华的人在年轻的时候却是一个目中无人、恃才傲物、心高气傲的人。因此，年轻时的富兰克林并不受人喜爱。很多人甚至不愿意接触他。

富兰克林的老师听说了这些，想要帮助他改掉这些坏毛病。

于是，有一天，富兰克林接到了老师的邀请，老师希望他能够抽出时间来看望自己。富兰克林想到老师多年来对自己的帮助和鼓励，决定按时赴约，看望老师。

第二天，富兰克林买好了礼物，来到老师家门口。进门时，富兰克林习惯性地昂首挺胸走路。只听“砰”的一声，富兰克林捂着自己的头，疼得半天说不出话来。

“老师，你家的门框太低了，撞着我的头了。”富兰克林强忍着剧痛，说道。

老师看了看富兰克林的头，笑了笑：“意料之中的事情。”

富兰克林有些糊涂了：“什么，老师您竟然说是意料之中的事情，这么说你早就想到我可能会撞到头，那您怎么不提醒我一下呀？”

老师说道：“为什么要提醒你呀，我叫你来就是为了让你撞到头。”

富兰克林更加糊涂了。

看着富兰克林一脸茫然的样子，老师说道：“我只是想通过这件事情，让你记住，做人永远不要趾高气扬、恃才傲物。一定要学会低头，懂得谦虚，才能取得更大的进步。”

富兰克林终于明白了老师的意思，他看了看老师家的门框，羞愧地低下了头。从那以后，富兰克林一改以前目中无人的坏习惯，变得谦虚礼让。奇怪的是，自从富兰克林变得谦虚礼让之后，反而看到了很多以前看不到东西，也听到了很多以前听不到的信息。富兰克林发现，自从学会低头之后，他进步得更快了，办事的效率也更高了。

道理解读

这个故事告诉我们，低头是一种智慧，只有那些敢于低头的人，才能少一分骄傲，才能更多地吸收他人的智慧和经验，从而少走弯路。相反，那些昂着头走路的人，自视过高，往往看不到他人的优点，看不清前方的路，终将导致严重的后果。

生命的最后一分钟

这一天，黄志全一如既往地驾驶着公交车走在熟悉的路线上。在这样一个灯火辉煌的傍晚，在大连这座美丽的城市中，黄志全驾驶的公交车在马路上平稳地穿梭着，车窗外是城市里的亮丽的风景。

车内的乘客们有的兴高采烈地聊天，有的眯着眼睛在休息，有的看着窗外路边的风景，有的摆弄着自己的手机……一切都那样的平静、正常，谁也没有想到会发生什么不好的事情。忽然，乘客们感到车子开始逐渐慢了下来，抬头一看，并没有到规定的公交站台呀。正当乘客们思考着到底发生了什么事情时，公交车平稳地停了下来。司机师傅什么解释也没有，只是摆了摆手，打开了车门，让乘客们下车。

乘客们以为是公交车出了故障，只好依次下车。因为，车停了，耽误了他们的时间，有的乘客开始抱怨、发牢骚，有的乘客开始埋怨司机师傅，觉得司机师傅连个解释都不愿做，真是太不负责任了。

就在乘客们埋怨指责声中，司机师傅静静地伏在了方向盘上。没有人注意到他苍白的脸色。

下车之后，乘客们见公交车没有开走的意思，不约而同地看了看车上的司机。这时，大家才意识到不是车子出了故障，而是司机师傅身体不适，昏了过去。乘客们赶紧返回车中，大声呼唤司机师傅。可是司机师傅此时已经不省人事了。一些乘客连忙拿出手机，拨打了120。遗憾的是，司机师傅最终没能抢救过来。原来，他在生命的最后一分钟，拼尽全力将车靠边停稳，保证了全车乘客的安全。

真相揭晓之后，所有的乘客都沉默了，他们由衷地感谢这位平凡而又伟大的司机师傅。在他生命的最后时刻，最先想到是乘客的安全、路上行人的安全，而非自己的安危。

道理解读

这个真实的故事告诉我们，在我们的身边存在着很多伟大、无私的好人，他们全心全意为他人着想，在平凡的岗位上做着不平凡的事情。因为有他们的存在，我们的世界才变得更加美好。我们也要向这些英雄人物学习，做一名为他人着想的好人。

爬着上班的小学校长

1998年11月9日，对于美国犹他州上尔市的一所小学的学生和老师们而言，是一个难忘的日子。原因是，这一天，他们的校长竟然爬行了1.6千米，磨坏了5副手套，才来学校上班。

究竟发生了什么呢？

原来校长路克早就发现了学校的不正之风，很多老师和学生越来越懒散，不愿意读书。这是一个非常不好的现象。为了激励全校的师生改掉懒散的毛病，路克校长便和所有的学生和老师打了一个赌。打赌的内容大意就是：如果在期中考试之前，全校的师生读完15万页书，那么校长路克将在11月9日这一天，爬着来上班。

这样罕见的打赌，刺激了每一个人。学校的老师和学生们为了赢得这个赌，他们开始拼命读书，甚至连很多平日里不读书的孩子也加入了。结果不难猜测。到了期中考试那一天，全校师生的读书量超过了15万页。作为校长的路克感到非常高兴，并决定第二天爬着来上班。

结果就出现了那令人震惊的一幕……42岁的路克在地上艰难地爬行了足足三个小时，才到达目的地。

而全校师生见到自己的校长竟然真的在地上爬行，都纷纷劝阻。可是路克校长坚持说到就要做到。于是，全校师生纷纷围在校长的两侧，为校长保驾护航，更有一些学生和老师自发地跟在校长的后面一起爬行。

道理解读

42岁的路克用自己的实际行动遵守了与全校师生之间的约定。在众目睽睽之下，爬行了足足1.6千米。他实现了自己的承诺，维护了自己的尊严和信用。这个故事告诉我们，无论结果怎样，既然我们说了，就一定要做到，不可说话不算话，更不要因为履行承诺而觉得可耻。在所有可耻的行径中，绝对不包括履行承诺行为，反而包括说话不算数的行为。因此，我们一定要做一个明白是非、知荣辱、守诚信的人。

擦皮鞋的小伙计

因为家境贫寒，初中毕业的他来到城市里找工作。因为个子小，身体单薄，所以他只能找一些清闲的工作做。就这样，他成了一个擦皮鞋的小伙计。月薪只有三百元，可是他很高兴。别人问他：“你这么小，不在家好好读书，跑出来受这份罪干吗？”他回答道：“家里穷，我的母亲瘫在床上多年，没有钱供我读书了，现在这样挺好的，每个月都能给家里寄点钱。”

他非常努力地工作着，把每一双鞋都擦得锃亮的。一晃三年过去了，他身边的同事换了一拨又一拨，只有他依然坚持着每天努力工作。他的工作做得非常出色，很多顾客点名要他擦鞋，就这样，他交了很多朋友，都是以前的顾客。由不认识到朋友，这是一个很漫长的过程。

他的朋友问他："你想一直擦鞋么，三年多了你的工资始终是三百元。这样的工作你想做到什么时候？"

他呵呵地傻笑着，说："快了，就快了。"

终于他在擦了整整五年的皮鞋之后，开了一家属于自己的快餐店。由于快餐店符合人们的需求，外加那么多的朋友支持他，他的生意非常火。很快，他又开了第二家连锁店，接着第三家、第四家……

这个擦皮鞋的小伙计，如今已经成了一个拥有 17 家连锁店的快餐店老板。当别人问起他成功的秘诀时，他说道："因为我擦了五年的皮鞋。"

道理解读

这个故事告诉我们，无论条件多么艰苦，都要保持乐观的生活态度，认真地对待自己正在做的事情。只有这样的奋斗态度，才能得到他人的认可，获得自己想要的东西。良好的心态是成就事业的关键，一味地贪功冒进、眼高手低、浮浮躁躁是很难成就大事业的。

沉默的卡尔文

虽然卡尔文·柯立芝是美国的总统，但了解他的人都知道，他是一个少言寡语的人，为此人们为他起了一个绰号"沉默的卡尔文"。

在他执政期间，一位前来白宫用晚餐的女客人和朋友打赌。内容是，她有办法让总统在用餐时间里和自己说上三句话以上。随后，这位女客人将这个事情告诉了卡尔文。卡尔文听完之后，说道："你输了。"之后便真的没有再和这位女客人说一个字。

从此，"沉默的卡尔文"这个绰号更加深入人心了。

卡尔文不仅沉默寡言，也是一个替人保守秘密的人。沃伦·G·哈定总统刚刚去世，卡尔文被宣布继承总统职位。但是卡尔文并没有立马住进白宫，而是继续留在酒店里。

这一天，卡尔文忙完一天的工作，回到酒店里，准备休息，刚好撞见一个正在行窃的小偷。卡尔文看到小偷正在偷自己的怀表，说道："先生，请不要拿走我的怀表。"小偷被吓坏了，"为什么？""因为那块怀表并不值钱，但是对我有着很重要的意义。"卡尔文镇定地回答道。

小偷接着说道："如果你不介意的话，我就只拿走你的钱包可以么？"

卡尔文点了点头，问道："能告诉我你为什么要做这样的事情么？"

小偷说道："因为我出来旅游，把身上的钱全都花光了。我需要路费回家。"

卡尔文和小偷一起算了算，小偷如果想要回到家里需要 32 美元。于是，小偷从卡尔文的钱包里拿出了 32 美元。卡尔文说道："如果可以的话，这个钱就算我借给你吧。我不管你出于什么样的原因，但是你今天的行为非常糟糕，希望你永远记住自己是谁。"

后来，卡尔文对谁都没有再提起这件事情，一如既往地保持着沉默，直到有一天，卡尔文真的收到了一封信，信里装着 32 美元的现金，人们才渐渐知道这件事情。

道理解读

这个故事告诉我们，"天不言自高，地不言自厚"。有的时候，沉默比说更有说服力。沉默是金，言多必失呀。

孤零零的狐狸

一天，正在吃草的黄牛听到有人哭泣的声音。顺着哭泣声找去，黄牛在大树后面发现了正在哭泣的狐狸先生，便问道："狐狸先生，你为什么一个人在这里哭泣呀，是不是遇到什么伤心的事情了？"

狐狸先生回答道："我看到森林里其他小动物都有朋友，只有我没有朋友。"

黄牛不解地问道："怎么会呢，小刺猬不是你的朋友么？"

狐狸摇了摇头，说道："才不是呢，它从来就没有请我吃过一次饭。"

黄牛又问道："那小山羊不是么？"

狐狸又摇了摇头，说道："才不是呢，小山羊从来没有为我花过一分钱。"

黄牛又问道："那我不是么？"

狐狸依然摇了摇头，说道："虽然你请我吃过饭，也送给我礼物，但那都是很久以前的事情了，自从你搬离我家隔壁之后，就再也没有请我吃过饭了。"

黄牛点了点头，说道："我明白了，你想要的朋友只是那些能带给你好处的，那些不能带给你好处的，你会立即与他们断绝关系。"

狐狸点了点头，说道："朋友之间不应该如此么？"

黄牛叹息道："这样说，你恐怕会一直孤零零的。朋友是需要相互付出的。没有谁愿意一直为你付出的。"

道理解读

这个故事告诉我们，交朋友不能只为了索取。

很多时候，我们在称赞友情的时候总会这样说："朋友为你遮风挡雨，为你分担忧愁，为你的成功喝彩，为你的失败打气，一路上有朋友的陪伴，你不再孤独寂寞……"事实上，这样的说法是片面的。为什么一直在强调朋友为我们付出呢？真正的朋友的确可以为对方付出，但是同样需要我们为朋友付出呀。朋友是彼此的，付出是相互的。朋友是我们一生中的财富，但是交朋友不是为了索取，而是为了付出。只有我们真心付出了，别人才会为我们真心付出，这样的友谊才能天长地久，经得起时间的考验。

得意忘形的老虎

自然界里时时刻刻都存在着危险，一只在这片草地上生存了很多年的老虎始终不明白这个道理。

在草原的边缘处，是一片庄稼地。农夫为了防止对面草原上的野兽跑过来祸害自己的庄稼，经常一个人拿着弓箭，在草原和庄稼的交界处来来回回地巡视。

眼看着地里的庄稼就要成熟了，农夫巡视得更加频繁了。这一天，农夫早早就带着弓箭来到庄稼地里，一直待到中午，什么事情也没有发生。于是，农夫决定美美地睡上一觉，因为他确实感到有些累了。

农夫抱着弓箭躺在长满芦苇的草地上休息。忽然，农夫感觉到芦苇在动。起初，农夫还觉得奇怪呢，自己并没有摇动芦苇呀，后来他意识到可能是野兽。于是，农夫悄悄站起来观察，只见一只老虎正在不远处乱蹦乱跳。

农夫看到老虎这个样子，知道一定是有什么事情让它高兴了。看着老虎忘乎所以地撒着欢儿，完全忘记了周围随时可能发生的危险，农夫自言自语道："愚蠢的老虎。"

说完，农夫悄悄蹲下，拉开弓箭瞄准老虎，趁着老虎再一次蹦跳的时候，一箭射了过去。老虎应声倒地。农夫走了过去，看到老虎胸前中了一箭，已然死去，

身子下面还枕着一只被它咬死的羚羊。

原来这只老虎捕到了羚羊，一时高兴，得意忘形了，最终死在了农夫的箭下。

道理解读

故事中，老虎因为猎捕到了羚羊而得意忘形，最后中箭而死，真可谓是乐极生悲。我们不要学习这只愚蠢的老虎，被一时的胜利冲昏了头脑，丧失对危险的警惕性。自然界中危机四伏，时刻都应该保持警惕。现实生活中何尝不是如此。血的教训反复地告诉我们，越是胜利的时刻，越要保持警惕，防止乐极生悲。这才是智者应该做的事情。

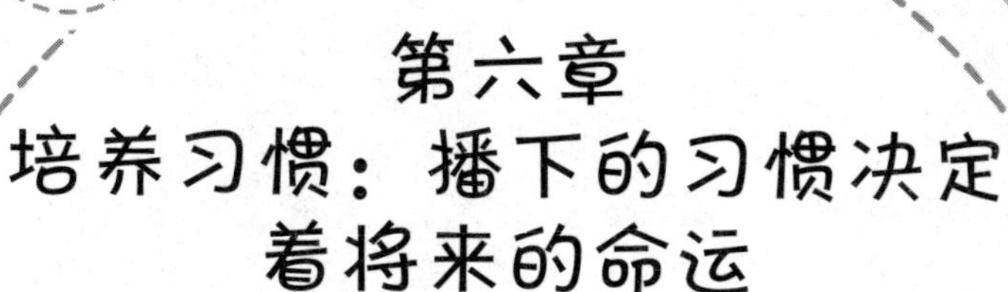

第六章 培养习惯：播下的习惯决定着将来的命运

习惯是人生中的一把双刃剑，好的习惯会帮助你轻松地获得人生快乐与成功，不好的习惯则可能会毁掉你的一生。习惯是人生的主宰，我们应该努力地追求好习惯。

习惯的力量顽强而巨大

1978年，75名诺贝尔奖获得者齐聚巴黎。在宴会上，一名记者问一位科学家：“请问您认为在哪所学校学到的知识最重要？”

科学家不假思索地答道：“在幼儿园里。”

记者微微一怔，怀疑自己听错了，于是他问道：“您说在哪里？”

科学家一字一顿地答道：“幼儿园。”

这时，周围的人开始议论纷纷，有的说这位科学家太不尊重人，竟然戏弄记者；有的说他太过狂妄；有的说他胡言乱语。

因为是现场直播，记者只好继续问下去：“为什么您的答案是幼儿园呢？”

“因为在幼儿园里我学到了最重要的东西。在那里我学会了自己的事情自己做、今日事今日毕、犯了错误就要道歉、有好东西好分享给别人、东西用完之后放回原处、遇到不懂的问题要动脑筋思考等。如果说，今天的我已经算是成功人士了，那么我所取得的任何一点成绩都与我在幼儿园里学到的东西关联甚大。”

科学家说完这些话之后，那些原本对他议论纷纷的人呆住了，大厅里顿时想起了热烈的掌声。

道理解读

其实，这位诺贝尔奖获得者说的在幼儿园里学到的东西就是习惯。因为养成了这些好的习惯，所以在他以后的人生道路上才能走得顺畅。的确如此，一个人的习惯，与他今后能否取得成功有着直接的关系。

这个故事告诉我们，习惯的力量是顽强的，也是巨大的。儿时养成的习惯可以影响我们的一生。因此，我们要重视良好习惯的养成。

把幸福当成一种习惯

一位母亲检查出了癌症，可是她的女儿才四岁，正是需要母亲的时候。她不敢想象女儿失去她之后的情景。于是她试探着问女儿："宝贝，如果有一天你找不到妈妈了会怎样？"

女儿很奇怪："为什么会找不到妈妈，妈妈要去哪里，如果我找不到妈妈，我就会哭，我一哭妈妈就会出现了。"

听到女儿天真的回答，这位母亲扭过头去悄悄擦掉了眼角的泪水。是呀，她多想陪着女儿长大，可是她没有时间了。于是她笑着对女儿说："过段时间，妈妈要去天堂，天堂里有一个大花园没有人打理，妈妈需要去打理花园。"

"可是我想跟妈妈一起去。"女儿撇了撇嘴角想要哭。

看到女儿的样子，母亲难过极了："我可怜的孩子，你千万不要不要哭，母亲不想见到你哭。天堂里不让小孩子去，等我的宝贝长大了才能去。"

"那我想妈妈了怎么办？"孩子眼看着就要哭了。

"宝贝可以看花，世界上所有的花都是妈妈种植的送给宝贝的。看到花就代表着妈妈在和你说话，在告诉你：'你是幸福的孩子'"。妈妈的眼睛里泛着泪花，却依然坚强地微笑着。

"那好吧，妈妈一定要在天堂等我，等我长大了我就去找妈妈。"听着女儿的话，母亲忍不住一把抱住了女儿，久久不愿放开。

没过多久，母亲去世了。小女孩没有哭泣，她坚信妈妈会在天堂等着她。

从那以后，女孩经常去看花，因为那是妈妈送给她的礼物。每次看完花她都觉得好幸福。后来，女孩无论遇到什么事情都觉得自己很幸福。这个原本很可怜的孩子竟然在幸福中渐渐地长大了。

道理解读

幸福是一种习惯，我们都应该养成这种习惯。这样无论我们遇到什么样的事情，我们都能以乐观的心态面对，时时刻刻感受生活的幸福。故事中的母亲在临终之际，留给了女儿最宝贵的财富，那就是幸福的习惯。正是因为这个习惯，这个从小失去母亲的孩子，才能幸福地长大。如果真的有天堂，这位伟大的母亲一定也会感到无比幸福的。

一条蓝裙子改变一生

在美国的盖茨街附近有一所小学。春天到了，小学开学了。孩子们都穿着漂亮的衣服来到学校里。只有一个来自盖茨街的小女孩，穿了一件又脏又破的衣服。老师见到之后，叹息道："这个孩子平时学习成绩很好，也非常懂事，喜欢帮助别人，就是不太讲卫生。"于是，老师对小女孩说道："孩子，你的衣服脏了，需要换一下了。"

第二天，小女孩依然穿着那件又脏又破的衣服。老师看到之后，觉得可能是女孩家里穷，只有这么一件衣服吧。于是，放学之后，老师带着女孩来到商场里，为女孩挑选了一件蓝色的裙子。

小女孩非常高兴地回到了家里，穿上了美丽的蓝裙子，在镜子前照来照去。她觉得裙子很漂亮，只是自己的头发太乱了，脸太脏了。于是，小女孩打来清水，将自己里里外外彻底清洗了一遍。

洗完澡的小女孩非常干净，连她自己都认不出自己了。她翻遍了整个屋子，终于找到了一只蝴蝶结。又将头发扎了起来。然后，小女孩再一次穿上那条蓝色的裙子。当小女孩再一次走到镜子前时，她差点儿叫了起来。她不敢相信镜子里的那个漂亮的小姑娘就是自己。女孩的父母回来了，看到眼前这位漂亮得像个小公主一样的女孩子，全都惊呆了。

第二天，女孩穿着美丽的蓝裙了，扎着漂亮的蝴蝶结上学去了。老师见到之后，冲她微微一笑。从那以后，女孩开始讲卫生了，每天都把自己打扮得漂漂亮亮的。而女孩的父母也发生了很大的变化。他们也开始爱干净了，把家里收拾得干干净净的，院子里的杂草也清除干净了。原本破旧肮脏的小院焕然一新。

女孩家的变化引起了周边邻居的变化。家家户户都开始收拾庭院。没过多久，整条盖茨街的居民都养成了讲卫生的好习惯。

道理解读

破落肮脏的盖茨街在很短的时间里发生了巨大的变化，而这一切的变化竟然从一位教师送给小女孩一条蓝裙子开始。这个故事告诉我们，一个人的改变，有可能影响一个人乃至一个团体的精神面貌。

节约每一个便士

英国女王伊丽莎白有一个习惯，每当夜深人静的时候，她会巡遍白金汉宫每个房间，将所有没有熄灭的灯熄灭，因为她不允许浪费发生在自己的身边。哪怕是最小的浪费，也会惹怒伊丽莎白。

千万不要认为伊丽莎白女王是一个穷人哟，她拥有的财富超过很多世界级的商贾巨富。尽管如此，但是女王仍然十分注意节约。她经常说的话就，就是：“节约便士，英镑自来。”

在白金汉宫里，不光是照明需要节制，连冬天取暖也不是24小时的。为了节省，女王甚至用小电炉来取暖，以至于白金汉宫里的工作人员需要穿着毛衣，才能度过冬日里的每一天。

自维多利亚女王以来，白金汉宫里的家具就从未更新过。很多家具已经破损，沙发和地毯上都能看到很多补丁。皇宫里每天消耗的材料都要经过电子秤准确地计算，不允许丝毫的浪费。女王本人一直坚持用上面印有盖尔斯王子纹章的特制牙膏。原因嘛只有一个，因为这种牙膏可以挤到一点也不剩下。

平日里看到一个绳子或扣子,女王一定会弯下腰捡起来塞进口袋里。因为她觉得可能有一天会用到它们。女王非常喜欢马，家里养了很多的马，但是，女王的马从来只睡在旧报纸上面，不睡在干草上，因为干草太贵。

女王自己这么做了，也要求身边的人这么做。她的丈夫菲利普先生的钱包几乎总是空空如也。安娜公主的小儿子彼得·菲利普斯在一次公共场合竟然穿着一件不怎么合身，且有些破旧的外套。而这件外套是爱德华王子 15 年前穿过的。皇室的成员们在女王的要求下，从不购买任何奢侈品。

道理解读

我们要向伊丽莎白女王学习，从小养成勤俭节约的好习惯。记住：每一分钱都是财富的种子。不管我们拥有多少财富，都不能轻视每一分钱。杜绝铺张浪费，珍惜每一分钱，才能受到财富的青睐。

马拉松者村上春树

马拉松者村上春树于 1996 年，在日本北海道佐吕间湖参加了超级马拉松大赛，全程 100 公里。村上春树顺利跑完了全程。当别人问到支持他跑完全程的动力是什么时，他是这样回答的——

早上 5 点，村上春树信心满满地站在了起跑线上。比赛分成两段，在中间 55 公里处可以稍微休息一下。

村上春树像平时锻炼一样，静静地向前跑，顺利抵达 55 公里的休息站。他换了一身衣服，因为汗水已经湿透了穿的衣服。而后，他吃了一些点心，换上一双大半号的跑鞋，就继续比赛了了。

再次回到跑道上的村上春树，觉得异常痛苦，他感到自己的身子已经不听使唤了。村上春树拼命摆动手臂，想以此带动几乎迈不开步子的双腿。可是，无论村上春树怎么为自己鼓劲，调节跑步的姿势，他还是觉得自己快要坚持不下去了。这个时候，一位 70 多岁的老奶奶超过了他，冲他大喊道："坚持下去！"

村上春树每每想到还有一半路呢，就觉得没有希望了，自己根本跑不到终点了。

忽然，村上春树想到了一个秘诀，他不再想着终点了，只把目标定在前面 3 米远处。果然，这个方法很有效。村上春树不再觉得累了，他觉得自己又有力气了。

大脑支配身体，也不知从哪一秒开始，村上春树觉得浑身的痛楚都消失了，仿佛进入了一个自动奔跑的模式中。接着，村上春树开始不断地超越别人，不断地加速。终于，在下午 4 点 42 分，村上春树顺利到达终点。

道理解读

在身体进入极度疲惫的状态时，村上春树及时分解了“达到终点”的目标。他强迫自己忘记终点，将目标确定在前方 3 米处。就这样，村上春树在一次次实现小目标的兴奋中，跑到了终点。其实，人生也是一次漫长的马拉松比赛，在实现目标的时候，我们要养成将一个大的目标分成几个小目标，然后一个一个地实现小目标，最终大目标就在不知不觉中实现了。

捡起地上的鸡毛

一位年轻的女孩子，心地非常善良，也很乐于助人，就是平日里口无遮拦，总喜欢在背后评论别人。这个习惯非常不好，一些无聊的闲话被传播开来，对别人造成了一定的伤害和困扰。为此，经常有人来找年轻女孩吵架。女孩自知理亏，只能不断地和人家道歉。

时间长了，女孩觉得非常苦恼。于是她来到牧师圣菲利普面前，将自己的苦恼告诉了牧师。圣菲利普是当地有名的牧师，深受人们的爱戴。

圣菲利普认真地听完女孩的倾诉，然后说道：“你不应该总是在背后评论别人，这会对别人造成伤害的。现在你为那些被你伤害的人赎罪。你需要到市场上买一只鸡，然后，朝着城外走去，一边走，一边拔下鸡毛四处散布，直到拔完为止你再回来。”

女孩没有多想，按照牧师的话，去买了一只鸡。然后，她真的朝城外走去，边走边拔。直到鸡毛被拔完，她才回去找牧师。

圣菲利普说：“现在，你需要进行第二步，那就是将你所拔掉的鸡毛全部捡回来。”

这可难坏了小女孩。她有些为难地说：“这怎么可能呀？鸡毛早已被风吹得满天飞了，根本不可能被全部捡回来呀。”

牧师说道：“的确，鸡毛已经被风吹走了，根本不可能全部捡回来。其实，你在背后对别人说三道四的坏习惯，就像是这些被风吹走的鸡毛。只要你说出去了，就不可能全部收回了。因此，当你想说别人的时候，就请想一想那些鸡毛吧。”

道理解读

背后议论别人，是非常不好的习惯，会间接或直接伤害到别人。因此，我们要杜绝这个坏习惯。当我们想要背后议论他人时，也请想一想那些被风吹得到处都是的鸡毛吧，说出去容易，想要收回来就难了。因此，说话一定要慎重、慎重、再慎重。千万不要可口无遮拦，想说什么就说什么，让自己和他人因此受到伤害。俗话说，“祸从口出”，说的就是这个道理。

意外得到的金子

镇子上有一座古庙，里面供奉着一尊神像。神像非常灵验，对人们所求之事总是尽可能地给予满足。因此，这座寺庙的香火很旺。

这一天，一位穷了很久很久的人，来到寺庙里乞求神灵保佑他早日摆脱贫穷。穷人非常虔诚，每天都在神像面前烧香磕头，虔诚祈祷。但是，神灵似乎没有听到他的祈祷，穷人不仅没有摆脱贫穷，反倒是越来越穷了。

穷人很是生气。他拿着一把锤子跑到神像面前：“你真是太过分了，我那么虔诚地祈祷，你不仅不肯帮助我，反而让我越来越穷。”穷人越想越生气，举起锤子向神像砸去。

一锤、两锤、三锤……穷人一下下地砸，砸在神像上面，发出咚咚的声响。很快神像的表面泥胎被震碎了，露出了金灿灿的光。穷人有些震惊，剥掉了神像表面的泥层。原来这尊神像竟然是纯金打造的！

穷人大喜，说道："这真是敬酒不吃吃罚酒，我虔诚地拜你，你不给我财宝，我生气了打你，你倒给我这么多金子。"

神像很委屈："这怎么能怨我呢？自从你祈祷的第一天起，我就把自己变成了一堆金子，等着你来拿。可是你每天就知道烧香磕头、诚心供奉，不肯动手拿。我能有什么办法呀。"

穷人看着神像委屈的样子，忽然明白了一个道理。于是，他带着这笔意外得到的金子回到家里，开了一家饭庄，靠自己的双手成了远近闻名的富豪。

道理解读

故事中的穷人忽然明白的道理就是：任何目标，都需要立即付诸行动，才有可能被实现。现实生活也是如此，制定目标很容易，树立理想也不难。但是，人类大脑中的目标和理想只是虚化的，如同沙漠里的海市蜃楼，只是光线折射出来的图像而已。想要把它们变成现实，需要我们立即行动起来。

没钱也能吃饭

阿城的母亲有兄弟四人，其中阿城家最有钱。每当过节的时候，阿城的母亲都会请哥哥姐姐们去豪华的饭店大吃一顿，联络一下兄弟姐妹之间的感情。但是，每一次哥哥姐姐们想要回请阿城一家时，阿城的母亲总会拒绝，说道："不去了，我知道你们的日子不富裕，心意领了，不去花那份钱了。"阿城母亲的心意大家都知道，她不愿意让兄弟姐妹们花钱。

这一天，阿城的三舅舅邀请阿城一家吃饭。阿城的母亲还是像往常一样拒绝："三哥呀，不去了，你们一家全指着嫂子的退休金生活呢。就那么一点钱还是别乱花了。"

"妹子，哥哥知道你心疼我，想替我省钱。但是，这么多年了，一直都是你花钱将兄弟姐妹们聚在一起，今年我一定要请一下你们。别多说了，没钱咱们也能吃饭。咱们不去饭店，全都来我家，我和你嫂子下厨，让你们尝尝我们的手艺。”阿城的三舅舅说道。

没有办法，阿城的舅舅心意已决，母亲和父亲只好带着阿城来到了舅舅家。

一进门，舅舅和舅妈全都围着围裙在厨房里忙碌着。姨妈一家也来了，大舅舅和二舅舅一家也来了。很快，亲人们围坐在一起，唠起了家常。女人们全都围上围裙，去厨房里帮忙。三舅舅被无情地赶了出来，加入了男人们的聊天队伍。

食材很简单，三舅舅家地里长的时令蔬菜和自家鸡下的鸡蛋，还有姨妈家带过来的爽口腌菜和腊肉，两位舅舅也纷纷带来了自家的花生和一只鸭子。阿城家带来了酒水和饮料。女人们在厨房里忙得不亦乐乎，男人们在大厅里聊得不亦乐乎。

就这样，没过多长时间，一桌子丰富的菜肴就准备好了。阿城跑过去一看，哇！好丰盛呀。只见，一张圆圆的桌子上，摆满了各种美味的菜肴，有鸡、有鸭，还有一条大鱼和各种炒菜和凉菜。

“好大的鱼呀！”阿城吧唧吧唧嘴巴，惊呼道。

“你三舅舅从城东的河里钓了三天才钓到的，纯野生的。”三舅妈自豪地说道。

就这样，没有钱，一家人也热热闹闹地围在一起享受起美味的食物了。

道理解读

生活好了，过节的时候，大家都习惯去饭店里吃饭。其实，在家里吃饭也别有一番风味，干净、省钱、健康，更重要的是可以更好地感受家的气氛。

好苹果与烂苹果

李楠和李柯是两个同时进入政府部门工作的同事，他们在做事风格上有许多相同之处，但也有明显的不同之处。就比如说吃水果吧，如果是李楠呢，他一定会先把不好的吃掉，把好的水果留在最后享用。而李柯则恰恰相反，他会先把好水果享用完，然后再挑选那些不好的水果。

李楠和李柯坚持认为自己的做法更合理，对方的做法不合理，为此，他们两个一直争论不休。

李柯对李楠道："像你那种吃法，等于是在吃一箱烂苹果，因为等到把坏的吃完，原本好的也坏掉了。"

李楠不服气地反驳道："这叫先苦后甜，我把坏的先吃掉，剩下的苹果就都是好的，那时候我就可以舒舒服服地享受个大味美的好苹果了，这有什么不好的？像你那种做法，把好的苹果全都先挑光，坏的一点不管，任其烂掉，这样太浪费了？再说了，一箱苹果越吃越不好，甚至烂掉有什么好的？"

就这样，李柯说不过李楠，李楠也影响不了李柯，两人各按各的习惯行事。

一年后，李楠因为做事沉稳，得到了晋升。而李柯则因为总是喜欢打破常规，不按规则出牌，引起了上级的不满，没有得到提升。认真考虑之后，李柯决定辞职，下海经商去了。他认为在商海中打拼更适合自己。

几年时间过去了，一次偶然的机会，李柯和李楠再次相遇。此时的李楠，因为宁愿自己吃亏也要把美好的东西留给他人的做事风格，成为了一名受人爱戴的政府执政者。而李柯因为做事不拘一格、经常推陈出新，因此抓住了很多很好的商机，成了一名非常优秀的商人。

几年的时间，二人都已经成熟了，想起当年的争执，不约而同地笑了起来。"其实，很多时候，没有所谓的好习惯和坏习惯，只有适合的习惯。"听着李楠的话，李柯也点了点头。

道理解读

不要用自己的行为习惯和思维习惯去判断别人的行为是对或错，有些习惯本身是没有什么对错之分的。只要我们的习惯适合周边的环境，适合我们所从事的事业就是最好的。

随手关上身后的门

英国前首相劳伦·乔治有一个习惯，那就是习惯性地随手关上身后的门。

这一天，乔治和朋友在院子里散步。每经过一扇门时，乔治总是习惯性地关上身后的门。这让一旁的朋友有些不知所措。他微笑地说道："亲爱的乔治，有必要将这些门都关上么？"乔治立即回答道："当然有必要了。要知道关上身后的门是一件非常重要的事情。我的前半生一直都在关门。"

朋友觉得有些好笑，问道："什么意思，为什么这么说？"

乔治说道："当你关上身后的门时，后面的事情无论是美好的还是不好的，全部都关在了门外。你眼前只有前面的事物。这样你就能重新开始，从零做起了。"

乔治的话，让朋友终于明白了他之所以随手关门的真实意思。从那以后，乔治随手关上身后的门的习惯被很多人知晓。朋友们不再在意他随身关门的举动，反而牢牢记住了他关门的用意。

道理解读

昨天，有成功、有喜悦、有悲伤、有快乐，这些终究只能是记忆，不能去改变什么。我们需要做的就是总结经验，然后关上身后的门，将昨天留在门外。不要为已经发生的事情或悲伤或喜悦。要想成为一个成功的人，最重要的一点就是要随手关上身后的门，学会放下过去的事情，一切都要向前看，我们能把握的只有今天和明天。

我们要向劳伦·乔治学习，随手关上身后的门，不为昨天的事情烦恼、痛苦和喜悦。忘记过去，放下过去。已经过去的我们无力改变，我们真正拥有的只有今天。一定要记住随手关上你身后的门。

富翁的花园

一个富翁，在商场上打拼多年之后，将事业交给了孩子，独立一人来到了郊外的别墅过起了田园生活。他将后院开辟出来种上了很多鲜花，后院成了一个百花争艳的花园。

为了防止鲜花被路人采摘，富翁在后院围起了高墙。不过，依然还是有个别淘气的孩子悄悄爬过高墙，摘了富翁的花。看到美丽的花朵被偷走，富翁非常生气，于是便命工匠加高围墙。奇怪的是，围墙加高了，鲜花偷得更加厉害了。

富翁百思不解，于是又命令工匠在围墙上面加上围栏。原本以为这次能够阻止他人偷偷翻墙进来了。不料，淘气的孩子是阻止了，小偷和强盗却引来了。看到富翁家的高墙，小偷们猜想一定是有什么宝贝，不然不会筑起这么高的墙。

于是，高墙筑起之后，富翁家里开始频繁地遭小偷光顾。原本家里也没有什么值钱的东西，富翁隐居至此，想要过清闲朴素的日子。小偷费了半天的劲儿，却偷不到值钱的东西，一气之下竟然将富翁打了一顿。

被打之后的富翁决定拆掉高墙，将花园全部暴露出来，任何人想进来都可以随便进来。仆人们不明白富翁葫芦里卖的是什么药，甚至怀疑富翁是被打坏了脑子。只有富翁心里清楚，他自言自语道："我要感谢那个打我的小偷呀，不然我还犯糊涂呢？"

说来也奇怪，自从富翁拆掉围墙之后，家里的花再也没有被摘过，东西也再没丢过。孩子们和邻居们来到花园赏花，还经常和富翁聊天。富翁的生活增添了很多的乐趣。

富翁的朋友问道："当时决定拆墙到底是什么原因呀？"

富翁答道："人们能够随时看到鲜花，自然也就不用摘它了。小偷看到这种情况，也就清楚没有什么东西值得偷了。一切都明明白白地摆在他们的眼前，要好过让他们感到神秘和好奇更安全。"

道理解读

很多人认为“藏起来”才是最安全的做法，其实，越是神秘越会让人好奇。因为好奇，所以才会让人冒险一探究竟，因此，“藏起来”才是最危险的做法。这个故事告诉我们，不要企图独享某些东西，要学会分享，这样才是最好、最有利的做法。

富翁与服务生的差别

美国石油大王洛克菲勒，经常到一家餐厅里用餐。餐厅里的工作人员都认识他，知道他是一名超级富翁。

一天，洛克菲勒又来到这家餐厅用餐。服务员很有礼貌地和他打招呼：“你好呀，洛克菲勒先生，今天过得好么？”

“是的，我很好。麻烦帮我来一份鸡腿饭，你是知道的，它是你们这里最美味的食物。”洛克菲勒说道。

“没问题，先生，请稍等。”说完，服务员又去招待别的顾客去了。

没过多久，洛克菲勒点的鸡腿饭被端了上来。洛克菲勒对服务员说了一声谢谢，照例给了服务员1元小费。

洛克菲勒每次用完餐之后，都会给服务员1块钱作为小费。

这一次，餐馆服务员终于忍不住了，接过洛克菲勒递过来的1元钱，不满地说道：“您是大富豪，拥有数不胜数的财富，却只给1元的小费。如果我能拥有你那么多的财富，我一定会非常大方的，不会只给这么少的小费的。”

洛克菲勒笑了笑，答道：“这就是为什么你是一名服务生，而我是一名富翁的原因。”

看着服务生羞红的脸，洛克菲勒接着说道：“一块钱对你而言，可能不算什么，但是对我而言，却是非常宝贵的。我的所有财富都是这样一点点地积攒起来的。因此，我从不嫌它少。年轻人记住，永远不要小瞧这一块钱，虽然它不多，却是财富得以生长的种子。只有爱护好它，你的财富才能越积越多。”

说完，洛克菲勒起身离开了。之后，洛克菲勒还是经常来这家餐厅用餐，依旧会在用餐结束后，给服务员 1 元小费。

道理解读

现实生活中，真正的有钱人都非常节省，从不乱花钱。相反，很多穷人却非常害怕别人认为他没有钱，经常做一些打肿脸充胖子的事情。这就是富人和穷人的根本区别。很多人之所以不能致富，就是因为他们养成了乱花钱的不良习惯，将资金全都浪费在一些不必要的开支上面。我们应该养成不乱花钱的好习惯，爱财、惜财、理财，财富才愿意朝我们聚拢。

瞎子买剪刀

村里的瞎子慢慢地向前走着。一位村民见到，问道：“瞎子，你去干嘛呀？”

瞎子答道：“我去买剪刀。”

村民好奇地问道：“你又看不见东西，买剪刀干嘛呀，难不成你还想自己剪东西？”

“是呀，我就是想剪东西。”瞎子答道。

“你想剪什么呀？我家有剪刀，你拿过来我帮你剪。”村民好心想要帮他。

“不用了，我要剪好长时间才能剪完，你没有那么多时间的。”瞎子说道。

村民更加好奇了，“你到底想要剪什么呀？”

瞎子笑了，脸上露出了幸福的笑容：“我要剪窗花。”

“啊？”村民张大的嘴巴久久没有闭上。

“瞎子买剪刀了，要剪窗花啦”“瞎子买剪刀了，要剪窗花啦”“瞎子买剪刀了，要剪窗花啦”……没过多久，村子里的孩子们就四处叫喊着这句话。

听着孩子们欢快的喊声，瞎子憨厚地笑了。

之后，瞎子很少出来闲逛，每天都坐在院子里摸索着剪窗花。

刚开始，村民们都觉得好奇，纷纷跑到瞎子家去看他剪窗花。瞎子由于看不见，因此剪不好，彩纸被他剪得乱七八糟的。村民们见没什么可看的，渐渐地就不去瞎子家了。

可是，瞎子依旧每天练习剪窗花，经常会不小心剪到自己的手指。他也不在意，接着练习。时间一点点地过去了，眼看就要过年了。村民们都忙着准备年货。瞎子却拎着一个袋子，挨家挨户地送窗花。看到瞎子递过来的窗花，村民们都惊呆了，好漂亮的窗花呀，活灵活现的。

这一年的春节，瞎子可忙碌了，他们都要到不同的村民家里去吃饭，大家轮流请客，瞎子觉得幸福极了。从那以后，瞎子每年都会给村民们剪窗花。

道理解读

故事里的瞎子，就是因为替村民们着想，为村民们剪窗花，才过上了幸福的生活。虽然瞎子眼睛看不见了，但他是幸福的，因为所有的村民都是他的亲人，都是他的眼睛。这个故事告诉我们，一定要养成替他人着想的好习惯。你为他人着想，他人才能为你着想。幸福就是这样得到的。

别让自己习惯贫穷

一个男人快四十岁了，依然一事无成。他觉得自己真是太不顺了，生意失败不说，还赔了好多钱，将祖上留下的老屋都赔了进去。为此，妻子也和他离了婚，留下他一个人背负着一身的债务。男子实在想不明白，为什么自己会这么失败。于是，他特地跑去请教一个有名的大法师。

法师盯着他的脸，左看右看，最后问道：“你之前一直都非常贫穷么？”

男子答道：“是的，我一直居住在祖上留下的老屋里，虽然有些破旧，但总算有个遮风挡雨的地方呀。和妻子每天早出晚归地拼命赚钱，好不容易攒了一点钱想开个小饭店，不想生意这么不好做，钱没赚到，还把祖屋抵押出去了。这不，前段时间，银行刚刚收走了房子，妻子一气之下就和我离了婚……”

男子喋喋不休地说个没完。法师静静地听着男子的阐述。终于，男子说完了，问道：“法师，你帮我算算我 40 岁之后的命运吧，能不能摆脱贫穷呀？”

法师摇了摇。

男子连忙说道：“法师，你连算都没有算呢，怎么就断定我不能摆脱贫穷了呢？”

法师说道：“因为你已经习惯了贫穷。”

男子并没有觉得自己已经习惯了贫穷呀。于是，法师接着说道：“如果你没有习惯贫穷，那么 40 年的时间，你怎么没有改变贫穷呢？ 40 年的时间都在贫穷中度过，说明你已经习惯了贫穷，回去吧。”

男子回到家里，觉得心里很不是滋味。“大师说得对呀，自己从来没有尝试着改变贫穷的生活。如果现在祖屋还在，自己还有一个可以遮风挡雨的住所，那么恐怕自己也不会像现在这么难受。原来这些年的不幸和贫穷是我自己造成的。”男子自言自语道。

道理解读

很多时候，当你自己都已经习惯了一种状态，放弃了改变，那么别人又能帮助做些什么呢？想要提高自己的生活质量，首先你自己要有改变的勇气和决心。自己拯救自己，除了你自己没有人能够拯救你，别让自己像故事中的中年男子一样习惯贫穷。

藏在细节中的完美

米开朗琪罗是著名的雕刻家，他对自己雕刻的每一件作品都精益求精。因此，米开朗琪罗每一件作品都是精品。

一天，一位朋友来拜访米开朗琪罗，他正在聚精会神地雕琢一件作品。朋友见作品已经相当完美了，便说："亲爱的米开朗琪罗，这件作品已经很好了，你没有必要再修饰它了。"米开朗琪罗摇了摇头，说道："对我而言，它只完成了一半而已。"朋友有些疑惑，心想：明明看起来已经完成了呀？

又过了一段时间，那位朋友又来看望米开朗琪罗。这一次，他发现，米开朗琪罗还在认真地修饰着上一次看似已经完成的作品。朋友忍不住说道："上一次我来看你，你就在修饰它。过了这么长时间，你还在修饰它。而且这个雕像看起来和上次一样，你这不是在浪费时间么？"

米开朗琪罗却说："怎么会呢？任何一件作品最关键的部分就是雕刻好细微之处。你看看这次它看起来是不是比上一次你见到它时更加完美了？"

朋友又认真地看了看这件雕刻品，"果然看起来眼睛比上一次见更加炯炯有神了，皮肤也更细腻了，头发似乎也更加飘逸了，还有这里竟然像真的手指一样，简直是太完美了……"

听到朋友的评论，米开朗琪罗微微地笑了。

看到米开朗琪罗的笑容，朋友有些不好意思地说道："你是对的，看来完美藏在了细节中。"

道理解读

一件雕像任何一个部位存在缺陷都不能算是完美之作。完美之作原本就是由一个个微小的细节组成的。故事中的米开朗琪罗对每一件作品都精益求精，力求每个细节的完美，因此才能有诸多的神来之作。

这个故事告诉我们，做任何事情都要注重细节，只有把细节都做好，事情才能完美。忽略任何一个细节，都会造成缺陷，留下很大的遗憾。

船蛆毁掉大木船

一个渔夫生来性格爽朗，众人都夸他不拘小节，是个成大事的材料。但是，他有一个坏毛病，那就是他不仅性格爽朗，做事情也大大咧咧的。这个习惯可不是什么好习惯。于是，别人委婉地指出他的不足之处，可是他说："不值一提，做大事者，不拘小节嘛。"

这一天，他照例出海捕鱼。满载而归之后，他将大木船停在了一摊烂泥里。其他的渔民见到之后，连忙提醒他，"不能将船停在泥里呀，泥里不卫生，会生船蛆，还是停在那边的沙滩上去吧。沙滩上温度高，很快就能把船身的水分蒸发掉，这样木船才……"

渔夫没等人家把话说完，就转身走开了，边走边说："我家的船和我一样，不拘小节，哈哈哈……"

一连多日渔夫都将船停在烂泥里。船身整天湿湿的，再加上每天都在烂泥里浸泡着，果然，船身出现了白白的小虫子。

"快来看呀，你的船生船蛆了。"人们指着一条条白白的小虫子说道。

渔夫走了过来，看了一眼，说道："不就几条小虫子嘛，一会儿下海之后就会被淹死的。"

一旁的渔民对他说道："船生了船蛆可不是什么小事情，时间长了，船蛆会把船蛀坏，船会漏水的。"

渔夫不以为然。

又过了几天，渔夫像往常一样出海了。忽然他觉得脚下有水，以为是自己不小心带进了的水，可是转念一想，如果是带进来的水不应该每个角落里都有呀。"难道真的是船蛆？"想到这，他立即检查整条船身。果然，海水正是从一个个小小的蛆洞涌进来。他立即返回岸边，找来村里的长者，希望长者能够有办法处理掉这些船蛆。

看着无数个细小的蛆洞，长者摇了摇头，说道："没有办法了，船蛆已经遍布整个船身。看看这些密密麻麻的蛆洞，还只是其中的一小部分，在船身里还不知道藏着多少呢。”说完，老者用力一踩，船帮竟然掉了一块。渔夫拿起来一看，果然掉下来的木头上布满了船蛆，几乎快把船帮蛀空了。

道理解读

千里之堤溃于蚁穴的故事我们已经耳熟能详了。这个故事说的是同样的道理：很多看似不起眼的小问题，才是导致失败的根源。

细微之处见才能

很多懂行的人，看一件陶瓷是不是某位大师之作，一定是拿着放大镜，仔细地观看每一个细微之处。

一天，一位老者来到茶楼里，他想要买一把紫砂茶壶送给老友。服务员向他推荐了两把壶。据服务员介绍，两把壶的产地一样，用的材料也一样，都是出自同一位大师之手。老者拿起壶，从兜里拿出了老花镜认真地看着。半个小时过去了，老者还在聚精会神地看着。服务员有些不耐烦了，心想：“就一把造型简单的壶，有什么好看的。”出于礼貌，她并没有说出自己的想法。

终于，老者放下了这把壶，随后又拿起了另一把壶，聚精会神地看了起来。半个小时又过去了，老人家丝毫没有要结束的意思。只见老者拿着壶一会儿近看，一会儿远看。服务员可急坏了，她微笑着说道：“老人家，看出什么了吗？您放心，这两把都是好壶，造型也差不多。您买哪把都不会错的。”

老者笑了笑，说道：“不用你报价，我知道上一把壶的价格会低一些。”服务员不相信，她连忙拿出价格单，果然第一把壶的价格比第二把壶的价格足足低了两千多块。于是，她好奇地问道：“老人家，这两把壶的样子和做工都差不多呀，您是怎么看出来两把壶的差别的。”

老者缓缓地说道：“材料一样，样子也差不多，但是如果仔细一看，还是有差别的。你看，在壶嘴处，这把壶的壶嘴有微微的弧度，可是那一把壶的壶嘴处却有一点点的棱角，弧度也稍稍小了一点。”

“就这点差别，也不算什么嘛。我看您还是买这把便宜的吧。”服务员说道。

“孩子，你又错了，细微之处才能见功夫。别看只有这么一点点的不足，那制壶者的水平就已经差出了一大截儿了。我想，这两把壶的制作者不会是同一个人。”老人家说道。

年轻的服务员连忙解释道：“不会的，是同一个人。”听着服务员的话，老者微笑着摇了摇头。

后来，那名服务员问了一下茶楼的老板才知道，原来是她记错了。这两把壶的制作者真的不是同一个人，一个是有名的制壶大师，另一个是大师的徒弟。

道理解读

从这个故事中，我们需要领悟到：现实生活中的每一个细微之处，我们都应该认真地对待。因为细微之处最能反映一个人的真实实力。

少了一颗钉子，输了一场战争

将军的战马在行军的途中，马蹄铁上的钉子少了一颗。马官原想立即钉上，可是将军说：“军情紧急，陷入敌人埋伏圈的兄弟部队正等待着我们赶去，一时也耽误不得。还是等到达目的地时，你再找个时间钉上吧。”

到了天黑，终于到了目的地。将军下马直奔大营，与众参谋商量战事。马官将自己的行李扔在地上，立即走向将军的战马。他心里非常清楚，战事这么紧张，随时都可能出城迎战。因此，没有太多的时间留给他，他必须在第一时间修好将军战马的马蹄铁。

不幸的是，马官还没有走到将军战马的旁边，敌人新一轮的进攻便开始了。将军飞速跑出营帐，一抬腿就跨上了战马。马官连忙拦住将军，说道：“不行呀，将军，您的马的马蹄铁还没有修好，不能就这样骑着它上战场呀。”将军抬手抽了马官一马鞭，吼道：“滚开，再敢废话老子宰了你。”将军是真的着急了，因为他从不骂人，今天竟然破例了，想来是急得有些失去理智了。

将军一拉缰绳，战马飞速地奔跑起来。将军作战非常勇猛，和将士们一次又一次地打退敌人的进攻。眼看着，敌人已经开始怯敌了。忽然，将军的马一下子卧倒在地上，将军被甩出去很远，竟然再也没有站起来。如此一来，原本在望的胜利局面，立即扭转了。

敌方将领一见将军倒下，立即精神大震，带领着士兵们从侧翼包抄，一举拿下了这座城市。

后来，战事结束，双方达成了永不开战的协议。将军的战马和用品全都被供奉起来。正当人们被将军勇猛为国的精神打动，马官却说：“如果当初将军能听我一句劝，也不至于落到今天的地步呀。”于是将将军如何牺牲的，原原本本地告诉了人们。

听了马官的话，人们纷纷查看了将军的战马，果然马右侧蹄上的马蹄铁已经脱落掉了。马蹄直接踩在地上的沙石，没跑多远的路，将军的战马就受不了了，它的脚被磨破了。结果就导致在关键的时候，战马摔倒了，将军牺牲，最终让对方赢得了这场战争。

道理解读

仅仅因为少了一颗钉子，就导致战马摔倒，将军牺牲，输掉了一场战争。这个故事告诉我们越是做大事越不能忽视细节，任何一个不起眼的细节都可能导致我们满盘皆输。

青蛙背蝎子过河

蝎子从树洞里爬出来，想要去好友蜈蚣家做客。可是，去蜈蚣家需要经过一条小河，蝎子不会游泳，于是它决定求助于青蛙先生。

蝎子来到了小河边，看到青蛙先生正在河边捉虫吃，“青蛙老弟，青蛙老弟，我想过河去，你能背我过去么？”

青蛙摇了摇头，说道：“呱呱，不可以，我担心你会蛰我。”

“不会的，你想呀，如果我蛰了你，那么我也会掉进河里的呀。因此，为了我自己的安全，我也不会蛰你的。”蝎子说道。

青蛙想了想，说道：“你说得也对，如果你把我蛰了，我一定会把你扔进河里。”

就这样，善良的青蛙背起蝎子，向河对面游去。

就在青蛙游到河中央的时候，只觉得后背一阵剧痛，青蛙立即意识到了蝎子蜇了自己。于是，它将蝎子扔进了水里。蝎子不会游泳，挣扎了一会儿，就开始往下沉了。

眼看着蝎子就要沉下去，青蛙忍不住问道：“你明明知道蛰了我，会被扔下水，为什么还要蛰我？”

蝎子无奈地说道：“不是我想蛰你呀，只是多年的习惯不好改呀，我控制不住就蛰了你。”

最终，青蛙还是没有狠下心来，不想眼睁睁地看着蝎子被活活淹死。青蛙又一次背起了蝎子向岸边游去，尽管青蛙一直担心蝎子还会因为习惯蛰自己。然而，这一次，蝎子却并没有蛰青蛙。

到了岸边，青蛙放下了蝎子，问道：“后来，你怎么不蛰我了？”

蝎子说：“我真的很想蛰你，但是你不计前嫌救了我的命，我实在是不忍心那么做。”

道理解读

在日常工作和生活中，我们经常会听到这样一句话：习惯成自然。这句话说得的确有道理。当我们经常重复一个动作时，大脑会因为经常接受同样的指令而形成固定的思维模式，自动指挥我们做出相同的动作。这就是习惯。尽管习惯很顽强，但也不是不能改变的。只要我们对自我意识加以控制是可以改变习惯的。当然，形成一个习惯需要一段时间，改掉一个习惯同样需要一段时间。因此，我们要对自己有信心，任何不良的习惯都是可以改掉的。

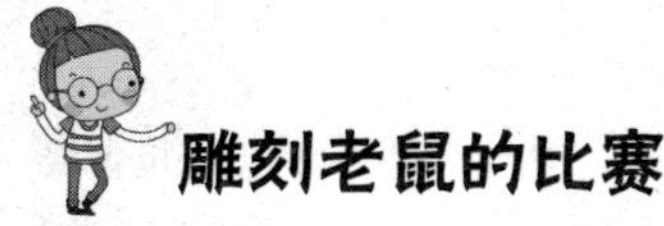

雕刻老鼠的比赛

在一个古老国度里，有两个非常优秀的雕刻师。他们雕出的作品和真的一样，活灵活现的。但是，他们两个谁也不服谁，都觉得自己的手艺是最好的。为此，他们找到了国王，希望国王做出公正的裁决。

国王看了看他们的作品，觉得都很好，一时也难以做出判断。最后，为了避免他们二人继续争吵，国王决定举办一次比赛，谁赢得了比赛，谁就是最好的雕刻师。

比赛的内容是，他们二人每人雕刻一只老鼠，限时三天，谁雕得最逼真，谁就胜出。

于是，两位雕刻师各自回到家里，不眠不休地开始雕刻老鼠。

三天之后，他们拿着各自雕刻的老鼠来到皇宫里。国王将所有的大臣都找来了，一同鉴定谁的作品更好。

第一位雕刻师将自己雕刻的老鼠放在国王和大臣面前。所有的评委都被震惊了。这只老鼠就像活了一样，栩栩如生的，身上的每一根毛都清晰可见。老鼠须时不时地还会动两下。看着评委们吃惊的样子，第一位雕刻师得意地笑了。

接着，第二位雕刻师将他雕刻的老鼠放在了国王和大臣的面前。只见第二位雕刻师雕刻的老鼠只有老鼠的神态，没有老鼠的形貌，远看勉强是一只老鼠，近看则只有三分像。

很显然，胜负已分，国王和大臣们一致认为第一个雕刻师雕刻的老鼠更好，他才是最优秀的雕刻师。

结果宣布之后，第二位雕刻师非常不服，他大呼："陛下不公！"国王问道："我怎么不公了，你雕刻的老鼠近看远看都不如人家雕刻得逼真呀。"

雕刻师说道："像不像老鼠，你们说了不算，花猫说了才算。"

国王想了想，觉得他说得有道理，便命人抓来几只花猫，看花猫扑向哪只老鼠。

出人意料的是，所有的花猫全部都扑向那只看似不像老鼠的雕刻品，又撕又咬的。却没有一只猫扑向那只栩栩如生的老鼠。

最后，国王只好宣布第二位雕刻师才是最优秀的。事后，国王很不解，问第二位雕刻师道："为什么你雕刻的老鼠看起来不怎么逼真，而花猫却全都扑向它？"

雕刻师回答道："因为猫习惯吃鱼，我是用鱼骨头雕刻的。"

道理解读

很多时候，我们要学会利用习惯。一个人的习惯很难改变，只有掌握住了他们的习惯，才能投其所好。

章鱼的命运

深海中生活着一群章鱼，它们有一个习惯，见到空的贝壳就喜欢往里钻。因为这个习惯，它们吃了很多亏。

一天，章鱼们睡完觉决定出来找食吃，远远地就看到一个类似贝壳的东西。章鱼们连忙游了过去，争前恐后地往里钻。就在这时，这个类似贝壳的东西竟然动了。它闭上了嘴，一口将已经钻进嘴里的章鱼吞进了肚子里。原来这个类似贝壳的东西竟然是一条海鳗伪装的。其他还没有来得及钻进去的章鱼吓坏了。它们迅速掉头，四下逃窜。

海鳗是章鱼的天敌。它清楚章鱼有钻贝壳的习惯，所以经常张着嘴巴，伪装成贝壳，静静地等待着章鱼主动送到嘴里。

人们常说："吃一堑长一智"，章鱼吃了这么大的亏，应该长记性了，下次见到贝壳就别再往里钻了呀。可是，章鱼却不长记性。刚刚经历的危险场面，没有多长时间就忘得一干二净。因此，海鳗都不用动地方，也不用换造型，继续待在原地等待就可以。过不了多久，章鱼们还会主动送上门来。

渔民也了解章鱼这一习惯。他们收集一些空的贝壳，穿在一起，扔进海里。第二天，渔民们再把一串串贝壳拉上岸来。空贝壳里面全是章鱼。

就这样，章鱼轻而易举地就成了人们餐桌上的美味佳肴了。

道理解读

这个故事告诉我们，良好的习惯需要坚持，不良的习惯一定要改掉。在竞争激烈的社会中，如果你的一些不良的习惯被那些别有用意的人掌握并利用，那么，这些不良的习惯很可能会让你付出惨重的代价，甚至导致失败。因此，一定要改掉不良的习惯，至少不要在你的敌人和竞争对手面前暴露你的不良习惯。同时，需要注意，别人可以利用我们的不良习惯，打击我们，我们同样也可以利用别人的不良习惯打击他们。

第七章
调整心态：在每一个忧患中看到希望

心态决定状态，只有保持良好的心态，你才能保持良好的心情，心情好，运气就好，精神好起来，好运自然来。既然你无法改变现实，不如改变你自己吧。

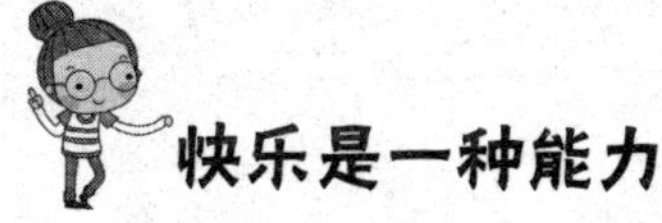

快乐是一种能力

快乐对每个人来说都很重要。因为快乐能够让你更自信，可以让你更有把握走近成功。

有一个故事。

一家非常著名的跨国公司要招聘一名策划总监，虽然招聘条件很苛刻，不过由于公司给出的待遇很诱人，所以还是有很多人前来应聘。经过一系列考核之后，只剩下成绩最好的三个人。在最后一次考核前，三个人被分别安排进一间房子里，房间内有监控，家用电器、生活用品也很齐全，但是没有网络，也没有电话。进入房间之后，三个人的手机都被收走了。考官没有告诉他们考试内容，只是让他们等着考题送过来。

第一天，三个人都很兴奋，他们在房间里看报纸，看电视，走来走去参观房间。在吃饭的时候遇到了点麻烦，他们都不擅长做饭，不过还是把饭做熟了。

第二天的时候，情况出现了变化，可能是昨天一天都没有接到考试内容，其中一名应聘者显得有些焦躁，有些不知所措；还有一名应聘者拿着遥控器不停地换台，但是他的注意力却不在电视上，不时看向门口。到吃饭的时候，这两个人也没了昨天的好奇，而是草草弄了口吃的应付。晚上休息的时候，这两个人也是翻来覆去，一整夜都没能很好地入睡。只有一个人，还是像第一天一样，看书、看报，津津有味地吃饭，电视里好玩的情节也能深深地吸引他的注意力。

五天之后，这三名考核者被请出了房间，那两名焦躁的考核者显得很颓废、很憔悴，而那一直高高兴兴的考核者还是像刚来一样，精神焕发。考官随后宣布了考核结果，那个一直保持快乐的考核者被录取了。考官宣布完结果后，对三个考核者说道：“快乐也是一种能力，能够在任何环境中保持快乐的状态，那么他在面对难题的时候也会充满信心，他离成功也就更近。”

所以，生活不仅需要智慧，更需要快乐，快乐能够让你更接近成功。

道理解读

生活中难免会有挫折、困难，与其灰心沮丧，不如快乐地面对，快乐能够让你更有希望。快乐的人乐观积极，即便周围遍布乌云，他的内心也是阳光满溢。

积极的无限力量

很多时候，事情本身并不坏，只是我们的心态不够积极，结果让事情变得糟糕。研究表明，一个人如果以消极的心情去做一件事情，原本可以成功的事情也会失败，这就是心态的力量。

陕西渭南地区的苹果清脆爽口，不仅甜，而且汁多。但是这一年，在苹果成熟前一个月，一场冰雹袭击了这里，果园里的苹果被打得七零八落。一个月之后，苹果成熟了，那些被冰雹打出来的伤口也愈合了，但是也留下了很多“疤痕”，显得很丑。

面对这样的苹果，来收水果的商人们都退缩了，果农们看着挂在树上的果子愁眉不展，有的果农甚至任由这些苹果掉在地上，烂在地里。但是有一个果农不甘心这些又甜又脆的苹果就这样烂掉，他苦苦思索要怎样才能把这些“受伤”的苹果销售出去。

这天，那个不肯放弃的果农在果园里闲逛，他随手摘了一个苹果，咬了一口，他惊奇地发现，这些被冰雹打了的苹果竟然比往年的更甜，水更多。这时候，一个念头在他的脑海里出现了。

随后，他就给那些苹果批发商们发去了传真，并且在传真上特意写了这样一句话：“今年的苹果虽然有伤痕，但是苹果更有了陕西的风味，经历过冰雹‘雕琢’过的苹果，不仅外表粗犷，口味上更家具有西北风味，实在是难得的佳品。数量有限，预购从速……”随传真过去的，还有几张被冰雹打过的苹果的照片。没想到，这个招数还真有效，那些批发商们纷纷来电，表示要订购他的苹果。就这样，没过多久，这位果农的苹果便销售一空，收益竟然比往年都好。

这就是积极心态的力量，苹果并没有改变，但是人的思维方式可以改变。那些悲观的果农，面对这些被冰雹打伤的苹果只会唉声叹气，怨天尤人。而那些积极乐观的人，不仅不会放弃希望，反而能够从当中找到商机，从而获得更大的利益。

道理解读

积极的人永远都不会放弃自己，即便面对困境，他们也会积极寻找解决问题的办法，并最终得到好的结果。好的结果又能让他们更有信心，使他们成为心态积极的人。

无论何时都不能绝望

我们在成长的过程难免会遇到挫折，难免会有不知所措的时候。遇到这样的情况时，不要抱怨，更不要绝望，只要坚持下去，你终会走出困境。

罗丹是法国著名的雕塑大师，他的一生创作过许多伟大的作品。只是人们不知道，在成为雕塑大师的道路上，罗丹走得并不顺畅，甚至一度想要放弃雕塑。

罗丹出身贫寒，他的父亲是警局的雇员。小时候，罗丹对绘画很痴迷，但是他的父亲反对他学习绘画。无奈，罗丹只好背着父亲偷偷学画。每天天不亮，他就赶到一个业余画家家里，对着实物练习几个小时的素描，然后再赶到学校上课。放学之后，他还要赶到博物馆，当时博物馆有一个画人体的学习班，他会在那里再练习两个小时。对绘画的痴迷让罗丹想尽一切办法去接触这些艺术品。他还会抽时间去图书馆和博物馆，从那些古代的雕塑品上学习绘画和雕塑的技巧。

到了罗丹 14 岁的时候，他获得了一个到巴黎图画数学学校学习的机会，在这里他遇到了自己的恩师——勒考克。勒考克发现罗丹很有艺术天分，就想尽办法栽培他，在这里，罗丹的艺术造诣有了很大的进步。

但是家庭的贫困始终困扰着罗丹。有一次，因为没钱买颜料，罗丹甚至想撕碎自己的画作，从此与绘画诀别。勒考克得知这一消息之后，立即赶到罗丹身边，他对罗丹说道："只有我才能决定你的画作的命运，我要把这些画作保存起来。"

没过多久，勒考克开始教罗丹雕塑。罗丹在朋友的劝说下，开始报考巴黎官方的美术专科学院，但是一连考了三次都落榜了。罗丹绝望了，他觉得自己根本不适合走艺术这条路。这时候，勒考克再次站了出来，他告诉罗丹，现在的官方美术学校根本就是堕落的学院，根本不适合罗丹。

在老师的鼓励下，罗丹重拾信心，继续钻研雕塑技巧，终于成为了一代雕塑艺术大师。

道理解读

人生不会一帆风顺，总会遇到一些坎坷，但是无论遇到什么样的坎坷、挫折，我们都不能绝望。只要我们不绝望，并且积极努力去让自己强大起来，我们终究会改变现状，从困境中走出来。

不要为明天的落叶烦恼

《圣经》中有句话："不要烦恼明天的事，你还有今天的事要烦恼。"当然，为明天的事烦恼并没有任何用，因为你根本不知道明天会发生什么事。

在一座山上有一座寺庙，寺庙里住着几个和尚，其中一个小和尚被安排清扫寺院里的落叶。寺院里种了许多树，所以小和尚每天清早都要清扫满寺院的落叶。每天早上要很早起床，这让小和尚很痛苦，所以他一直想找个办法，好让自己能够轻松一点。

不过小和尚也不总是为落叶烦恼，春天和夏天的时候，他就很开心。

因为这时候落叶很少，而且高大的树木郁郁葱葱，给寺院里带来不少阴凉的地方。不过随着时间的推移，落叶会越来越多，尤其是到了秋季，每天早上都会有一寺院的落叶等着他去扫，这让小和尚很苦恼。

这一天，一个和尚对小和尚说，你可以用力摇一摇树，把树叶摇下来你就不用这么辛苦了。小和尚觉得这是个办法，于是第二天很早就起床，把寺院里的树全都摇了一遍，然后把落下来的树叶清扫干净。小和尚心里想，这就把明天的树叶也都扫干净了。于是，小和尚开开心心玩了一整天。

不过第二天一早起来，小和尚傻眼了，因为寺院里还像往常一样，落了一院子树叶。这时候，老和尚走过来对小和尚说："孩子，不管你怎么用力摇树，第二天，树叶还是会落下来。"小和尚抬头看看树，又低头看看地上的树叶，又想了想师父的话，他觉得很有道理：不管自己多么用力，只要风一吹，树叶还是会落下来，自己完全没有必要为明天会落下来的树叶烦恼。想通了这一点，小和尚再扫落叶的时候，就不觉得痛苦了。

我们总为没有到来的明天的烦恼忧愁，这完全是自讨苦吃。不要预支烦恼，那样只会让自己更不快乐，只要过好当下，珍惜现在的一切，就会过得充实、快乐。

道理解读

生活中，很多时候顺其自然才能得到幸福，想得太多反而是徒增烦恼。有位哲人说过："怀着忧愁上床，就是背着包袱睡觉。"如果总是为明天的事发愁，又怎能让今天快乐呢？所以说，认认真真做好今天的事，才能更顺利地过好明天。

命运不是用来埋怨的

面对困境的时候别抱怨命运不公，因为抱怨只会让自己更加痛苦，也只会让事情变得更加糟糕。

大学毕业之后，宋强进入了一家大企业，原本以为自己的才华有了发挥的平台，却一直没有被重用。这让宋强每天唉声叹气，抱怨命运不公平。

国庆节放假的时候，宋强回到了老家，在和父亲聊天的时候，宋强一直抱怨命运不公，抱怨自己满腹才华无处发挥。父亲听了宋强的话没有说什么，而是随手拿起一颗小石子，扔到了墙角的一堆石头里，然后对宋强说："儿子，你去把我刚才丢进去的小石子拣出来。"宋强不知道父亲想要做什么，但还是照做了。不过他在石堆里翻了半天，也没找到那颗小石子。

这时候，父亲又把手上的金戒指摘了下来，扔进了石堆里，对宋强说："你现在帮我把戒指找出来。"这次，宋强很快就找到了那枚闪闪发光的金戒指，并交到了父亲的手上。父亲接过戒指转身就走了，留下宋强一个人在院子里。

宋强思索着父亲的举动，忽然，他明白了父亲教给他的道理——当自己还是一颗小石子的时候，别人是不会发现你的优点和长处的，当你变成闪闪发光的金子之后，再多的小石子也无法掩盖你的光芒。不过在成为金子之前，再多的抱怨也于事无补。

从此之后，宋强再也不抱怨命运不公，不抱怨公司不给自己机会，而是踏实、认真地工作，还不断学习新的知识。他的努力没有白费，很快，他就被公司委任负责一个重要的项目。

其实命运并没有什么不公平，很多时候人们抱怨命运不公平，是因为他们还没有达到那种让人赏识的水平，而是想当然地认为命运对自己不公，而这样的抱怨只会让他们错过那些擦肩而过的良机。

道理解读

俗话说：命运对你关闭一扇门，会为你开启一扇窗。很多时候，事情都具有两面性，而我们只注意其中不好的一面，这不好的一面只会让我们觉得痛苦，进而抱怨命运不公。但这些抱怨对解决问题没有丝毫帮助。所以，不要抱怨命运，而是坦然接受人生中的各种"精彩"。

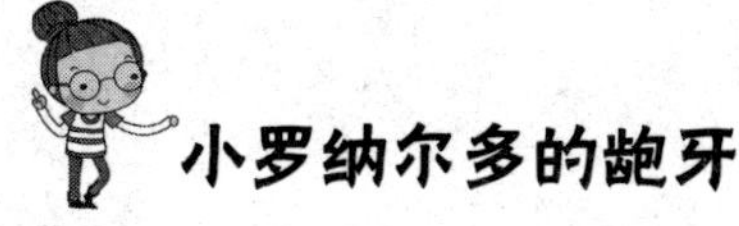

小罗纳尔多的龅牙

每个人都有缺陷，如果因为自身的缺陷不敢去拼搏，那么成功只会越来越远，身上的优点也会黯然失色。

足坛巨星小罗纳尔多有一口大龅牙，很多漫画家在画小罗纳尔多的时候，也会突出罗纳尔多这一形象，不过没人觉得这一口大龅牙丑，相反，大家都觉得这口大龅牙很性感。

不过小罗纳尔多在小的时候却被这口大龅牙困扰了很长时间。小罗纳尔多最初学踢球的时候，就展现出了过人的天赋，不过在赛场上他的表现却差强人意。因为在赛场上，小罗纳尔多总是紧闭嘴唇，他宁愿把奔跑速度放慢，也不愿意张嘴呼吸，露出他的大龅牙，他怕别人嘲笑他的龅牙。

后来，一位细心的教练发现了这一情况。他走到小罗纳尔多身边，对他说：“罗尼，你的牙齿不是你的错。你要想让人们忘记你的牙齿，就得发挥你精湛的球技。而要想发挥你精湛的球技，你就要忘记你的牙齿。不然，你的牙齿会永远被别人记住。”

听了教练的话，小罗纳尔多愣了一下，随即咧嘴笑了笑，他明白教练的意思。在这之后，小罗纳尔多不再掩饰自己的牙齿，开始在球场上自由地奔跑，而他的球技则突飞猛进。随后跟队友一起合作，夺得了世界杯。他精准的射门，超越常人的起跑速度，以及在球门前的霸气，让防守的后卫感到深深的恐惧。

生活中有很多这样的人，他们羞于“展示”自己的缺陷，结果将自己的优点也给隐藏了起来，而这些也就成了束缚他们成功的瓶颈。如果我们能够忘记“龅牙”，努力拼搏，那么我们才能成为下 个小罗纳尔多。

道理解读

每个人都有缺陷，有缺陷并不可耻，但是一味掩饰缺陷，将精力都耗费在掩饰缺陷上，只能让我们离成功越来越远。如果我们能够坦然面对自己的缺陷，放下负担，那么我们就可以放手拼搏，成功的几率也会大大增加。

忘记过去，重新开始

许多时候，我们要想取得大的成就，就要忘记过去，重新开始。这包括忘记过去的辉煌成就，踏实前行；也包括忘记过去的惨败，振奋精神，继续前进。这其实是一个超越自己的过程，这需要极大的勇气与毅力。当然，那些平庸的人不可能做到，他们只会沉浸在过去当中不能自拔。

读过《法国大革命史》的人，都明白这是一部伟大的著作，不过这部伟大的著作诞生的过程有些坎坷。

《法国大革命史》是英国著名史学家托马斯·卡莱尔的呕心之作，是他多年的心血之作。在著作完成之后，他第一时间将手稿交到了好友米尔的手上，希望老友能给作品提些意见。他对好友说道："米尔，这是《法国大革命史》的初稿，请你批评指教。"米尔拿到手稿激动不已，准备回家后仔细研读。

但是第二天，米尔一脸惨白地来到卡莱尔面前，他给卡莱尔带来一个痛彻心扉的消息：他的《法国大革命史》被家里的女佣当作废纸扔进了火炉里，只剩下几页是完整的。

这个消息犹如晴天霹雳，让卡莱尔感到深深的绝望。要知道，这部《法国大革命史》是他经过几年的时间，费尽心血写成的，现在却化为了灰烬。更糟糕的是，卡莱尔写作有个习惯，就是每写完一部分，就把笔记和资料销毁掉。这就是说他没有留下任何记录，这怎能让卡莱尔不绝望。

但是卡莱尔只绝望了一会儿，第二天，卡莱尔又买来大量稿纸，他要重新完成《法国大革命史》。经过一年多的呕心沥血，卡莱尔终于再次完成了《法国大革命史》。

后来，在回忆录里，卡莱尔如是说："那一切就像我把写好的笔记交给老师，老师却说‘不行，孩子，你需要写得更好一些’。”人总不能活在过去里，而是要忘记过去，重新开始，这样才能不断前进。

道理解读

生活总会给我们开一些“玩笑”，给我们制造挫折、失败，让你从巅峰跌入深谷。这时候，你要有勇气喊出“大不了从头再来”。只有敢于忘记过去、重新开始的勇者，才能创造灿烂的未来。

乐观者与悲观者

乐观者可以在危机中看到出路，从而走出困境，取得成功；而悲观者则会在机遇里看到危险，从而裹足不前，错失成功。

有一对孪生兄弟，一个叫乐观者，一个叫悲观者。

这对双胞胎兄弟长得非常像，但是他们的性格却截然不同，一个非常乐观，整天开心快乐；一个很悲观，每天愁眉不展。

一天，他们的父亲想要对他们进行性格改造，因为他不想让两兄弟一个过分乐观，一个过分悲观。于是他给悲观的孩子买来各种各样的玩具，然后把乐观的孩子送进了满是马粪的马棚里。

过了一会儿，父亲走进悲观的孩子的房里，发现悲观的孩子守着一堆玩具号啕大哭。父亲不解地问道：“孩子，你在哭什么呢，你为什么不玩这些玩具呢？”悲观的孩子说道：“这些玩具都是新的，我要玩的话，它们就会变旧，还可能坏掉。”父亲听了悲观的孩子的话，摇摇头走出去了。

随后，父亲来到马棚里，他发现乐观的孩子拿着一把小铁锹在铲马粪。于是就问道：“孩子你在干什么呢？”乐观的孩子说道：“我觉得马粪里藏着一匹小马驹，我要把它找出来。”父亲叹了口气，走了出去，从此他再也不想改变什么了。

两个孩子慢慢长大，他们还是一个悲观，一个乐观。悲观的人看到半杯可乐，就会发愁地想着：糟糕，我就剩下半杯可乐了。而乐观的则会想：感谢上帝，我还有大半杯可乐。终其一生，悲观者都没有开开心心生活过，而乐观者则是笑着离开人世。

这就是乐观者与悲观者的区别。乐观者即便是在危机中也能看到有利于自己的因素，而悲观者即便是在机会当中也能发现不利于自己的危机。其实想做乐观者很简单，只要心里阳光一点就可以。

道理解读

悲观的人看到的往往是自己缺少的东西，而不是自己拥有的东西，所以他们郁郁寡欢，频频抱怨；而乐观的人心中充满阳光，他们看到的都是有利于自己的一面，所以他们满怀虔诚，懂得感恩。因此，那些乐观的人总能发现生活中的机遇，并获得成功。

尼克松的遗憾

人非圣贤，孰能无过，每个人都有犯错的时候，其实犯错并不可怕，可怕的是不承认自己的错误，甚至对自己的错误千方百计地隐瞒、推脱。

尼克松是美国历史上非常有名的一位总统，他有名不仅仅是他的政绩，还因为他的丑闻。当然，我们中国人也很熟悉这位总统，因为是他促成了中美两国关系正常化。

尼克松在任的时候，做出了一定的成绩，民众对他很认可。在任期将满之后，人们认为他非常有可能实现连任。而且和尼克松相比，他的竞争对手没有什么实力，对他构不成威胁。

但是尼克松本人很不自信。眼看总统大选就要开始，尼克松的内心更加不平静了，他非常担心自己会在竞选中失败。于是，在这种潜意识的影响下，尼克松做出了让他后悔终生的决定——派人潜入竞争对手的总部，在竞争对手那里安装窃听器。这是非常可耻的行为，可以说尼克松为了胜利已经不择手段了。

但是这件事情最终还是被竞争对手知晓了，事情发生后，尼克松已经竞选胜利了，但是他的竞争对手并没有打算放过他，他们开始在媒体上大肆宣扬尼克松的“丑恶行径”。这一消息让整个美国震惊了。为了挽回败局，尼克松千方百计地阻碍调查、推卸责任，他的这一做法让美国民众彻底失望了。

最终，迫于各方的压力，尼克松只能宣布辞职，这成了他毕生的遗憾，而他也成为了美国历史上首位被迫辞职的总统。

道理解读

我们都不是圣人，都会犯错，其实犯错并不可怕，可怕的是没有一个正常、健康的心态。而心理上扭曲和变形，即便他非常有才华，有能力，也不会取得像样的成绩。

牛奶打翻了，再哭也无用

生活中，我们难免出现一些失误，犯下一些过错。有些失误、错误可以弥补、挽救，但是有些错误无法挽救。对于无法改正的错误，懊恼、后悔、哭泣没有任何用处，还不如听之任之，坦然面对，重新开始我们的生活。

豆豆是一名初中生，但是他每天会为各种各样的事情发愁，比如刚刚结束和同学的聊天，他就会回忆刚才自己是不是哪句话没有说好，会不会让同学不高兴；刚交上去的试卷，他就会担心自己是不是有一道题做得不对。他总是会想起以前自己做过的一些错事，他总会想如果当时没有那么做该多好，他很想回到过去，把那些做错的事情重新做一遍，他相信自己会做得很好。

豆豆的父母对他这种心理有些担忧，他们想让儿子能够放下过去，把注意力集中到现在做的事情上。

这天早上，豆豆的妈妈给豆豆倒了一杯牛奶，然后就叫豆豆起床吃早餐。

豆豆洗漱完之后，坐在餐桌旁，豆豆的妈妈就把牛奶给儿子递了过去，在豆豆伸手要接杯子的时候，妈妈突然松开了手，杯子掉在地上摔碎了，牛奶洒了一地。看着满地的牛奶，豆豆愣住了，他不知道妈妈为什么要这么做。

看着不知所措的儿子，妈妈一边收拾地上的牛奶，一边对儿子说："牛奶打翻了，你很不开心，也很想向我抱怨，不过这些都于事无补了。因为无论你再怎么惋惜，不甘心，这些牛奶也不可能重新回到杯子里了。现在你能做的只能是接受现实，然后忘记它，把注意力集中到下一件事情上。"

听了妈妈的话，豆豆若有所思，自己平时总为过去的事情发愁，不是和现在为了打翻的牛奶惋惜一个道理吗？不管自己多么不甘心，事情已经过去了，再怎么懊恼、可惜也于事无补，自己能做的就是做好以后的事情。想通了这个道理，豆豆的心情豁然开朗了。

道理解读

生活中确实有很多人喜欢斤斤计较，患得患失，但是这样做只能是浪费时间，对事情没有任何好处。其实我们的一生就像是打扑克，过去的事情就是打出去的扑克，再怎么想也拿不回来了，我们能做的就是打好手里的牌。

一只手的油漆匠

人生没有什么事情是我们承受不了的，关键是看我们的态度。以消极的态度面对人生，那么人生将会是一片灰暗，如果以积极的态度面对人生，人生将会灿烂。

比尔是一名机械师，不过因为一场机械事故，他的左眼受伤坏死，最终被摘除。这件事对比尔的打击非常大，让原本快乐的比尔变得非常消沉。但是人生的冲击仿佛没有就此打住，没过多久，他的右眼也受到了影响，视力越来越差。医生诊断之后表示，比尔的右眼在不久的将来也会失明。在得知这个消息之后，比尔心灰意冷。

为了给丈夫留下美好的记忆，比尔的太太不仅把自己和孩子打扮得漂漂亮亮，他还请来一位油漆匠，要把家具和墙重新粉刷一遍。

油漆匠是一个乐观的小伙子，很喜欢说笑。在比尔家里工作的一周里，他经常一边粉刷家具，一边欢乐地吹着口哨，还经常逗比尔可爱的孩子。受年轻小伙子的影响，比尔这一周的情绪很不错，有时候还会给油漆匠打打下手。当油漆匠把比尔家的家具和墙粉刷完了的时候，他也完全了解了比尔的情况。

在算工钱的时候，油漆匠对比尔说：“对不起，我做得很慢。”并表示要少收 100 美元。

不过比尔没有同意，他说：“您在的这一周里，受您的影响，我的心情很不错。怎么能少给您工钱呢？”

但是油漆匠坚持少收 100 美元，他说：“这已经够多了，您在即将失明的状态下还能保持这么平静的心态，您的勇气让我很佩服。”

比尔则坚持让油漆匠再拿 100 美元，他对油漆匠说道：“不，这是您应得的，而且您也让我明白了，即便是身体上有残疾，也可以快乐地生活，自食其力。”

原来，油漆匠只有一只手。

道理解读

态度就像是牵引绳，我们有什么样的态度，我们的人生就会被牵引到哪个方向。因此，虽然我们无法改变人生，但是我们可以改变人生观；我们无法改变环境，但是我们可以改变自己的心境；我们无法改变环境来适应自己的生活，但是我们可以调整自己的态度来适应环境。

黑煤块与白窗帘

小东今年 10 岁，是一名四年级的学生。

这天傍晚，小东从学校回来的时候气呼呼的。在院子里整理煤块的父亲看到气鼓鼓的儿子，就叫住儿子，问道：“东儿，遇到什么不愉快的事了吗？和爸爸说说。”

“我确实很生气，小军今天惹到我了，我肯定会让他好看的，等着瞧吧。”小东一边说，一边挥舞着小拳头。

小东的父亲一边听儿子说，一边把煤块装进一个筐里，然后笑着对儿子说：“东儿，来爸爸这。你看到那块白窗帘了吗？现在咱们把白窗帘当作小军，这筐里的煤块就是‘倒霉事’，你用这些煤块扔白窗帘，扔中一块，就代表小军要倒霉一次。”

小东觉得这是一个不错的游戏，就愉快地答应了，然后就拿起煤块向窗帘砸过去。不过窗帘挂得比较远，一筐煤块扔完，小东也没砸中几下。

这时，小东的父亲走过来，对小东说：“感觉怎么样，儿子？”

小东喘着粗气说道：“累死我了，我还想砸，扔了这么多煤块，就没砸中几下，小军根本就没遇到什么倒霉的事，我不甘心。”

“当然可以，不过在你继续砸之前，还是先看看自己的样子比较好。”小东的父亲边说边拿出一面镜子。

小东从父亲手里接过镜子照了照，他发现自己身上到处都是黑煤渣，尤其是脸上，除了眼球和牙齿是白的，其他地方都是煤灰。再看看两只手，已经被煤染得黑不溜秋。

这时候，小东的父亲对小东说道：“你看，你为了报复小军，把自己弄得筋疲力尽，但是小军还好好地‘站’在那里。”指着一边挂着的窗帘说道：“还有，窗帘几乎没有变脏，但是你自己却弄了一身煤灰。这就是说，当我们要报复别人的时候，也许会给别人带来一些伤害，但是我们自己受到的伤害可能会更大。而且，你刚才报复了‘小军‘，但是你并没有感到快乐，这才是最重要的。”

听完父亲的话，小东一边想着什么，一边向浴室走去。

道理解读

报复别人其实等于报复自己，因为仇恨就像是一团火，在你用仇恨去对待别人的时候，你就要先把自己燃烧起来。所以说，无论你用哪种方法报复了对方，首先会在自己身上留下疤痕。

乐观是命运的守护神

生活就像是一个万花筒，里面有着各种各样的颜色，人们在生活中也会感受各种各样的情绪，有伤心、有烦恼、有焦躁……但是乐观者总是能够感受生活的精彩，他们也总被命运眷顾。

小雪是一个很乐观的女孩子，除了学习很棒之外，她还很喜欢打网球。

最近，市里举行青少年网球比赛，小雪也报名参加了比赛，她想在比赛中拿一个名次。不过赛程表出来之后，小雪有些不自信了，原来小雪遇到的第一个对手是曾经打败自己的高手，小雪觉得自己无论如何也打不赢这场比赛，于是就有些灰心丧气："我连她都打不赢，又怎么可能取得名次呢。"

看到女儿情绪有些低落，小雪的妈妈对小雪说："你想打赢比赛吗？妈妈能帮你。"小雪用力点了点头。小雪的妈妈接着说道："你回想一下你最精彩的一场比赛，把那场比赛中最让你自豪的几个球仔细想一想。"

小雪将信将疑地闭上眼睛，开始回想以前的比赛，渐渐地，她脸上的表情开始变化了，已经不再沮丧，而是充满了对胜利的渴望。

比赛当天，小雪完全摆脱了输给对手的阴影，积极进攻，卖力地防守，虽然过程有些艰难，但她还是赢下了比赛。虽然在这次比赛中，小雪没能拿到名次，但是她懂得了一个道理，积极的心态，能够帮助自己更自信，让自己更积极地去面对困难，战胜困难。

心态会以多种方式来影响我们的生理和心理，从而让我们以不同的态度来面对自己的人生。那些消极的人，觉得自己在困难面前无能为力，所以他们离成功越来越远。而积极的人，认为自己可以战胜困难，所以他们能够改变不利的局面，实现人生的逆转。

道理解读

很多事情都有两面性，心态也不例外。当你以乐观积极的心态来面对人生的时候，你会发现，人生中的坎坷和挫折不过是为自己的人生增添一些小色彩，不会从根本上影响自己的人生。所以说，乐观就是一个人命运的守护神，可以让一个人的命运变得越来越好。

坏脾气与钉子

冲动是魔鬼，人们在生气的时候没有理智可言，这个时候说出去的话、做的事情很难保证正确。另外，生气的时候还很容易说出伤人的话，做出伤人的事情。所以，生活中我们要学会控制自己的脾气，远离坏脾气。

有一个小男孩，他的脾气很暴躁，一点鸡毛蒜皮的小事都能让他暴跳如雷。因为坏脾气，这个小男孩和许多小朋友都发生过争吵，即便是面对长辈他也经常肆无忌惮地乱发脾气。但是时间久了，这个小男孩发现自己没有一个朋友，就连大人见了他也是躲得远远的。

没有朋友的小男孩非常苦恼，于是他就去问自己的爸爸："爸爸，为什么大家都不喜欢我，见了我都躲着走呢？"他的爸爸告诉他："这都是你乱发脾气的结果。"

小男孩接着问他的爸爸："那我怎么做才能不乱发脾气呢？"

他的父亲想了想，然后走到储物间里，拿出一小盒钉子，又拿给小男孩一把小锤子，对他说："如果你再发脾气，每发一次，就在花圃的篱笆上钉一根钉子。"小男孩看了看钉子和锤子，将信将疑地点了点头。

第二天，小男孩还是没能控制好自己的脾气，结果一天下来，他在篱笆上钉了二十多根钉子。看着篱笆上的钉子，男孩羞红了脸，他下定决心，一点要改掉乱发脾气的毛病。

就这样，小男孩再发脾气的时候就会先想想自己的钉子和锤子，几个星期过去之后，小男孩发现自己发脾气的次数越来越少了，他很高兴地把这个结果告诉了爸爸，他的爸爸对他说道："从现在起，你每控制一次脾气，就拔掉一根钉子。"

几天之后，钉子被扒光了，小男孩的脾气也变得好多了。

面对成绩，小男孩有些骄傲，他的父亲不失时机地来到小男孩面前，把他带到篱笆前，指着篱笆上的孔说道："不要忘了，孔还留在上面呢。"

道理解读

其实伤人的话语，就像是一枚枚钉子钉在了别人的心上，即便你说了“对不起”，道了歉，可是伤害还是造成了。所以，要想不伤害别人，不被别人孤立，就要学会控制自己的脾气。

把悲观掩盖在微笑之下

大多数人的人生不会太顺利，总会有不如意的事情发生，这个时候要乐观面对，因为消极的情绪只会让事情更加糟糕。

法国有一名叫詹姆斯的小男孩，他出身运动世家，很喜欢运动，尤其喜欢足球运动。

但是很不幸，詹姆斯进入中学没多久，腿上就长了一个肿块，医生检查之后，说是癌症，需要做手术。手术后，詹姆斯的一条腿被切掉了，他再也无法踢足球了。不过詹姆斯并没有变得消极，相反，他变得更加乐观了。他对来看自己的同学说，不久之后，自己就会装上一条木头做的腿，还可以把袜子用钉子钉在木头上，这是其他人都做不到的。

出院之后，詹姆斯还想做和足球有关的事情，于是他找到学校的教练，请求教练允许他做球队的管理员。教练被这个乐观的孩子感染了，答应了他的请求。随后的几个星期里，詹姆斯总是按时来到操场，协助球员训练，帮着教练做训练攻守的沙盘模型，詹姆斯乐观的个性影响着球队的每一位队员，大家的训练也格外卖力。

但是有一天，詹姆斯没能训练场，教练和队员们都很焦急。原来詹姆斯的病情恶化，他再次住院了。经过诊断，医生称詹姆斯只能活六周了。为了让儿子在最后的日子里能开心，詹姆斯的父亲隐瞒了病情。

就这样，詹姆斯再次回到了训练场上，满脸微笑为球员们加油鼓劲。

在这一年的校级联赛里，詹姆斯所在的学校以全胜的战绩获得了冠军。为了庆祝胜利，球员们准备庆功宴，他们准备送给詹姆斯一个有全体球员签名的足球。但是詹姆斯并没有出现在庆功宴上，他再次住院了。

几天之后，詹姆斯再次回到球队，面色苍白的他始终保持着微笑。训练结束之后，詹姆斯要回家，球员们和教练围在詹姆斯身边，把那个有签名的足球送给了詹姆斯。在詹姆斯离开的时候，教练对詹姆斯说道："再见，詹姆斯。"詹姆斯的眼睛一下子亮了，他对教练和伙伴们说："明天见，大家别担心，我会没事的。"然后转身笑着离开了。

三天后，詹姆斯去世了，带着微笑。

道理解读

世事难料，我们的命运也可能很坎坷，但是不管如何，我们都应该快乐地活着，而要想快乐地活着，就要用积极的态度面对人生，学会用微笑打败悲观的情绪。

富汉与穷汉

草原上住着一个叫科谢的聪明的穷汉。

草原上还住着一个叫巴伊的富汉，很吝啬。巴伊把自己的帐篷支在了芦苇丛中，这样有人靠近的时候，芦苇就会发出声响，巴伊就能提早得知，就能提前把食物藏起来。

科谢想要惩治吝啬的巴伊。为了接近帐篷，科谢想了一个办法，他从附近捡了许多小石块，然后一颗一颗地扔向芦苇丛，沙沙沙的声响让巴伊一次次跑出来，但是都看不到人，他认为是风吹芦苇发出的声音。等巴伊不再出来了，科谢才慢慢靠近帐篷，并突然走进帐篷。

就在科谢走进帐篷的同时，巴伊就把锅盖盖上了。巴伊看着科谢，问道："最近草原上有什么新闻吗？"科谢答道："有很多。"然后就没完没了地说起来。

巴伊锅里煮着的肉早已经熟透了，但是科谢就是不走。巴伊看出了科谢的心思，决定不吃晚饭，直接睡觉。科谢也不甘示弱，躺下装睡。等巴伊睡着之后，科谢就从锅里取出肉，狼吞虎咽地吃起来，吃完之后，还把自己的靴子扔进了锅里。不久，巴伊醒了，看到在睡觉的科谢，就叫家人起来吃肉，可是他们怎么也咬不动科谢的旧靴子。巴伊只好让妻子烤了一些饼，饼一烤好，他就把饼藏在了怀里，立即走出帐篷。科谢也紧跟了过去，并热情拥抱了巴伊，刚烤熟的饼把巴伊烫得不轻，他连忙把饼掏出来，扔在一边，科谢却把饼接住，大口吃起来。就这样，科谢在巴伊这里住了好几天。

最后，巴伊想了一个能赶走科谢的办法。

原来科谢有一匹脑门上有白斑的马，巴伊想要杀了这匹马。

知道巴伊要杀自己的马，科谢提前用黑炭涂去了白斑，并用白灰在巴伊最好的一匹马的脑门上点上白斑。夜里，巴伊把脑门有白斑的马杀死了。

惩治巴伊的目的达到之后，科谢就告辞了，但是让巴伊更恼火的事情发生了，原来他的女儿喜欢上了聪明的科谢，并跟着科谢走了。

道理解读

做人不能太吝啬，太吝啬往往会破财。所以，为人不可过于吝啬，过于吝啬可能失去得更多。

卡耐基与批评者

没有谁可以得到所有人的认可和尊敬，日常当中我们总会遇到一些不认可我们的人，还要面对他们不友好的批评。我们无法阻止别人的恶意批评，但是我们能够决定不让这些不公正的批评影响到自己的心情。

卡耐基是美国著名的励志大师，经常到各地进行演讲，到学校去讲学。

这一天，卡耐基正在进行一场示范教学会。不过不知道出于什么原因，一名来自《太阳报》的记者在下面不停地捣乱。他不仅攻击卡耐基的教案，还侮辱卡耐基的尊严，把卡耐基的工作贬得一文不值。这让讲台上的卡耐基非常尴尬。

觉得受到了侮辱的卡耐基决定教训教训这个记者，他就给《太阳报》的执行委员会主席古斯·季塔雅打了电话，要求《太阳报》对这次事件道歉并说明事情真相，还要对那个无礼的记者进行惩罚。

很多年之后，在回忆起这件事情时，卡耐基有些惭愧地说道：“对于当年的举动感到很羞愧。直到现在我才想明白这件事情。即便当时记者把他的批评刊载在报纸上，那么买报纸的人可能会有一半读不到这条新闻。即便读到了，也可能有一半的人认为新闻没有什么价值，还有一些人可能过不了多久就会把这则批评忘得一干二净。”

卡耐基还表示，如果自己当时知道这个道理，绝对不会打那个愚蠢的电话。其实很多时候就是这样，我们无法阻止别人对我们发表观点，给予我们不公正的批评，但是我们可以决定是否让自己受到这些批评的干扰。卡耐基还对这个道理做了一个比喻：尽可能做你应该做的事情，并且把破雨伞收起来，免得批评的雨水顺着脖子后边流下来。

道理解读

很多时候，我们要面对别人无端的、不公正的批评。多数时候，我们也会为这些恶意的批评愤怒、沮丧，甚至影响自己的生活和工作，其实大可不必。对于批评，我们无法拒绝，但是可以选择无视。当然，对于中肯的批评要接受，我们无视的是那些恶意的批评。

半边碗和好碗

一条乡村小路旁有一眼山泉，村里人外出走亲戚或者做生意，路过山泉的时候，会打点山泉水喝，一只破了半边的碗就放在泉眼边，用来给路人舀水喝。

过去这里连这只半边碗都没有，过路的人只能用手捧着水喝，或者把树叶折成碗状舀水喝。山泉的周围有一些树木和花草，过路的人如果不急着赶路，还可以停在这里欣赏一下风景，休息一会儿。至于那只残破的碗，人们却没怎么留意，只是用的时候才会想起它。

不知道什么时候，有人在山泉边上放了一只漂亮的瓷碗。可能是他们觉得周围的风景那么美，半边碗实在和周围的环境不匹配，而漂亮的瓷碗才能让这里的景色更有情趣。

但是好景不长，没几天，这只漂亮的瓷碗就不见了。漂亮的碗不见了，半边碗又被大家扔掉了，大家只好再次用手捧水喝，用树叶盛水喝，可是大家已经不习惯了。后来，又有人在山泉边放了一只好看的瓷碗，但是这只瓷碗的命运和第一只漂亮的瓷碗一样，没过几天就又不见了。

这时候，村民们才意识到，半边碗除了在山泉边，在其他任何地方都没有什么用处。而好看的瓷碗在任何时候、任何地方都很有用处。明白了这个道理，村民对瓷碗的丢失也就不再感到意外。只不过，他们又把扔在一边的残破的半边碗捡了回来。因为村民们明白，再买好碗放在山泉边还是会丢，这只能给路人带来更大的不方便，而半边碗放在这里正合适，能给路人带来更大的帮助。

好的东西不一定放在哪里都合适，适合的也不一定就是最正确的，正如在美丽的山泉旁放一只漂亮的碗，虽然看上去相得益彰，但未必能给人们带来便利。那只半边碗看似和周围的环境不和谐，但给人们带来了很大的便利。这就是合适的东西，还要用在合适的地方，才是完美。

道理解读

很多时候，选对了才能成功。即便是聪明的人，如果没有选对适合自己的事情，也不会有大的成就；笨拙的人，如果选对了适合自己的事情，也能取得令人骄傲的成绩。其实任何事情都一样，合适的才是最好的。当然，还需要把合适的东西用在对的地方。

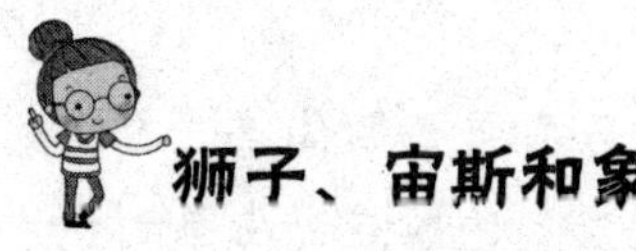

狮子、宙斯和象

我们每个人都有害怕的东西或者事情，有些人就觉得自己胆子小，并因此不自信。其实没有谁是什么都不怕的，有害怕的东西并不是见不得人的事情，只要摆正心态，努力克服就可以了。

宙斯创造了森林里的飞禽和走兽，其中最让他满意的是狮子和大象。

狮子贵为森林之王，每天都接受百兽的朝拜，百兽还会给它唱歌，给它进献食物。但是这么威武的狮子也有害怕的东西，它害怕公鸡的叫声，每天早上都会被公鸡的叫声吵醒，然后躲在被窝里瑟瑟发抖。他为自己的胆小感到很羞愧。

这天，宙斯在森林里巡视，看到了愁眉不展的狮子，就问道："我的百兽之王，你为什么不开心呢？"

狮子回答道："我虽然贵为百兽之王，有尖牙利爪，受百兽朝拜，但是我却害怕公鸡的叫声，这也太丢人了。"

宙斯对狮子的抱怨表示无可奈何："我已经给了你我所有的品质，而且你也足够强大了，怕公鸡叫是因为你的心灵太脆弱，这个我也帮不了你，你得自己努力克服。"

听了宙斯的话，狮子更加沮丧了，唉声叹气地走了。一路上，它都在责备自己胆子太小，甚至想要结束自己的生命。这时它看到大象走了过来，一边走还一边忽闪耳朵。

狮子关切地问道："大象，你是不是头疼了，为什么不停地摇耳朵。"

大象说道："没有，你看到那些'嗡嗡嗡'的飞虫了吗？这些小虫子要是钻到我的耳朵里，我就没命了，我摇耳朵是为了把它们赶走。"

看到大象这个庞然大物居然怕小虫子，狮子才明白谁都有害怕的东西，都有烦恼的事情，想到这些，它的心情开朗多了，再也不为害怕公鸡叫声感到羞耻了。

道理解读

每个人都有优点，也都有缺陷，我们不能只看自己的优点，看不到自己的缺点，并为此骄傲自满；也不能只看到自己的缺点，看不到优点而悲观失望。我们要正视自己的缺点和优点，然后努力克服缺点，发扬优点，如此我们就可以成为一个优秀的人了。

我没钱，但我很富有

现在，很多人都把钱财当作衡量一个人富有与否的标准，其实没有钱财同样可以过得很“富有”。

寒冷的冬季，两个衣衫褴褛的小乞丐在冷风中走到一间房子前。他们敲了敲门。

一位太太打开了门，两个小乞丐连忙说道：“太太，您有旧报纸吗？我们太冷了。”

这位太太又看了看两个小乞丐，发现他们瘦小的凉鞋上沾满了雪水，原本想要拒绝的话没再说出口，她邀请两个小乞丐进到屋里，在炉边烤烤火，小乞丐湿透的鞋子在炉子周围留下了一摊水迹。

太太给两个小乞丐端来热的可可奶、吐司面包和果酱，让这两个孩子果腹。然后这位太太转身回了厨房，继续盘算一家人的花销。等了一会儿，她听到客厅里没有了吃东西的声音，走出来看看要不要给这两个孩子再添点什么。

太太走出来的时候，正看到两个孩子端着杯子在仔细地看，那个小乞丐对她说：“太太，您很有钱吗？”

太太看了看小乞丐，又抖了抖自己身上寒酸的外衣，说道：“我很有钱吗？不，上帝。”

小乞丐小心翼翼地把杯子放回盘子里，说道：“你的杯子和盘子很配套，很好看。”小乞丐的声音有些嘶哑，不过明显没有了刚才的饥饿感。

随后，两个孩子谢过太太就走了，带着太太给他们找的用来御寒的旧报纸。而太太还在想着两个孩子的话。

是的，那套朴素的蓝色的瓷杯和瓷盘看起来很配套，而且自己还有房子可以住，每天有土豆泥，有吐司面包，还有可可奶，丈夫也有固定的收入——虽然不多，但是能够解决一家人的温饱。这一切是多么的配套。

想着这些，打扫屋子的太太突然觉得自己原来很富有，一点也不贫穷。

道理解读

有钱并不是富有的唯一标志，但是很多人把有钱当作富人的标杆。其实幸福的家庭、纯真的友情，还有快快乐乐的生活都是一个人的财富。所以说，即便没有可以挥霍的金钱，一个人也可以把自己的生活过得温馨而快乐，关键是看你以什么样的心态来面对生活。

蜘蛛给人的启示

很多时候，我们遇到困难的事情，会有逃避的心理，认为自己无法战胜困难，这样的心态只能让我们在困难面前失败。其实困难并不可怕，可怕的是我们没有坚持下去的勇气。

很久以前，一位将军和自己的对手进行了一场激烈的战斗。但是很不幸，这位将军被自己的对手打败了，落荒而逃，最后逃到了一座破庙里。这次失败让这位将军很沮丧，认为自己永远也赢不了对手了，他甚至想到了自杀。

就在他要自杀的时候，他发现墙角有一只蜘蛛正在风雨里奋力结网，大风把蜘蛛好不容易扯出来的线吹断了，雨滴也一次次把它织好的蛛网打散。看着这个小东西一次次失败，这位将军呢喃道："可怜的小家伙，你还是放弃吧。"但是蜘蛛没有放弃，继续一次次拉丝重新结网，终于，这只蜘蛛把蛛网织好了，然后躲在一边等着猎物上门。

这位将军被这只小小的蜘蛛震撼了，他觉得一只小小的蜘蛛都能在一次次失败之后，还能继续拉丝织网，那么自己又有什么资格就这样轻易放弃呢？然后这位将军重整旗鼓，重新操练士兵，准备和自己的对手再次决战。终于，他在最关键的战役中击败了自己的对手。

其实我们的一生会遇到很多困难，但是只要我们有坚持不放弃的精神，我们就一定能克服困难，重新掌控自己的人生。像伟大的音乐家贝多芬，他少年丧母，32 岁的时候耳朵又聋了，经历了众多的打击，但是他并没有放弃自己，反而更加努力，终于创作出了闻名世界的作品。物理学家牛顿，只上过三个月的学，但是他不认为自己的人生就是失败的，经过刻苦自学，他发现了万有引力定律，成为了大物理学家。

生活中、学习中遇到困难是很正常的事情，所以大可不必灰心丧气，一筹莫展，只要认准目标，坚持下去，总有走出困境、迎来曙光的时候。

道理解读

失败对于将军，耳聋对于音乐家，辍学对于物理学家来说都是致命的打击，但是这些人都没有被眼前的困难吓到，而是选择了勇敢地面对，迎难而上，并最终取得了成功。

天堂里的画眉

人与人相处缺少不了沟通，如果想要建立牢固、和谐的人际关系，就更不能缺少沟通。可以说沟通是人际关系不可或缺的一部分，如果缺少了沟通，那么近在咫尺的人也会让我们觉得陌生。所以，要想让感情牢固，就不要忘了沟通。

有一天，上帝变成凡人来到人间。在经过一户人家的时候，他看到一只画眉鸟被关在笼子里。这只画眉鸟羽毛鲜艳，眼睛非常灵活，上帝一下就喜欢上了这只画眉鸟。于是他就问画眉："你愿意和我去天堂吗？"

画眉看了看上帝，问道："天堂在哪里？为什么要去那里？"

"因为天堂里很宽敞，很明亮，还有许多好吃的。"上帝回答道。

"可是我在这里也很好啊，主人每天会给我足够的食物和水，他还给我做了一个漂亮的笼子。有空的时候，主人还会陪我聊天，听我唱歌。"画眉对上帝说道。

"但是你不自由。"上帝把最关键的问题说了出来。

听到这里，画眉沉默了，它想了想，答应了跟上帝去天堂。

于是上帝就以胜利者的姿态带走了画眉，并把画眉放在了天堂最华丽的宫殿中。安置好画眉之后，上帝就忙着处理公务去了，一连一个月都没去看画眉。

一个月之后，上帝来到画眉面前，这时画眉正无精打采地蹲在一个金光闪闪的壶上面。上帝走过来，对画眉说：“你在这里觉得怎么样，过得还好吗？”

“这里都挺好的。”画眉轻声说道，“就是没人陪我聊天，没人听我唱歌。我觉得自己一点用都没有。如果以后还是这样的话，您还是把我送回去吧。”

听了画眉的话，上帝沉默了，他的胜利感也消失了，取而代之的是自责。

道理解读

互相交流、互相欣赏既可以紧密两个人之间的感情，也可以体现出人与人之间的尊重，而且交流是人生活必须需要的东西。上帝把画眉带到了天堂，给了它最华丽的宫殿，但是不懂得欣赏它，不知道要和它交流。结果这只画眉鸟即便生活在天堂，它也感受不到快乐。

不满足的鱼

在一个小池塘里住着一群小鱼，这些小鱼彼此相处和睦，它们不和大河里的鱼来往。只是它们中最壮的那条鱼有些不合群，它不愿意和小鱼们一起玩，还经常欺负它们。

这天，一条小鱼对这条比较大的鱼说：“以您的体格，您应该去大河里和那些大鱼一起生活，这里对您来说太小了。”对于这条小鱼的话，大鱼想了几天，他觉得自己确实应该去大河里。

正好到了雨季，一连几天的大雨让河水涨了起来，和池塘的水连在了一起，大鱼就趁这个机会游到了河里。这里的一切对这条大鱼来说太陌生了，这里的水草、石头要比池塘里的大多了。这条大鱼长出了一口气，开始憧憬以后美好的日子。

在大河里游了一会儿，大鱼有些累了，就在一块大石头旁边休息。它刚刚准备休息，就觉得周围的水有些不对劲，原来是几条真正的大鱼游了过来。其中一条大鱼对它说："滚到一边去，小不点。"其他几条大鱼也附和道："滚到一边去，不知道这是我们的地盘吗？"

这条大鱼被吓得连忙躲到草丛里，偶尔探出头来看看周围的环境。不一会儿，又有两条大鱼冲了过来，吓得它再次躲进草丛里，一直等大鱼走了才敢出来透透气。

就这样提心吊胆过了几天，它只能在晚上才敢出来找找吃的。这样的生活让他提心吊胆，战战兢兢："我为什么要在这里担惊受怕呢？原来的池塘生活多好，要是能再回到池塘里，我再也不抱怨了。"

于是，这条大鱼开始找回去的路，功夫不负有心人，这条大鱼终于找到了回去的路，并在洪水退尽之前游到了池塘里。

再次回到池塘里之后，它再也不欺负那些小鱼了，有时候还和它们一块玩儿，虽然它偶尔会觉得和小鱼一块儿玩有失面子，不过也只是想想而已。

道理解读

小鱼不满足在池塘里的生活，他觉得自己的天地应该更广阔。可是到了大河里之后，河里的那些大鱼根本瞧不上它。俗话说：知足常乐。人要懂得知足，只有知足才能有一颗豁达的心，才能在生活中找到快乐。

自卑的小公鸡

有一只小公鸡，它很自卑，总觉得自己事事不如别人，每天唉声叹气。

这天，小公鸡独自在外边散步，路过池塘的时候，他看到一只小鸭子在游泳。看着欢快地戏水的小鸭子，小公鸡自言自语道："我要是会游泳该多好啊？那样就可以下河抓小鱼了。"就这样，它一边回头看小鸭子戏水，一边向森林里走去。

在森林里，小公鸡听到画眉在唱歌，就又羡慕地说道："我要是会唱歌多好，就能给朋友们唱歌了。"紧接着，小公鸡走到了公园里，在公园里它看到了孔雀，孔雀正在开屏，张开的尾巴像一把漂亮的扇子，小公鸡更加羡慕了："好漂亮的尾巴，我要是能有这样的尾巴该多好。"

这一路走来，小公鸡看到小鸭子会游泳，画眉会唱歌，孔雀有漂亮的尾巴，就是觉得自己一无所有，哪里都不如别人，他感到苦闷极了。就在小公鸡闷闷不乐的时候，一只小麻雀飞到了它旁边，小麻雀对小公鸡说："公鸡哥哥，我真羡慕你啊！"

小麻雀的话让小公鸡一愣，它有些不知所措地问道："你羡慕我？"它有些不相信自己的耳朵。

"是啊，你有一副好嗓子，还能准确掌握时间，每天早上都能准时叫醒大家。公鸡哥哥你太厉害了。"

听完小麻雀的话，小公鸡不好意思起来，它感到很惭愧。它心里想："是啊，我自己身上也有优点，怎么我自己就没有注意到呢？我可真够糊涂的。"从此以后，小公鸡再也不唉声叹气了，因为它意识到了，每个人都有优点，也都有缺点，自己以前之所以总是不快乐，就是因为总用自己的缺点和别人的优点比较，从而忽略了自己的优点。

在这以后的每天早上，小公鸡用更加嘹亮的叫声叫大家起床，大家也都对小公鸡赞不绝口。

道理解读

俗话说：尺有所短，寸有所长。每个人都有优点，也都有缺点，你在一方面不如别人，不代表你在所有的方面都不如别人，我们不应该只看到自己缺点，而忽略自己的优点，这样只能让我们沮丧、不快乐。

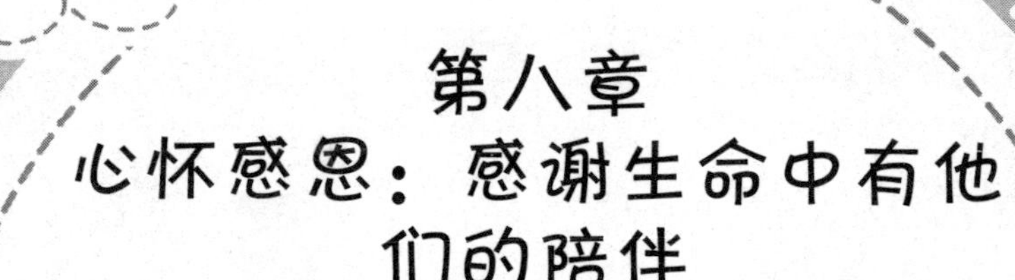

第八章 心怀感恩：感谢生命中有他们的陪伴

感恩是一种处世哲学，也是生活中的大智慧。一个智慧的人，应学会感恩，感恩父母，感恩师长，感恩生活给你的赠予。懂得感恩，你才会拥有积极的人生观和健康的心态。

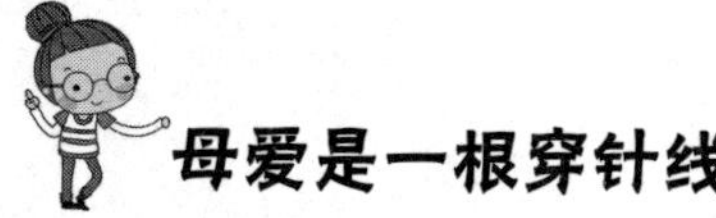

母爱是一根穿针线

夜深了，屋子里很安静，只有儿子敲击键盘的声音。儿子是一名作家，虽然很年轻，但是他的名气不小。现在，他才思如泉涌，双手飞快地在键盘上敲着。

母亲坐在儿子身后的床上，帮儿子整理衣服，她为这个作家儿子感到骄傲。突然，她发现儿子衬衣的一颗纽扣松动了。母亲找出针线盒，打算帮儿子钉一下。

母亲很小心，她不愿意弄出一点响声，她害怕打扰到儿子。很快，母亲从针线盒里拿出了针和线，但是她遇到麻烦了，她的视力已经大不如前，她穿不上线了，虽然她能看到针孔在那里，但就是无法把线从针孔里穿过去。

母亲不相信自己的视力下降得如此厉害，她把线头放在嘴里，濡湿一下，然后用食指和拇指把线头捻得又尖又细。母亲抬起胳膊，捏着线头，凑近针孔，慢慢把线头递过去——可惜还是失败了。

再试……

线头还是没能穿过针孔。

这时儿子已经完成了一天的写作，正在进行后期排版，透过电脑屏幕的反光，儿子看到母亲在卖力地穿针，他怔住了。儿子忽然觉得自己就是母亲手里的那根针，虽然与母亲朝夕相处，但是自己的心里放着的都是文章。母爱的丝线在他这里再也找不到穿过去的“针孔”，但是母亲执拗着不肯放弃。

儿子的眼睛湿润了。他已经不记得有多久没有和母亲好好交流了，也不记得已经有多久没有认真地看看母亲了。

儿子转过身，对母亲说：“妈，我帮你。”儿子从母亲手里接过针线，只一下，丝线穿针而过。母亲的脸上露出了笑容，埋头为儿子钉纽扣，就像在缝合儿子的梦想。

看着母亲，儿子恍然大悟，明白自己应该做什么了。他明白，母亲很容易满足，哪怕是帮母亲穿针引线，让她能够为自己钉一颗纽扣，让她对儿子的爱能够畅通无阻，就足够了。

道理解读

深深的母爱就像是阳光一样，沐浴着儿女们，母爱经常出现在日常生活中的细枝末节中，但是世间最伟大的也是母爱。作为儿女，在被母爱沐浴的同时，也应该感恩父母，将父母记挂在心上。

亲情带来的惊人力量

在众多的感情中，亲情是最坚强也是最持久的。亲情的背后隐藏着亲人们无尽的爱，这种爱给我们极大的力量，给我们以信心和勇气。

20 世纪末，在一座荒无人烟的小岛上，人们发现了一名二战时期的士兵。被人们发现时，他已经在小岛上生活了 53 年。

53 年前，这位士兵乘坐的舰艇被日本军舰击沉，这名士兵奋力游到了这座荒无人烟的小岛上，过起了原始人的生活。53 年的时间，让这位老兵丧失了语言能力。人们在他贴身的衣服里发现了一张破旧的照片，照片上是他的妻子和女儿。而老兵唯一能说的几个单词，就是他妻子和女儿的名字。

独自一人在荒岛上生活了 53 年，这 53 年里他可能不止一次与死亡战斗，但是照片让他有了活下去的理由和勇气，可见亲情的力量有多大。

还有一个故事也体现了亲情的可贵。

儿子因为犯罪进了监狱，每到探监的日子，母亲都会从贫困的乡村辗转多次来看望服刑的儿子。

在所有的探监物品中，母亲带来的东西最为特别——用白布包裹的葵花子。葵花子已经炒好了，散发着香气。这些葵花子已经被母亲剥好了，每一颗都很饱满，就像是母亲对儿子的牵挂一样，沉甸甸、密密麻麻的。

儿子从母亲手中接过包裹，看着一颗颗白色的葵花子，眼睛湿润了。母亲没有说多少话，看着眼前的儿子，眼泪流了下来。要知道，母亲来看一次儿子，要卖掉家里的小猪崽，卖掉下蛋的母鸡，才能积攒够路费。在来探视儿子之前，她要熬夜把花了几天时间收下来的葵花子一颗颗嗑开，她自己一颗也舍不得吃，要留给儿子吃。

服刑的儿子正是身强力壮的年纪，这个年纪正应该是孝顺父母的时候，但是他却让母亲如此牵挂。悔恨的泪水顺着脸颊不停地往下淌，透过泪水，看着母亲模糊的身影，儿子再也忍不住了，他“扑通”一声，跪倒在地，大喊了一声“妈”。

道理解读

亲人是我们强大的后盾，在我们遇到困难的时候，他们会在背后支撑我们，他们信任我们，鼓励我们，他们给我们信心，让我们勇敢地面对困难，战胜困难。所以，对亲情我们应该呵护、爱护。

地震中的父与子

1989年，洛杉矶一带发生了一场大地震。几分钟的时间里，数十万人遭受了灾难。

混乱中，一个年轻的父亲安顿好受伤的妻子之后，就向儿子所在的学校冲去。映入这位父亲眼帘的不是充满孩子们欢乐声音的校园，而是一堆废墟。面对这样的景象，这位父亲大喊一声“儿子”，然后跪在地上大哭起来。

突然，他想到了对儿子的承诺——不管发生什么事情，我都会和你在一起。想到这里，这位父亲擦干眼泪，向废墟走去，他知道儿子的教室在学校的角落里。走到那里，他开始动手挖起来。这期间，有一些父母赶了过来，他们看到眼前的场景，痛苦不已，哭喊过后，就转身离去。有些人还劝说那位年轻的父亲一起离开，但是这位父亲坚定地拒绝了。他向这些赶来的人求助，但是他们拒绝了，因为他们认为没希望了。

消防人员也来了，他们也劝说这位父亲离开，因为这里太危险了，但是这位父亲依然不为所动。警察来了，他们也劝这位父亲赶紧离开这里，但是这位父亲还是拒绝了。他就用双手不停地在废墟上挖。看到这样的情形，人们摇着头走开了，他们认为这位父亲已经精神失常了，但这位丝毫不介意别人怎么看。

8 个小时、12 个小时、24 个小时、36 个小时过去了，这位父亲还是没有停下，他满脸灰尘，双手已经严重受伤，到处都是鲜血。第 38 个小时，他听到废墟下传来声音："爸爸，是你吗？"

是儿子的声音，父亲大声回答："是我，我的儿子。"

"我告诉同学们不要害怕，说只要爸爸活着就一定来救我，也能救大家。"

"你现在怎么样，有几个孩子活着？"

"这里有 14 个同学，都活着。"

这位父亲连忙向周围的人求救。过路的人连忙赶过来帮忙。几十分钟之后，一个洞口被打开了，这位父亲要把儿子拉出来。

儿子说道："爸爸，先让其他同学出来，我知道你会和我在一起，我不怕。"

这对父子最后终于紧紧拥抱在一起。

道理解读

"不管发生什么，我都会和你在一起。"这是一位父亲对儿子的承诺，这个承诺不仅感动了我们，也成功地救下了 14 个孩子，是一对父子感情的见证。

忍着不死的母亲

母爱是一片阳光，即便是在寒冷的冬季里，也能让你感受到春天般的温暖。世界上有许许多多的爱，但是唯有母爱可以超越生死，超越一切。

一位从越南回来的战地记者，在给MBA学员上课，他给这些学员放映了自己在战场上实拍的影片：一群人在奔逃，远处传来机枪扫射的声音，然后奔跑的人群就一个一个地倒了下去。影片放完之后，他问这些学生看到了什么。学生们纷纷回答：血腥的杀戮、残酷的战争。这位战地记者没有说话，而是把片子摇了回去，又重新放了一遍，并指着其中一个人影说道："你们看，中了枪的人群都是立即就倒了下去，只有这一个人倒得特别慢，而且她不是向前扑倒，而是慢慢蹲下，向后倒下……"对于这位战地记者的解说，学生们一脸茫然。这位战地记者接着解释道："枪战结束之后，我走近被机枪打死的人群，发现那个慢慢倒下去的人是一位年轻的母亲，她的怀里还抱着一个孩子，在中枪要死之前，这位母亲怕摔伤自己的孩子，硬是慢慢蹲下去，她是在忍着不死啊！"

忍着不死，这是多么伟大的母爱。

其实在世界上并不只人类才有母爱，动物界也不乏伟大的"母亲"。在南极参加科考的队员们经常能看到成千上万只企鹅，面朝一个方向挺立着。起初，队员们对这一现象很纳闷，后来他们发现，在每一只大企鹅前面都有一团毛茸茸的小东西，这些小东西是刚出生不久的企鹅，企鹅妈妈们的肚子太圆了，他们没有办法俯身把孩子掩藏在身体下，只能把孩子们放在前面，用自己的身体来挡住刺骨的寒风。这些企鹅妈妈们，也是伟大的母亲。

道理解读

世界上最伟大的爱就是母爱，母爱的伟大有时候很难用文字表述出来。就如那位“忍着不死的母亲”，在任何危难的关头，母亲首先想到的绝不是自己的安危，而是孩子们是否安全，那位“忍着不死的母亲”就是母爱的真实写照。

便当里的头发

母爱的表达总是那么纯粹，总是在一点一滴中渗透到孩子的心中。母爱犹如涓涓溪流，虽然不够湍急，但是总能湿润孩子们的心。

那是一个贫困的年代，人们的生活水平普遍低下，很多同学平日里连一份像样的便当都拿不出来，当然，也有一些人的生活水平还可以。在一所学校里，有一个学生，他的便当经常是黑黑的豆豉，他的一个同学每天都有火腿和荷包蛋，这可真是巨大的差距。

更让人难以接受的是那位带豆豉的同学的便当里经常会有头发，而这位学生每次都会先把头发挑出来，然后再若无其事地吃掉饭菜。这个举动让周围的同学很不舒服，但是这个举动却一直持续着。

私下里，大家也不止一次议论这位同学的妈妈有多邋遢，邋遢到每天都会在饭菜里出现头发。不过碍于这位同学的自尊，大家都没有表现出来，不过都有意识地疏远他了。

不过这位同学好像并没有意识到，他想和同学搞好关系。这天放学后，他邀请一名同学去自己家里做客。被邀请的同学心里虽然有些不愿意，但毕竟是同学，而且是第一次邀请，他也不好拒绝，于是就跟着同学一同去了他家。

到了家门口，这位同学大声喊道：“妈妈，我的同学来家里做客了。”

这位同学的声音落下之后，房门打开了，他年迈的母亲摸索着门框走了出来，一边走一边说话：“我儿子的朋友来了，让我好好看看。”

被邀请的同学看着同学的妈妈，哽咽了，原来朋友的妈妈是一位盲人。这时，他才知道，同学每天带到学校里的便当的豆豉，都是他看不见东西的母亲一点一点小心翼翼装进便当盒里的，即便被装进去了头发，也是母亲对孩子无尽的爱。

道理解读

母亲总是在庇护着子女，她们总想给孩子更多的爱，即便是母亲准备的最简单的便当，都充满了母亲浓浓的爱意。所以，对于母亲的爱我们应该充满感激，永远抱着感恩的心。

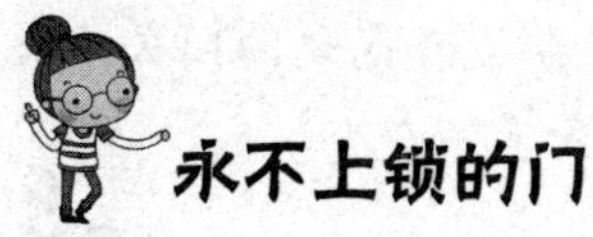

永不上锁的门

在一个偏僻的小乡村里住着一对母女，常年饱受贫困的母亲很怕家里遭贼，因此，一到晚上，母亲就会在门上连挂几把锁。为了这件事情，女儿和母亲吵过很多次。女儿不喜欢乡村贫困的生活，她不喜欢这里的尘土飞扬，不喜欢母亲用几把锁锁住贫穷的家门——就像这里贫困的生活锁住了她的青春一般。

这一天，因为一件小事，女儿再次跟疼爱她的母亲大吵了一架，吵完之后，女儿摔门离去，再也没有回来——她离家出走了，要去自己向往的大城市里生活。

女儿最终还是到了大城市，不过没有一技之长的她找不到工作。很快，她身上仅有的一些钱花完了。为了挣钱，在坏人的威逼利诱下，女儿堕落了，做了一些很不好的事情。

就这样，又过了许多年，女儿年纪也大了，那些坏人也抛弃了她，没有办法的女儿只能靠领取政府救济金来过活。这天，女儿再次来到领救济金的地方，她忽然发现墙上贴的寻人启事中的照片很像自己小时候的样子。她跑过去一看，真的是自己，旁边还有已经满头白发的母亲的照片。下面是母亲歪歪扭扭的笔记：亲爱的女儿，你在哪里，无论怎样，请回来吧，妈妈依然爱你……女儿顿时泪流满面。

当女儿一路风尘仆仆地赶回家，已经是深夜了。女儿不想吵醒已经熟睡的母亲，就打算在门口休息一晚。当她靠在门上的时候，门却“吱呀”一声开了。屋里传来母亲的声音：“女儿，是你吗？是你回来了吗？”

“妈……妈……”女儿回应着母亲，早已泣不成声。

原来，在女儿离家出走之后，母亲就再也没有锁过门，她害怕女儿回来的时候看到家门紧锁，因为进不了家，再次离家出走，她害怕再也见不到女儿。

道理解读

对于我们任何人来说，母亲爱的心门从不会上锁，永远对我们敞开。无论我们做了什么，甚至是伤害到了她们，她们也不会把爱的门关上。也许生活中有很多人会背叛我们，但是母亲的爱永远不会变。

给母亲洗脚

一家公司举行招聘会，一个名牌大学毕业的大学生前去应聘。在面试的最后环节，面试官问这位大学生：“你给你的母亲洗过脚吗？”

“没有。”大学生犹豫了一下，还是很老实地回答了问题。

面试官没再说什么，只是在大学生临走的时候对他说：“明天这个时候请你再来，只是有一个要求，今天回去为你的母亲洗一次脚，能做到吗？”

“能！”这位大学生连忙答应。

这位大学生的家庭其实很贫困，他的父亲很早就去世了，是母亲靠帮人打短工，做佣工赚钱把他养大，并供他读名牌大学。他上学的时候学费很高，但是母亲没有一句怨言。

大学生回到家里的时候，母亲外出做工还没有回来。大学生就先烧开了水，准备好等母亲回来。母亲回来后感到很奇怪，不肯让儿子为自己洗脚。等儿子说明原因之后，母亲才答应了儿子的要求。

儿子小心地脱掉母亲的鞋袜，在握住母亲脚的那一刻，儿子的心被刺痛了。因为他感觉自己握着的不是母亲的脚，而是一块已经风干了的木棍。母亲的脚已经非常僵硬，而且脚跟上裂开了许多口子，脚背上也被磨得满是老茧。

握着母亲的脚，大学生眼泪流了下来，滴在母亲的脚上。他现在明白自己的学业是怎么完成的。自己以前心安理得地花着母亲交给自己的学费和零花钱，现在他才知道，那些钱母亲挣得多么不容易。

第二天，大学生再次来到那家公司，对面试官说道："谢谢您，是您让我明白了在学校里没有学到的道理，是您让我明白了我的母亲对我的付出有多大。我现在只有母亲一个亲人了，我以后一定会好好孝顺她。"

最后，这家公司录取了这位大学生。大学生也不负众望，后来成为了一名非常成功的企业家。

道理解读

孝敬父母是我们的传统美德，其实在任何一个国家，孝敬父母都是子女应尽的义务。因此，作为儿女，对父母要怀有感恩的心，要懂得回报。

怜悯可以走多远

有一个小男孩，性格很内向，平日里沉默寡言，也不和同学们玩耍。这原本没有什么，但是他还有一件事让老师无法忍受，就是被提问的时候，这个男孩也是低着头不说话，这让老师非常生气。

这样的事情发生了几次之后，老师将男孩的父母叫到了学校，他告诉男孩的父母，这个男孩智力上有问题，甚至建议他们帮孩子办理退学。

回到家里，父亲大声训斥儿子："你除了养猫、养狗、捉蝴蝶之外，你还会做什么，你什么都不关心，你长大之后怎么养活自己，你这是在辱没你自己，也是在辱没家庭。"委屈的泪水顺着男孩的脸颊流了下来。但是没过一会儿，他就又跑到花园里去观察蜜蜂去了。

虽然在这个家里他是一个不受欢迎的人，即便是他的姐姐也看不惯他平日里的古怪行为，但是男孩的母亲却爱他，给了他很大的安慰，这也许是除了观察那些小动物、小昆虫之外唯一一件还让他欣慰的事情了吧。

但是他的父亲一直反对母亲对他的关爱，父亲认为母亲并不是在教育孩子，而是在怜悯孩子，这样会毁了孩子。但是母亲固执己见，她坚持认为孩子需要关爱和鼓励。为了鼓励孩子，母亲还想了一些小招数，比如让姐姐和弟弟一起去花园里玩，然后她会让两个孩子进行比赛——看一看谁能从花瓣的形状认出这是什么花，谁能更快找到妈妈需要的昆虫。弟弟总是比姐姐先讲出花的名字，也总能先找到昆虫。妈妈为了鼓励孩子，会在儿子的脸上亲吻一下。

妈妈的坚持获得了回报，这个孩子后来成为了名噪一时的大生物学家，他是“进化论”的开创者，他就是达尔文。

道理解读

每一个孩子都是不平凡的，只是有时候我们不知道他不平凡的地方在哪里，而且他的不平凡并非马上就能表现出来。我们要学会让孩子展现他们的不平凡，而要想让他们展现不平凡，就离不开鼓励和支持，有时候，一句鼓励的话可能改变孩子的一生。

狼的母爱也温柔

在人们的印象里，狼是凶狠而且残暴的，但是作为“父母”的狼，也有它们“温柔”的一面。

面对猎物，狼总是成群结队地发起进攻。对于捕杀的猎物，群狼会很快吞食掉，甚至来不及多咀嚼几下，就囫囵吞下去。如果吃不饱，它们还会把在捕猎过程中受伤死掉的狼也分吃掉。这也就难怪人们总认为狼是非常凶残的动物，因为它们连同类都不放过。

在吃饱喝足之后，那些有狼崽的母狼、公狼们会急急忙忙赶回自己的巢穴，因为家里还有几个孩子等着它们来喂。回到巢穴之后，饿得厉害的小狼围着狼爸狼妈打转，我们可能会很奇怪，老狼们并没有带回来食物，他们要怎样喂养这些小狼崽呢。这时狼爸狼妈则会把刚才囫囵吞下去的肉，连着血水吐出来，然后小狼们就开始舔食这些带着肉块的“汤水”。这些刚断奶的幼狼还没有办法直接吃肉，只能通过这种方式进食。幼狼们要先吃一段时间这样的“肉汤”，然后才可以直接吃肉。

等到幼狼可以吃肉了，狼爸狼妈就会带着小狼们开始四处活动。老狼们这样做，一方面可以保护好小狼，一方面也可以传授给小狼捕猎的本领。等着小狼们能够独立搏杀猎物了，老狼们就会把小狼们赶走，让它们外出锻炼。当然，这并不是说老狼们不再管小狼。

到了深秋、冬季，天气越来越冷，猎物越来越少，虽然小狼们经过了一段时间的锻炼，捕猎能力大大提升，但是它们还是无法对抗这个季节。这时候小狼们还会回到老狼的身边，然后在老狼的带领下一起捕杀大型猎物，一家子一起度过寒冷的冬季。

道理解读

狼确实是一种凶残的动物，他们连同类也可以分吃。但是作为父母的狼，它们也有自己温柔的一面，那就是面对自己孩子的时候。狼爸狼妈对待狼崽，就像是人类的父母对待自己的孩子一样，温柔体贴。所以说，不管是何种生物，面对自己的孩子，总会展现出不一样的温柔。

因为那是我的孩子

很多时候，女性给人很柔弱的感觉，但是当女人成为了母亲，他的身上就会有难以想象的力量。

安第斯山脉里住着两个敌对部落，一个住在山上，一个住在山下的洼地里。

这天，山上的部落突然侵略了山下的部落，他们闯进山下的部落，抢夺了大量的钱财，还掠走了一个婴儿，把他带到了山上。

山下的部落想要派人潜伏到山上的部落里，把孩子夺回来。但是山下的部落不知道上山的路，他们也不知道山上的部落隐藏在哪里。但是即便如此，他们还是派出了部落里最强壮的男人上山。

这些勇敢的战士，做好了准备就出发了，他们披荆斩棘，费尽心力，想了一个又一个办法，搜寻了一个又一个山头，想要找到山上部落落脚的地方，但是都失败了。穷尽了所有的手段也没有结果的时候，他们决定放弃搜山，返回部落。

就在他们准备下山的时候，他们看到那个被绑架了孩子的母亲正在向他们走来，她不是从山下走来的，而是从山上走来的。等这位母亲走近之后，这些战士才发现，她背着那个被绑架的孩子。这个部落中的战士搞不明白，这个瘦瘦弱弱的女人是如何爬上山，并找到孩子的。

他们对此感到吃惊，其中一个战士问道："我们是部落里最强壮的战士，我们都没有办法找到山上的部落，你是怎么找到的，又是怎么把孩子夺回来的？为什么你能做到这些呢？"

这位母亲看了看他们，很平静地说道："因为我是孩子的母亲，因为那是我的孩子。"

道理解读

女人本来给人的感觉很柔弱，是需要保护的对象。但是当她们成为了妈妈，就会变得非常坚强。可以说，母爱能够让一个母亲超越极限，创造难以想象的奇迹。也就是说，对母亲而言，只要是为了孩子，一切可以变成可能。

一张特殊的账单

小彼得家开了一间杂货铺，小彼得每天都能看到搬运工叔叔过来帮着搬货，也会遇到送货员来杂货铺送货。每当搬运工和送货员的工作结束了，父亲都会给他们支付报酬。有一天，小彼得想到自己平时也帮爸爸整理杂货铺，帮着爸爸给附近的邻居送货，还帮着妈妈做家务，那么爸爸妈妈是不是也应该给自己支付报酬呢？想到这里，小彼得激动不已，他迫切想要得到爸爸妈妈的报酬，那样就可以买自己喜爱的坦克玩具了。

这天一大早，小彼得就写下了这样一张账单：

星期一帮爸爸给戴维叔叔送面包，应得报酬 5 美元；星期二帮助爸爸修剪草坪，应得报酬 5 美元；周一到周五听妈妈的话，按时起床，自己叠被子，应得报酬 5 美元；星期三帮妈妈收拾家务，应得 5 美元。合计：

20美元。

小彼得小心翼翼地把账单放在餐桌上，这样妈妈在收拾餐桌的时候就能看到。傍晚，小彼得很早就回家了，他惦记着放在餐桌上的账单。回到家里，他在餐桌上果然看到20美元。“妈妈真的付给我报酬了。”小彼得开心地说道。很快，小彼得在餐桌上看到了另外一张账单，是妈妈留给他的。他拿起来，认真看起来：

妈妈辛辛苦苦养育彼得10年，彼得应付0美元；妈妈教彼得读书、认字，彼得应付0美元；彼得生病的时候，妈妈用心照顾，彼得应付0美元；妈妈带彼得去游乐园玩，彼得应付0美元。合计：0美元。

看着这张账单，彼得的脸有些发烫。晚上，彼得依偎在妈妈怀里，对妈妈说：“妈妈，我爱你。”并偷偷地把那20美元放回妈妈的口袋里。

许多年之后，彼得成为了一家报纸的专栏作家，他用自己的文字和经验告诉读者：母爱在任何时候都是金钱无法衡量的。

道理解读

0美元的账单告诉我们，父母对子女的付出从来没有要求过回报，父母的爱是无私的。作为子女，从小就应该知道，父母的爱不能用金钱衡量。我们在享受这份爱的时候，一定要懂得珍惜，懂得感恩。

传递真情的苹果

在一个偏远的小山村，这里的物资比较匮乏，人们没有见过什么水果，更没有吃过新鲜的水果。

最近，村里的木匠去了一趟城里，回来的时候，他在城里的外甥塞给他一个大苹果。这个苹果又红又大，还散发着香气。李木匠原本想自己把这个苹果吃了，可是想起自己每次出门，邻居阿婆都会帮自己照看孩子，木匠就想把这个苹果送给阿婆吃。

回到村里，他先敲开了阿婆的门，把苹果送给了她，让她吃了这个苹果。阿婆很高兴地收下了苹果。木匠走了之后，阿婆把苹果洗干净，准备尝一尝这个散发着香气的苹果。

突然，她想起了村里的铁匠，铁匠隔两三天就会过来帮他挑两担水，阿婆就想把苹果送给铁匠，感谢他对自己的照顾。

于是阿婆就来到铁匠家，对铁匠说："谢谢你经常给我挑水，这个苹果送给你。"

铁匠很开心地接过苹果，他长这么大，还是第一次见这么大这么红的苹果。等阿婆走了之后，铁匠正准备把苹果吃掉。这时，他想起了教自己打铁的师傅，他觉得应该把苹果给他老人家吃。于是铁匠又把苹果送给了师傅。

老师傅收下了苹果，不过他也没有吃，他觉得应该把苹果送给村长吃，因为村长对村里的工作非常认真，帮村民办了不少事情，解决了不少困难。老师傅觉得应该让村长尝尝这个香甜的苹果。

村长接过了苹果，他也没有吃，也把苹果送给了其他人。就这样，苹果在村子里转了一圈，最后又回到了阿婆手中。阿婆了解了原因之后，觉得不能在让苹果转圈了。于是提议把苹果切碎，大家一人尝一点。最后，每个人都吃到了很小很小的一块苹果，但是村民们没觉得这有什么不好，相反他们认为这是吃过的食物当中最美味的。

道理解读

一个苹果被村民们传来传去，大家传递的其实不仅仅是一个苹果，还有他们之间的真情。苹果的传递，也是感恩的心的传递，有了这份心意，在别人需要帮助的时候，才会伸出援手；自己需要帮助的时候，别人也才会伸出援手。所以，当我们心怀感恩、心怀关爱的时候，我们就会感受到幸福。

最好的圣诞礼物

大卫·布伦是美国著名的喜剧演员。

大卫出生在一个贫寒的家庭，一家人经常为温饱发愁。童年的时候，当大卫的小伙伴们为了汽车玩具和父母纠缠的时候，大卫却在为自己的下一顿饭发愁，为自己的球鞋发愁。

不过这都还好，大卫可以克服。但是圣诞节的时候最让大卫觉得伤心，因为他从来没有从父母那里收到过礼物。

12 岁那年圣诞节的时候，班上的同学都从父母那里收到了圣诞礼物，大卫的父母还是没有给他准备礼物。看着同学们拆开精美的包装，展示他们收到的各种各样的礼物，大卫很伤心——他也想要一份圣诞礼物。

回到家里，大卫很低声地对父亲说："爸爸，我也想要一份礼物。"

大卫的父亲有些内疚地看着孩子，他在自己的口袋里翻了一会，掏出来一枚硬币，然后递给儿子，说道："孩子，这是爸爸送你的圣诞节礼物，希望你能用它买到和别人不一样的礼品。"

大卫从父亲手中接过了硬币。正在这时，门外传来叫卖报纸的声音。大卫的爸爸对儿子说道："不如去买份报纸吧，上边也许有你感兴趣的故事。

大卫就用这枚硬币买了一份报纸，认真读起来。这份报纸上刊登了一名喜剧演员的传记，大卫读得非常认真。读完之后，大卫对父亲说："我想成为一名喜剧演员。"

父亲听了之后，微笑着拍了拍大卫的头。

在明白自己的梦想之后，大卫在接下来的日子里，一直在为成为喜剧明星而努力。经过多年的努力，他终于成为了美国著名的喜剧明星。

后来，在回忆童年的时候，大卫说："父亲给了我一枚硬币，起初我以为他是不愿意给我钱买礼物，但是现在我明白，父亲给了我人生最好的祝福。我想我的礼物要比同学的玩具更有价值，也更珍贵。"

道理解读

人生最好的礼物，莫过于梦想，有了梦想，就有了努力的方向。人的一生很多时候就是在偶然间决定的，而梦想在其中起到了至关重要的作用。有梦想的人，有努力的方向，也就有了不一样的人生。没有梦想的人，注定一生碌碌无为，毫无光彩。

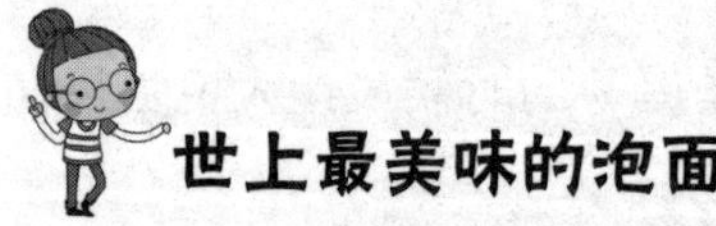

世上最美味的泡面

小孙是一个单亲爸爸，妻子去世之后，他就一个人带着儿子东东生活。

东东很懂事，不过也有调皮的时候，每当东东调皮的时候，小孙就特别怀念已经过世的妻子。

这一天，小孙接到临时任务，要出差。因为时间紧，都没能给东东做早餐，就匆匆赶往了火车站。一路上，小孙非常担心东东，担心他有没有吃饭，担心他看不到自己会哭闹。到了目的地，小孙连忙给家里打了一个电话，得知东东一切都好，他才稍微放心了一些。

在出差的这几天里，小孙每天都要给东东打几个电话，他实在太担心儿子了。东东却很懂事地告诉他不要担心，自己一切都好。心里挂念孩子，小孙把事情处理完了之后，就立即买车票往回赶，一路上都在想，自己不在家，儿子到底有没有饿到，有没有受伤。

回到家里，已经是夜里 11 点多了，东东早就睡着了。看着儿子安然无恙，小孙这些天的担心总算放下了，一路劳顿他也感到累了，就想早点休息。

掀开棉被的时候，小孙大吃一惊：棉被里有一碗泡面，已经被打翻了。看着被打翻的泡面，小孙非常生气。他把熟睡中儿子拎起来，用力在儿子的屁股上打了两下，边打边说：“你为什么这么淘气，为什么把泡面放到棉被里，你看把棉被弄得多脏。”这是妻子去世之后，他第一次体罚儿子。

惊醒了的东东被吓坏了，一边哽咽一边说：“我没有淘气，那是给爸爸留的晚餐，我怕凉了，才用棉被盖住的。”

原来东东算着爸爸回家的时间，提前泡了两包面，一包自己吃了，另一包留给了爸爸，因为害怕泡面凉了，才放在了棉被里。

听了儿子的话，小孙一句话也说不出来，一把抱住儿子，说道：“儿子，这是世界上最美味的泡面。”

道理解读

父母爱护着孩子，孩子何尝不心疼父母。东东关爱父亲的方法虽然有些笨拙，当同样表达了对父亲的爱。其实不管孩子表达爱的方式有多幼稚，他们内心的那份纯真感激之情才是最可贵的。

拯救他人就是拯救自己

霍华德·凯利是一位非常有名气的医生，不过他也曾因为一些原因险些退学。

小时候，霍华德家里很贫穷。为了筹集学费，霍华德不得不挨家挨户推销商品为自己赚取学费。

这一天，霍华德再次来推销商品为自己赚取学费，但是推销了一天也没有卖出去一件商品。这时霍华德又累又饿，但是翻遍了全身他就找到一角钱。没办法，霍华德只好决定向下一户人家讨一点吃的。

当他看到开门的是一个年轻漂亮的姑娘，就没有勇气讨要吃的了，而是说口渴，问对方能不能给自己一杯水。不过女孩子看出了霍华德很饿，于是就给了他一杯牛奶，还有几片面包。霍华德也不再矜持，因为他实在太饿了。没一会儿，霍华德就喝完了牛奶，也吃完了面包。在把杯子递回给女孩的时候，霍华德问道："我应该付你多少钱？"

"你不用付钱。"女孩说道，"妈妈告诉过我，要对人施以善心，不能想着索取回报。"霍华德对女孩深深地鞠了一躬，说道："请您接受我真挚的感谢。"

离开女孩家之后，霍华德觉得整个天空都明亮了起来。要知道，就在刚才他还想要不要退学。

多年之后，那个女孩染上了疾病，当地的医生没有办法医治，他们一家只好来到大城市治病。他们在医院里进行了会诊，而已经成为著名医生的霍华德也参加了会诊，他认出了那个帮助他的女孩。

霍华德下定决心，一定要挽救这个女孩的生命。经过他不懈的努力，这个女孩的病被治好了。出院那天，护士把账单交给了女孩，女孩不敢打开看，她明白那是她一辈子都付不起的费用。不过她还是打开了账单，在署名栏里有一句话：一杯牛奶和几片面包，足以支付所有的费用。

泪水从女孩的眼里涌出，她明白医生就是自己当年帮助过的那个穷学生。

道理解读

滴水之恩，涌泉相报。生活中，我们要有一颗善良的心，对于帮助过我们的人要心怀感激，对于需要我们帮助的，我们要尽力帮助他们，因为不知道什么时候，你就会需要别人的帮助。要知道，帮助别人就是帮助自己。

沙漠里的两个朋友

从前，有两个非常要好的朋友，他们经常一起结伴出去游玩。

有一次，这两个好朋友打算去沙漠里探险，于是经过一番准备，他们出发了。在沙漠里他们经历了许多困难，都被两个人想办法克服了。这天，两个人因为一件小事发生了争执，其中一个人打了另外一个人一个耳光。

被打的朋友非常生气，他就走出帐篷，一言不发地在沙子上写下：今天，我的好朋友打了我一个耳光。打人的那个朋友也跟着出来，看到朋友在沙地上写的字，心里想着：这家伙还真小气。

休息结束之后，两个好朋友继续前行，一直走到一片绿洲旁才停下来。他们在这里饮水、洗澡。洗澡的时候，那个挨打的朋友不小心滑到了深水区。幸好他的朋友扔给他一条绳索，并把他拉了上来。被救上来之后，这位朋友从行李中拿出一把小刀，然后捡起一块石头，在上边刻了一行字。救人的朋友拿过石头看了看，上边写着：今天，我最好的朋友救了我一命。

这位朋友更加疑惑了，就问道：“为什么我刚才打了你，你把字写在了沙子上；现在我救了你，你又把字刻在石头上呢？”

被救起来的朋友笑着说道：“当我被朋友伤害了的时候，就把伤害写在容易忘记的地方，比如沙子上，这样风就会很容把它抹去；当被朋友帮助了的时候，就要把这件事刻在不容易忘记的地方，比如石头上，就像刻在自己的心里一样。”

听了朋友的话，另外一个朋友紧紧握住了他的手，郑重地表示，以后再也不会做伤害朋友的事情。就这样，两个好朋友继续他们的沙漠探险。

道理解读

人与人相处，难免磕磕碰碰，大多数伤害都是无心的。但是朋友的帮助，却是发自内心的。所以，和朋友相处，不要总记得那些伤害，这样两个人的友谊才会更长久。当你的周围有很多朋友的时候，你就会发现这个世界原来是那么美丽。

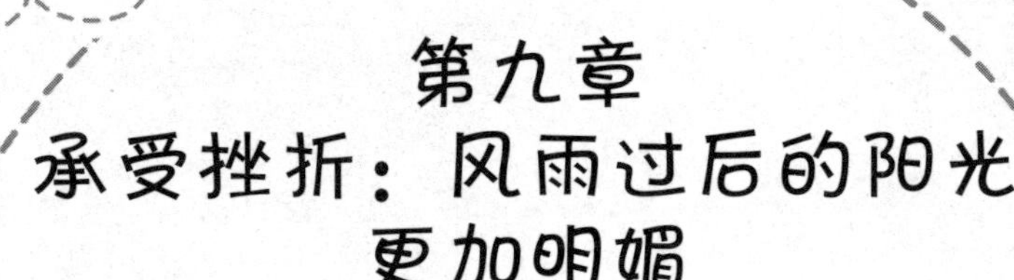

第九章 承受挫折：风雨过后的阳光更加明媚

生活的强者必是敢于直面人生的勇者。面对挫折，应以博大的胸怀和坦然的态度去面对，学会承受痛苦和失败。只有经历沧桑，你才会变得更加成熟而坚强。

没有克服不了的困难

森·戴维的父亲曾是一名拳击运动员，曾在拳击场上多次战胜对手，获得冠军。戴维的父亲在去世前给儿子讲了自己的一场拳赛。

那是一场看起来实力悬殊的比赛，戴维的父亲个子矮小，但是他的对手却是一名人高马大的黑人拳击运动员，这位黑人拳击手也获得过多次冠军。在比赛开始之前，很多人都不看好戴维的父亲，认为他坚持不了几个回合，就会被对手打败。

到了擂台上，戴维的父亲果然一次次被对手击倒，但是他又一次次站了起来。中间休息的时候，戴维的父亲已经被对方打得不像样子了，但是他的教练却鼓励他："听着戴维，你能行的，你一定可以挺到最后。"戴维的父亲用力点了点头，说道："是的，我可以坚持到最后。"

休息结束之后，对手的进攻更猛烈了，拳头像雨点一样打在他的身上，但是他坚持住了，虽然他一次次被打倒，但是又一次次站起来，每次被打倒，他都在心里重复："这个世界上没有什么是战胜不了的，我一定能坚持到最后。"

终于，到了最后一个回合，戴维的父亲知道，自己必须在这个回合反击，否则这场比赛就输了。这时，他和对手都已经筋疲力尽，他是被打得筋疲力尽，对手是打得筋疲力尽，几乎所有的人都认为戴维的父亲必输无疑，但这时奇迹出现了，戴维的父亲一拳打在对手的下巴上，趁对手恍惚的一瞬间，他又给了对手重重一拳，对手倒在了擂台上，再也没有站起来，戴维的父亲赢得了这场比赛。

父亲去世不久，美国遭遇了经济危机，戴维一家的生活陷入了困境，夫妻双双失业，一家人的生活没了着落。但想起父亲说的"没有什么困难是克服不了的。"心中就充满了力量。后来，经济危机过去了，他们又找到了工作，一家人的生活开始慢慢好转。

道理解读

办法总比困难多，这个世界上没有克服不了的困难。当遇到了困难，我们要有直面困难的勇气，要勇敢地坚持下去，认真思考解决困难的方法。只要有决心、恒心和毅力，困难也就“容易”解决。

生命不因挫折而贬值

一位著名的演说家，在一次演讲开始之前对听众做了一个小测验。

这位演说家从口袋里掏出一张 20 美元的钞票，在空中不停地晃动。台下的听众被演说家的举动吸引，纷纷猜测演说家的用意。这时，演说家对听众们说道：“现在，大家都看到了，我手里有一张 20 美元的钞票，大家想得到它吗？想得到的请举手。”

台下的听众搞不清出演说家的用意，但还是纷纷举手，不一会儿，几乎所有的听众都举手了。演说家微笑着点了点头，好像很满意。他接着说道：“现在我要把这张钞票送给你们其中的一位，不过在送出去之前，我要做一件事情。”说完，演说家就把钞票揉成了一团。然后接着问道：“现在还有人想要这张钞票吗？”

台下仍然有很多人在举着手。

接着，演说家把钞票扔到地上，用力踩了几下，还用脚碾了几下，此时，钞票已经变得又旧又破。

“现在还有人想要吗？”演说家再次问道。台下依然有人举着手。

到了这里，这位演说家笑着对台下的听众说道：“各位，恭喜你们，刚才你们已经上了一堂非常有意义的课。通过刚才的事情，相信大家也有所感悟。刚才，无论我怎么对待那张 20 美元的钞票，还是有人想要得到它，那是因为不管怎么对待它，它还是 20 美元，这就是它的价值，不会因为我的糟蹋而贬值。同样的，我们的人生也一样，我们的一生会遭遇各种困难、挫折、打击，甚至还可能在这些遭遇中输得一败涂地。有的人可能会因此觉得自己的人生没有价值，其实不然。对一个人而言，他的人生不管经历了什么，不管他是肮脏的还是洁净的，不管他是衣衫褴褛还是西装革履，他的人生都不会贬值，每个人在他的人生里都是无价之宝。”

道理解读

正如演说家所说，我们都和那张 20 美元的钞票一样，不管是被揉成一团，还是被踩踏、碾压，我们还是我们自己，不会因为经历了挫折，就失去了自己的价值。所以，我们面对困难不用沮丧，身处困境也不必灰心，只要以一颗平常心来面对，总有一天能够获得成功。

苦难是最好的大学

我们给朋友的祝福总是“一帆风顺”“万事如意”“一路平安”，可见大家都喜欢过得平平安安、顺顺利利，没有谁喜欢生活中有太多困难。但是生活不可能事事都让人如意，总会给我们制造一些麻烦，其实这才是真正的人生。一位哲人曾说过：“没有苦难的人生，不是真正的人生。”

18 世纪的法国里昂，一次贵族阶层的聚会上，客人们对主人客厅里的一幅画产生了兴趣。这幅油画线条流畅，画得惟妙惟肖，客人们赞叹不已。

不过他们对这幅画表达的主题有不同的意见。有的人说这幅画讲述的是一个希腊神话，有的人则说这幅画画的是一个历史事件，他们纷纷提出自己的论断，争论不休，但是谁也说服不了谁。

最后大家请画的主人评判一下，这可难住了这位主人，因为他也不知道这幅画反映的是什么主题。

最后，主人让人叫来一位仆人，让他来解释这幅油画。这位仆人言辞非常清晰，很有逻辑，见解也非常独到，客人们对这位仆人，拥有这么精深的见解感到吃惊。他们很好奇这位仆人是从哪所大学毕业的。

这位年轻的仆人很有礼貌地对这些客人说道：“我在许多大学求过学，

先生们。但是我求学时间最长、受益最大的一所大学叫苦难。”

客人们对这位年轻仆人的回答赞叹不已。

确实，行走在苦难的大学里，必定会付出昂贵的代价，但是收获也是非常大的。这场宴会结束后不久，这位仆人的才华开始显露出来，这个年轻人就是著名哲学家、作家卢梭。

道理解读

苦难才是一个人最好的大学。生长在温室里的花朵固然艳丽，但是过于脆弱，它们经不起风雨的考验。相反，那些在风雨中成长起来的花草，反而更加坚强，生命力也更加顽强。所以，生活中不妨经历一些苦难，那会让我们的人生更加精彩。

冲出去，才有希望

在森林里住着很多动物，也有飞来飞去、爬来爬去的昆虫。

这天，一只毛毛虫在一棵大树上爬来爬去，找东西吃。忽然，它看到一只非常漂亮的蝴蝶从身边飞过。漂亮的蝴蝶一会儿在树丛中穿梭，一会儿在鲜花丛中飞来飞去。毛毛虫很羡慕能够自由地飞来飞去的蝴蝶，于是它就喊住了蝴蝶，它问蝴蝶：“我能不能像你一样飞来飞去呢？”

“当然能，但是你必须努力，必须足够勇敢。”蝴蝶坚定地对毛毛虫说。

“我要怎样做才能变成蝴蝶，在花丛中飞来飞去呢？”毛毛虫接着问道。

“首先你要有强烈的飞行愿望，其次你要有足够的勇气冲破束缚你飞行的茧子。”蝴蝶看着毛毛虫，说道。

毛毛虫有些不理解。这个茧子是保护自己的外壳，给自己保暖的“外衣”，为什么要从茧子里冲出去呢？于是它就对蝴蝶说：“我不相信，茧子是保护我们的外壳，如果从茧子里冲出去，那我就离死不远了。”

蝴蝶看了看毛毛虫，笑着说：“表面上看确实是这样，冲破茧子是一件危险的事情，但其实不是，冲破茧子其实将是一种重生。”

最后，毛毛虫还是觉得冲破茧子太危险，它选择了放弃，到头来只能在树上爬来爬去，继续羡慕在花丛中飞来飞去的蝴蝶。

生活中，有些人成了风光无限的蝴蝶，有些人只能做丑陋的毛毛虫，最根本的原因，就是有些人敢于冲破束缚自己飞翔的茧子，有些人却安于现状，不敢做出改变。

道理解读

很多时候，很多事情，并不是因为太难让你害怕，而是你的害怕让它看起来很难。其实困难在很多时候就是一扇看起来紧闭的门，事实上只要你用一用力，就能轻易把它推开。所以，当面对困难的时候，不要等待、不要逃避，勇敢地冲过去，你会看到希望。

坚持到底就是胜利

困难和挫折可以摧毁一个人，也可以成就一个人，关键是看他以何种心态对待困难和挫折。丘吉尔曾说过：成功的秘诀有三个，第一是决不放弃；第二是决不、决不放弃；第三个是决不、决不、决不能放弃。其实成功往往就在下一分钟，只要坚持下去，就能看到胜利的曙光。

杰克 25 岁的时候还是一个普通青年，他想做一番事业。后来他把自己的房子抵押了出去，筹集了一笔资金，随后创办了一家小出版公司。杰克的出版物是一本杂志，叫《黑人文摘》。为了扩大杂志的发行量，杰克有一个很大胆的想法：邀请白人，以“假如我是黑人”为题给杂志写文章，他要求白人在写文章的时候能够真止地把自己放在黑人的位置上，认真对待。这个想法让他的杂志畅销了起来，不过杰克不满足，他有了一个更大胆的想法——请罗斯福总统的夫人埃莉诺来写一篇这样的文章。

很快，杰克就给埃莉诺去了一封信，请求她写文章。不过总统夫人以太忙，没时间写拒绝了他。杰克觉得总统夫人没有表示不愿意写，于是就接着给总统夫人写信，邀请她为杂志写文章。但是总统夫人还是以太忙为借口拒绝了。不过杰克并没有放弃，而是每隔一个月，就给总统夫人去一封信，虽然每次的结果都一样，但是杰克一直在坚持。他相信，只要自己坚持下去，总统夫人一定会答应自己。

一天，杰克在报纸上看到总统夫人在芝加哥讲话的消息，他决定再尝试一次。这一次，他打了一份电报给总统夫人，问他愿不愿意趁此机会给杂志写一篇文章。总统夫人终于被这个执着的年轻人打动了，随即寄来了文章。这一期《黑人文摘》的销售量一下子增加了 10 万份。而这一次成了杰克事业的转折点，他后来还成为了赫赫有名的企业家。

道理解读

困难、艰辛其实都不可怕，只要坚定信念，坚持下去，就能迎来胜利。因此，当觉得无助的时候，要告诉自己，明天会更好；当犹豫不决的时候，要提醒自己一定坚持下去，因为直面困难，才是取得成功的捷径。

每天是崭新的开始

威廉太太是一名家庭主妇，有一段时间她非常沮丧，甚至有过自杀的念头。

那是 1937 年的时候，她的丈夫因为意外去世，她非常悲痛，差点对生活失去信心。后来她给以前的老板奥尔德先生写信，请求回公司做以前的工作。威廉太太以前在奥尔德先生的公司里做推销图书的工作。不过她的丈夫去世的时候，她把家里的汽车变卖了，为了给丈夫办一场体面的葬礼。

现在，威廉太太不得东拼西凑，分期购买了一辆二手车，这样她就可以开着车去推销图书了。

威廉太太原以为工作可以把自己从颓废中解救出来，但事实并非如此。一个人驾着车去推销图书，一个人上路、一个人吃饭反而让她的心情更加糟糕。而且推销图书也很不顺利，每个月付购车款都成了问题。

有一次，威廉太太去另外一个城市推销图书，那里的市民生活不富裕，所以买书的人比较少，加上道路有些破烂，很不好走，这让威廉太太的情绪低落到了极点，她甚至想到了自杀。但是她最终没有自杀，因为她不想让姐姐伤心，她更担心姐姐没有足够的钱来付自己的丧葬费。

就这样，威廉太太继续开着她的二手车上路，继续推销图书。一次偶然的机会，威廉太太在一本书上读到这样一句话：对于一个聪明人来说，每一天都是一个新的生命。这句话让威廉太太很受触动，使得威廉太太从颓废中振作起来，重新鼓起勇气继续生活。随着心情的好转，威廉太太的生活也开始好了起来。

道理解读

人的生命很脆弱，但是也很坚强，只要把每一天都当作一个崭新的开始，每天都认认真真地活，就会发现生活其实很简单，也就能把人生过得更精彩。

被囚禁的高尔夫高手

詹姆斯·托马斯少校非常喜欢打高尔夫球，他很想提高自己打球的技艺，希望有朝一日可以在球场上大放异彩。但是他的梦想还没来得及实现，在一场残酷的战争中，他被俘虏了，被关进了战俘营。

在战俘营里，他几乎看不到其他人，更不用说找人说说话，交流交流。看不到希望的日子让托马斯非常绝望，他天天想着自己要怎样才能尽快从战俘营里脱身，但这只是他的想法，他没有任何办法从这里离开。知道自己无法从这里脱身，托马斯开始思考自己应该要怎样在这里度过这艰难的时光。

很快，托马斯找到了一个打发时间的方法——冥想，他可以在脑海里构建出一个完整的高尔夫球场。这里有广阔的场地，有完备的设施，托马斯在这里可以自由地打球。

在他的想象中，还有他的朋友们，朋友们和他一起打球，一起欢笑。这里还有球童，球童在奔跑着捡球，而自己则握着球杆，练习各种挥杆技巧，提高自己的球技。而且他还能“看见”球被击出去，在球场上滚动几下，落到特定的地点。

虽然他被囚禁在战俘营中，但是在想象的世界里，他每天都会打上四个小时的高尔夫球，从不间断。

7 年过去了，托马斯少校终于走出了战俘营，相比其他战俘，他显得格外有精神。后来他也踏上了真正的高尔夫球场，而且第一次就打出了 74 杆的成绩，虽然这和他以前的成绩相比有些差距，但对于 7 年没有碰球杆的人来说，已经非常了不起了。

道理解读

有时候，环境确实会困住我们，让我们陷入悲伤之中，但是人完全可以摆脱环境的束缚。当然，能否摆脱束缚，而关键就要看自己的心态。只要你带着自己的梦想，积极地面对困境，你就可以找到属于自己的精彩。

帕格尼尼的一生

提起帕格尼尼，相信喜欢音乐的人都听过这个名字，这位小提琴家的名字经常和“伟大”“顶尖”“超级”等字眼排列在一起。

12 岁那年，帕格尼尼就举办了自己的个人音乐会，他的琴声打动了在场所有的听众。一时之间，音乐神童的名字响彻整个意大利。在随后的几十年中，他不断创造出惊人的“声音”，而一部部小提琴协奏曲也让他的名字传遍了整个世界。

人们通常只看到了他的成就，但是很少有人知晓他的苦难。4 岁的时候，一场麻疹和强制性昏厥症险些让他丧命，家里甚至都为他准备好了棺材，但是最终他挺了过来。7 岁的时候，肆虐欧洲和东南亚的猩红热又一次让他和死神擦肩而过。小小年纪，他便饱受各种病痛。

13 岁的时候，又患上了严重的肺炎，经常高烧不下，最后一生不得不对他进行放血治疗，才帮他捡回一条命。40 岁的时候，由于长时间营养不良，加上作息没有规律，他患上了严重的牙病，牙床上长满脓疮，让他无法进食，痛苦不堪。最后，他不得不拔掉大部分牙齿，但即便这样，牙床上的脓疮还是折磨着他，让他彻夜难眠。

后来，他又得了严重的眼病，视力急剧衰退，以至于不得不靠拐杖走路，他的儿子担负起了照顾他的职责。50 岁之后，他的身体状况每况愈下，关节炎、肠道炎、喉结核，这些疾病无时无刻不折磨着他，时时威胁他的生命。到了后来，他的声带也出现了问题，只能通过他的儿子观察他的口型进行翻译，他们只能以这种方式和外界交流。

8 年之后，他又患上了严重的肺结核，最后在咳血中死去。

帕格尼尼的一生是苦难的一生，但是他却不觉得这是苦难。正是这种超越苦难的精神，造就了伟大的音乐家帕格尼尼。

道理解读

不知道是苦难成就了天才，还是天才特别热衷苦难。事实上，一个人要想取得杰出的成就，势必会经历一段苦难的日子，因为成就需要靠努力和汗水浇灌。帕格尼尼之所以取得如此之大的成就，就因为他付出了努力，超越了苦难。

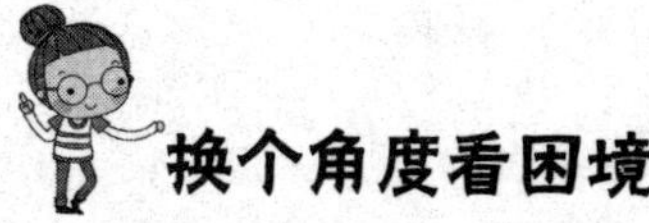

换个角度看困境

从前，有一个很会治理国家的国王，这个国王非常喜欢微服私访，体察民情。在这个国王身边有一个聪明的丞相，国王遇到什么难解决的事情，就会向这个丞相请教。丞相也总能给国王满意的答案，所以国王很信任丞相。

这一天，国王又准备微服私访，但是很不巧，下起了大雨，国王的出行计划不得不改变。国王很不高兴地对丞相说："这雨下的真不是时候，害得我没有办法出行。"

丞相却对国王说："陛下，您想一想，等雨过天晴您再微服出行，那时候雨水把街道都冲洗干净了，您不仅可以看到美景，还能私访，这不是一举两得吗？这样看，雨水是不是来得很及时？"听了丞相的话，国王觉得很有道理，就转身去批阅公文了。

这天，国王想要外出打猎，但是不小心把自己的一根手指弄断了，国王认为这是一个不祥的兆头。但是丞相不这么认为，就这样，国王带着丞相去了森林里。在打猎的过程中，丞相不小心跌下马，把胳膊摔断了，国王更加认定今天不适合打猎。但是丞相还是没有同意国王的说法。就这样，两个人继续在森林里寻找猎物，可是他们却连一直兔子都没有找到，国王不想就这么回去，因为他觉得很没面子。因此，他坚持要再找找猎物，可是他们不小心掉进了陷阱里。

过了很久，他们听到了脚步声，原以为可以得救了，可是来的却是森林食人族部落的人。他们被带到了部落里，被绑在柱子上，他们的周围堆满了柴火，食人族打算把他们烤熟了吃了。

等一切都准备好了，食人族部落的长老来检查国王和丞相的身体，当长老看到国王的手指和丞相的断胳膊之后，就摇了摇头，让人把他们放了。原来，食人族只吃完整的人，国王和丞相因为断了手指和胳膊，所以逃过了一劫。

道理解读

挫折和困境是我们每个人都会遇到的，但是面对挫折和困境的态度则会决定自己人生以后的走向。那些能够以积极的心态面对困境的人，大多可以走出困境，迎来成功。而悲观的人，则只会在困境中沉沦。也就是说，态度决定了我们驾驭事物的结果是喜，还是悲。

放弃和成功只有一步之遥

一个年轻人很不容易得到了一份工作，他被派往一个海上油田钻井队。

第一天上班的时候，他的班长让他把一个包装精美的盒子，以最快的速度送到一个几十米高的平台上，交给一名主管。年轻人小心翼翼地拿好盒子，以最快的速度爬上了平台，并把盒子交给了主管。主管在盒子上签了字之后，让年轻人再把盒子拿下去，交给他的班长。年轻人只好又飞快地跑下平台，把盒子交给班长。但是班长接过盒子之后，也在上面签了字，之后再让年轻人把盒子交给主管。年轻人狐疑地看了看班长，没说什么，卖力地爬到平台上，把盒子再次交给主管。

这一次，年轻人已经累得气喘吁吁。主管还是一句话不说，接过盒子，在上面签了字，然后让他送回去。年轻人的心里已经很不高兴了，但还是接过了盒子，走下了平台。到了下面，他再次把盒子交给班长，班长也是一言不发，拿过盒子，在上面签了字，示意他再把盒子送上去。此时，年轻人已经非常愤怒了，他瞪着班长，强忍着没有发作。他从班长手里，一把抓过盒子，已经没有开始时的小心翼翼。等他爬到平台上，他的衣服已经湿透了。这次主管没有接过盒子，而是对他说："你可以打开盒子了。"此时，年轻人再也忍受不住心里的怒火，他一把将盒子摔在地上，大吼道："老子不干了。"

主管捡起盒子，很平和地对年轻人说："刚才让你反复爬平台，是对你进行体力极限训练。我们在海上作业，会遇到各种各样的突发状况，这就需要良好的体力和配合能力。你前面的两次考核都达到了标准，只是最后一次你放弃了，实在是可惜。看来我们不能成为同事，现在，你可以离开了。"

主管的话，让年轻人懊恼不已，但是也让他明白了一个道理：放弃和成功仅有一步之遥。

道理解读

不管做什么事情，只要放弃了，就没有成功的可能。当你做一件事情的时候，只要你有1%想放弃的念头，那么这件事情你就做不成。所以，要想成功，就要坚持，就要不放弃。

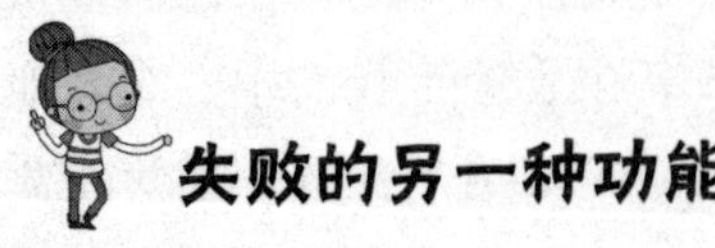

失败的另一种功能

20世纪40年代中期，一名20多岁的匈牙利青年带着5美元，只身到美国闯天下，经过20年的打拼，他成为了百万富翁。创造这个神话的年轻人叫罗·道密尔，一个在美国玩具行业和工艺品业富有传奇性色彩的人物。

道密尔曾说过："我没做过一起赔钱的买卖，也没有过一次失败的经营。"道密尔为什么能取得这样的成就，这让很多人很感兴趣。后来，人们通过分析他的经营策略才找到他成功的秘诀。下面来介绍一下他的经营事例。

到美国之后，道密尔凭借自己的聪明和勤奋，积攒了一些钱。到了50年代，他看中了一家濒临倒闭的玩具公司，并收购了它。这让他周围的人很疑惑，因为还有一些经营不错的玩具公司也在找人接手，但是道密尔偏偏收购了这家濒临倒闭的公司。

原来，道密尔经过调查发现，这家公司之所以经营失败，是因为他的生产成本太高。道密尔认为，只要把生产成本降下来，完全可以实现盈利。在降低成本的时候，道密尔给公司制定了两条规定：第一，制作工人使用的工具、材料，一定要在工人最顺手的地方，他们要使用的时候，只要一伸手就可以拿到。这样一来，制作工人就可以不再为等材料、找工具浪费时间，也就大大提高了生产效率。

道密尔制定的另一条规定，就是上班期间禁止抽烟。但是每过一个半小时，道密尔会允许员工休息15分钟。道密尔之所以这样做，是因为他发现，员工抽烟的时候，工作效率很低，而且有些员工还会借抽烟来偷懒。

在这两项规定施行以后，道密尔虽然没有增加机器的数量，甚至还裁掉了一部分员工，但是公司的生产效率提高了50%左右。

曾经有人问他，为什么总是收购那些濒临破产企业的时候，道密尔给出了这样的答案，他说："接手别人经营失败的生意，我能更快找到对方失败的原因，因为这些缺点很明显。接手之后，只要改正对方的缺点，就可以实现盈利。这要比自己从头开始一项新的生意要划算得多。”

道理解读

有大智慧的人敢于冒险，勇于冒险，他们能从失败中找到经验，让失败成为另一种可能——成功。

成功的不二法门

华裔神探李昌钰和妻子刚到美国的时候，身上穷的只剩下 50 美元。安排好住处之后，他们就立即开始找工作，好不容易在附近一所大学实验室里找到了化验员的工作。

两个人住的地方非常简陋，屋里只有一张床、一张书桌、一个书架，即便是这些简陋的家具，也是他们从廉价商店里淘来的。

条件并不好的李昌钰夫妇生活过得很清苦，昂贵的学费更是让两个人的生活捉襟见肘。很多时候，为了节省几分钱的车票钱，李昌钰下班或者下课后，选择步行回家。他的住所离学校有一段距离。回家的时候要穿过一条很长的街道。每到夜晚，在昏黄的街灯的照耀下，李昌钰的影子总会拉得很长，看着这没有尽头的街道，李昌钰有时就会想：什么时候才能走完这条街道呢？不过他也经常鼓励自己，街道虽然很长，但是只要走一步，自己就会离目标近一步，如果一直站在原地叹息，自己永远不可能走完这条街道。

学业上也是如此，李昌钰知道自己比其他同学起步晚，岁数也比他们大许多，更重要的是自己的资金很不充足，所以他必须想尽办法尽快完成学业。当时，李昌钰的很多同学每学期选择修 12 到 14 个学分，但是李昌钰没有时间慢慢修学分，他需要更快地修够学分，然后毕业。因此，在注册登记的时候，李昌钰想登记 20 到 26 个学分，不过登记员却不认为他能够修完这么多学分，最后在李昌钰的坚持下，登记员答应帮他注册 20 个学分。

得到允许之后，李昌钰就开始和时间、金钱赛跑，第一学期，李昌钰念得非常好，他各科成绩都是A，第二个学期，登记员就不再为难他了。

毕业之后，李昌钰担任了大学助理教授，后来又接受康奈狄克州州长邀请，做了该州刑事鉴定主任，再之后，他就成了震惊美国的华裔神探，被称为“当代的福尔摩斯”。

道理解读

生活总会给我们制造一些麻烦和困难，面对这些麻烦和困难，我们不能说“不可能”，我们的选择只能是坚持下去，并为自己找到出路，这样才能走向成功。

没有比脚更长的路

古老的阿拉比王国位于无垠的大沙漠深处，这里的环境非常恶劣，终年饱受风沙的肆虐，城墙、建筑、街道饱受摧残。

这一天，老国王把四个王子叫到面前，告诉四个王子，他想把王国迁往美丽富饶的卡伦，想让四个孩子先去探探路。

传说中的卡伦离阿拉比王国非常远，需要翻过许多险峻的高山，还要跑过一望无际的大草原，还要走过满是泥潭的沼泽、跨过一条条宽阔的大河，但是具体有多远，并没有人知道。所以国王希望四个儿子能够去探探路，为王国的搬迁做准备。

得到父亲的指示，四个王子出发了。

大王子乘车走了7天，翻过了好几座大山，来到一望无际的草原边上。他向当地人询问得知，穿过草地之后，还要越过沼泽，跨过一条条大河，翻过雪山才能到达卡伦，于是他就掉头往回走了。

二王子翻过大山，穿过草地，越过沼泽，来到一条宽阔的大河边，他被大河挡住了去路，于是他也返回了王国。

三王子渡过了这条大河，但是看到眼前一眼望不到边的大沙漠，他也打起了退堂鼓。

一个月之后，三个王子陆续回到了王国，见到了老国王，他们把一路上的见闻以及从民众那里听到的传闻全都告诉了父亲，并一再强调，卡伦离阿拉比王国非常远。老国王没有说什么，就让三位王子去休息了。

又过了 5 天，小王子也赶了回来，他兴奋地告诉父亲，卡伦离阿拉比并不远，只需要 18 天的路程。看着风尘仆仆的小王子，老国王欣慰地笑了，他说道："孩子，你说得对，其实我早就去过卡伦了。"

老国王的话让几位王子很疑惑，既然去过了，为什么还要让他们去探路呢？

老国王很慈祥地看着几个孩子，他对几个孩子说道："让你们去探路，是为了告诉你们，脚永远都比路长。"

道理解读

再长的路，一步步也能走完；再短的路，不迈开双脚，也永远到不了。相信脚比路长，你的生活就会充满希望。即便在人生的路上遇到困难和挫折，你也不会沮丧、悲观，因为你相信脚比路长。

图书馆里的小侦探

当我们做一件事情的时候，最好能从中找到乐趣，这样会让我们更有兴趣去完成这件事，这对我们的成功会很有帮助。

1965 年的时候，比尔·盖茨在西雅图上小学四年级，后来他被推荐去景岭学校图书馆，在那里帮忙整理图书。到图书馆的第一天，管理员告诉盖茨，他要做的就是把读者还回来的但是放错了位置的书，放回原来的位置。接到这个任务，盖茨很兴奋，对管理员说："是不是像侦探一样。"管理员笑眯眯地回答道："那当然。"就这样，盖茨开始在书架之间穿来走去，就像是在走迷宫一样，"小侦探"这个角色让盖茨很兴奋，每当找到一本放错位置的书，他就像是发现了宝藏一样开心。小休的时候，盖茨已经找到三本放错位置的书，并把它们放回原来的位置。

第二天，盖茨来得更早了，干得也更加卖力。工作结束之后，盖茨向管理员提出请求，让自己担任图书管理员。管理员很开心地答应了他的请求。

但是好景不长，没过几个星期，盖茨一家要搬家了，盖茨也要转学到其他学校。但是没过多久，小盖茨再次出现在了景岭学校图书馆前。原来，盖茨去的新学校，不允许学生担任图书管理员。但是盖茨的父母发现儿子很热衷做图书管理员，所以又把他转了回来，每天由盖茨的父亲开车接送他上学、放学。盖茨自己也说，如果爸爸不接送他，那么他就自己走着来上学。

景岭学校图书馆的管理员看着小盖茨，心里想：小男孩年纪不大，但是决心不小，将来肯定会有一番大成就。

果不其然，多年之后，盖茨成为了信息时代的天才，创立了微软公司，并成为全球首富。

道理解读

很多时候，我们在做一件事情的时候，并不是我们做不好，而是我们对这件事情不感兴趣。而不感兴趣无形中会影响我们在这件事情上的注意力和情绪，也就会影响事件的发展。因此，我们在学习和工作中，最好培养积极的心态，这会成为激励我们做下去的内在动力，并直接影响我们的成长。

没有不受伤的船

人的一生，都希望能够顺顺利利，和和美美，远离困境。但事实往往不是如此，逆境就像是影子一样在我们身边徘徊。面对困境，有的人长吁短叹，颓废不前；有的人却抓住了机遇，取得了重大成就。其实人生就像航海，不可能一帆风顺，总会遇到风浪。

在西班牙的港口城市巴塞罗那，有一个非常有名的造船厂，这个造船厂已经有上千年的历史了。这个造船厂在建厂的那一天就立下了一个规矩，从这个船厂出去的船，都要留下一个模型，而且这艘船的经历也会被刻在这个模型上。

为了陈列这些模型，造船厂专门建了一个陈列室，随着时间的推移，船只的模型越来越多，陈列室也不断地扩建。到现在，陈列室已经成了造船厂最大的建筑，这里陈列着近10万个船只模型。

走进陈列室的人都会被这里存放的船只模型震撼，让他们感到震撼的不仅仅是船只模型的数量，也不仅仅是这里悠久的历史，更是船只模型上篆刻的文字——船只在海上的经历、命运。

“西班牙公主号”是这些船只模型中的一个，在这个模型上刻着这样的文字：本船1984年下海，共计航行50年。在这50年的航行里，它曾遭遇冰川138次、触礁116次、被风暴扭断桅杆27次、因故障抛锚搁浅21次、被海盗抢劫13次、和其他船舶相撞9次，但是它一直没有沉没。

在陈列室最里面的一面墙壁上，还刻着这样一段文字：造船厂成立几百年来，共出厂了近10万只船舶。在这10万只船舶中，在大海中沉没的有6000多只。因为受创严重，不能再进行修复航行的有9000多只。有6万多只船舶遭遇了20次以上的灾难……

这一段文字给出的数据，就是要告诉我们：所有的船舶，不管它的用处是什么，只要下了水，到大海里航行，就会受伤，就会遭遇灾难。

这和我们的人生何其相似。

道理解读

正如陈列室墙上的话，在海上航行，没有不受伤的船只；而行走在人生的道路上，也不可能一帆风顺。中间总会有坎坷和挫折。而我们要做的，就是不管遇到什么样的风浪，都应该坚强地、百折不挠地前进，这才是取得成功的捷径。

单臂冲浪的女孩

在美国夏威夷的基拉韦厄小镇上，有一个叫贝萨妮·汉密尔顿的小姑娘，她非常喜欢冲浪。在父亲的陪同下，她经常在夏威夷海岸和汹涌的浪潮拼搏。这位热爱冲浪的小女孩梦想有朝一日可以成为著名的冲浪高手，但是一场意外差点葬送了她的梦想。

那是2003年的一天，贝萨妮像以往一样在海岸上冲浪，但是她被鲨鱼袭击了，鲨鱼夺去了她一条胳膊。

这是一个悲惨的现实，贝萨妮的哥哥、妈妈以及外婆为这个不幸的女孩悲痛不已，毕竟她才13岁。但是贝萨妮却比他们想象的要坚强、要平静。她的超过年龄的冷静让家人很是担心，他们害怕贝萨妮是在强撑着。但是贝萨妮接下来的话，让他们大吃一惊，贝萨妮说："没有谁能够让时间倒流，我无法改变这个事实。这可能是上帝对我命运的安排，我只能选择去面对它。但是我渴望着，而且坚信有朝一日我一定能够重返大海。"

一个多月之后，贝萨妮的身影再次出现在海滩上，人们热情地招呼这个不幸的姑娘，询问她的近况。贝萨妮一一回应大家，并告诉大家，自己还将继续冲浪。虽然人们笑着对她表示祝福，但是没有谁相信贝萨妮会重回冲浪板，因为大家都认为这不可能实现。要知道，冲浪是一项需要技巧和平衡的运动，少了一条胳膊的贝萨妮很难保持平衡。

贝萨妮不服输，不久就开始了训练。可是她踏上冲浪板没多久，就掉进了海里。人们劝她放弃这项运动，但是贝萨妮拒绝了，她说："我的灵魂属于冲浪，冲浪板就是我的生命，以前，我靠两支桨遨游大海，但是我不小心丢了一支，幸好我还有一支。即便是一支桨，我一样可以遨游大海。"

经过不懈的努力，一次次的跌下去，爬上来，贝萨妮终于能够站在冲浪板上搏击风浪了，而且她的技术比以前还要好。

道理解读

身处逆境的时候，人们往往能够激发出前所未有的潜力。我们可以忍受不幸，我们也可以战胜不幸，因为我们有不可预知的潜力，只要我们能够激发出自己的潜力，就可以创造奇迹。

第十章 做好选择：造就未来生命的灿烂前程

生活中有着各种各样的选择，有选择，就有放弃，脚踩两只船的结果只能是狼狈的落水。所以，你要学会选择，要能够做到正确地选择，从容地放弃。

选择比努力更重要

有一个年轻人，很勤奋，也很努力，想出人头地，想在各个方面都比别人优秀。可是他努力了很长时间，却没有什么进步，这让他很苦恼。后来，年轻人听说山里住着一位智者，于是他就来到山里，向智者请教。

智者叫来了正在砍柴的三个弟子，然后对三个弟子说："你们带这位年轻人去山里，每人砍一担自己认为最满意的柴。"三个弟子和年轻人就沿着门前的江水进了山里。

智者就一直站在原地等着他们回来。过了一会儿，年轻人大汗淋漓地赶了回来，他的肩上扛着两捆柴，气喘吁吁，连路都走不稳了；跟着年轻人的，是智者的大弟子和二弟子，两个弟子一前一后，前面的弟子用扁担左右各挑着 4 担柴，后边的弟子则背着手很轻松地跟着。也就在这个时候，江面上撑来一条小船，小弟子站在船头，船上也放着 8 捆柴。

年轻人、大弟子、二弟子看着师傅，又互相看了看，低头不语，只有小弟子和师傅坦然相对。智者对面前的四个人说道："你们现在感觉怎样，对自己的表现还满意吗？"年轻人连忙说："师傅，能不能让我再砍一次。其实一开始我砍了 6 捆柴，只是实在没有力气把它们扛回来，就在路上扔了 4 捆。但是，我真的尽力了。"

大弟子说道："我和师弟各砍了 2 捆柴，担着往回走，路上还捡了施主的 4 捆柴。由于我和师弟轮流挑着担子，所以并不觉得累。"

小师弟开口说："我的个子最矮，力气也最小。如果让我挑，恐怕连 1 捆柴都挑不会来，所以我选择了走水路。"

智者看着自己的弟子，觉得很满意，然后他走到年轻人面前，对他说："每个人都想走自己的路，这没有什么错，但还要看他怎么走。你要记住：很多时候，选择要比努力更重要。"

道理解读

一个人不努力肯定不能取得什么成就，但是如果选错了方向，即便再努力，离目标也会越来越远。所以，我们既要懂得努力的重要性，更要知道选择正确的方向更加重要。

一切在于自我选择

在一本故事书上，有这样一个小故事：

三个年轻人，分别来自美国、法国和德国，因为意外，他们卷入了一场金融诈骗案中，结果三个人都被判入狱三年。

在进入监狱之前，监狱长对他们说："我可以满足你们每个人一个要求，当然，你们的要求不能违法。"

从美国来的年轻人非常喜欢抽雪茄，于是他就向监狱长请求，给自己三箱雪茄烟。

法国人很浪漫，他很爱自己的未婚妻，所以希望自己的未婚妻能够到监狱来陪自己。

最后，那个从德国来的犹太人对监狱长说，他需要经常和外界保持联系，他请求监狱长能够给他一部手机。

一番考虑之后，监狱长答应了他们的要求。

三年的时间并不算长，很快，三个年轻人到了出狱的时间。出狱这天，牢房的门刚一打开，美国青年就冲了出来，他的嘴里还叼着一根雪茄，看上去非常暴躁，大声对监狱长说："该死，你们当时给我雪茄烟的时候，为什么不给我火柴呢？"他一边叫嚣着，一边冲出了监狱。

跟在美国青年后面的是法国青年，只见他满面春风，左手牵着一个小男孩，右手拉着他的未婚妻，他的未婚妻怀里抱着一个小女孩，而且肚子里还怀着一个。这一家人看上去非常幸福，他们有说有笑地走出了监狱。

最后，那个犹太人从牢房里不紧不慢地走了出来，走出来的时候他还在打电话。打完电话之后，他对监狱长说：“谢谢你。这三年里，我没有和外界断了联系，所以我的投资生意也能一直继续下去。在这三年里，我的投资回报率达到了 200%，而这一切与您当初的帮助分不开。因此，作为报答，我停在门口那辆车送给你了。”说完，这位犹太青年转身离开了监狱。

道理解读

人的一生就是一个选择的过程，一时的选择很可能会决定你以后的人生轨迹。生活当中，我们不可以像美国青年那样，靠抽雪茄来打发三年的时间。我们应该学习那名德国青年，即便被禁锢了自由，也要让自己的人生在正确的轨迹上运行。

弯一次腰与弯一百次腰

从前，有一对父子在沙漠里迷了路。他们已经在沙漠里走了很长时间，早就又渴又饿了，可是漫天黄沙的沙漠里，根本就找不到水源。他们的嘴唇早已干裂，如果再找不到水，他们就会渴死在沙漠里。

但是他们还是艰难地往前走，父亲不停地鼓励儿子坚持下去。突然，他们停了下来，黄沙里一块闪闪发光的马蹄铁吸引了他们的注意力，但是这并不是他们最需要的，他们最需要的是水，因为水才能支撑他们走出沙漠。但父亲还是对儿子说：“把它捡起来吧，说不定什么时候能用得到。”儿子看了看同样疲惫不堪的父亲，又望了望看不到边际的沙漠，很不满地摇了摇头，说道：“这能有什么用呢？只会增加我们的负担而已。”

父亲看着转身走开的儿子，没有再说什么，而是弯腰捡起了那块马蹄铁，然后父亲快步追上了儿子，父子俩继续在沙漠里走着。

在经历了重重磨难之后，他们来到了一座古城，这里有集市，集市上有卖水果的，可是这对父子没有钱。最后，在和水果摊老板交涉一番之后，父亲用马蹄铁换了二百颗葡萄。

一番准备之后，父子俩又上路了，他们要走出沙漠。当他们再次饥渴难耐的时候，父亲拿出了葡萄，边走边吃。父亲每吃一颗葡萄，就会往地上丢一颗。于是，儿子每吃一颗葡萄，就要弯腰一次。就这样，当父亲吃完一百颗葡萄的时候，儿子也弯了一百次腰。

最后，他们终于走出了沙漠。

原本儿子只要弯一次腰，捡起马蹄铁，就能轻松吃到葡萄。但是他觉得马蹄铁没有用，所以没有弯腰去捡，而到了后来，他不得不弯一百次腰来弥补当初的过失。

道理解读

很多时候，有些东西看起来很不起眼，好像没有什么用处，所以没有引起我们的重视。但是在某个时候，它有可能起到决定性的作用，甚至可以救你的性命。所以，不要轻视生活中那些无足轻重的东西，一旦轻视它们，你将可能付出惨痛的代价。

条条大道通罗马

很多人思考问题，或者做事情有一定的习惯，当问题超出了他的习惯之后，就会不知所措。其实很多时候解决问题的方法并非只有一种，只要操作得当，会有很多种方法可以解决掉难题。这就是我们常说的“条条大路通罗马”，也就是达到目的可以有多种方法和途径。

18 世纪末，英国人来到了澳大利亚，并宣布澳大利亚为英国的属地。虽然宣布了澳大利亚为英国的属地，但是如何开发这里，让英国人有些发愁，因为没有哪个英国人愿意来这里。最后，英国政府想到了一个办法——把罪犯运到澳大利亚，让他们来开发这里。

但是这项工程浩大，单靠政府短时间内无法完成。于是政府就将这项工作分包给了不同的私人船主，为了便于计算，政府付给船主的费用以上船的人数为准。为了赚取更多的费用，船主们总是尽可能地往船上装载犯人，根本不管犯人的死活，一旦收了钱，上了船的犯人只能听天由命。由于船上犯人太多，而且卫生条件太差，许多犯人还没到澳大利亚就病死了。

犯人大批死亡让政府非常不满，政府专门制定了处罚措施，但是效果并不明显。为了减少犯人死去，政府还给船主配了医生和监督官员。但是船主们不是贿赂监督官员和船医，让他们同流合污，就是杀死监督官员和船医。

没有足够的犯人运到澳大利亚，澳大利亚的开发十分缓慢，政府为此想了各种办法，但是效果都不明显。后来，一位议员提出了一个新的解决方案，他说："既然我们是按人头付钱，那么为什么不等船到了之后再付钱呢？到时候，活下来多少人，我们就付多少人的钱。"政府想了很多办法没有解决的难题就这样解决了。

为了让更多的犯人活下来，船主们主动给每艘船配备了船医，也改善了船上的卫生环境，甚至改善了犯人们的伙食，只为了让罪犯能尽可能多地活下来。

道理解读

在解决问题的时候，如果只抱着一种方式，很可能会进入死胡同。如果能够换一下思维方式，从其他方面入手，问题很可能就迎刃而解。所以，当遇到难题无法解决的时候，不要抱着一种方法不放，转换一下方向，出路也就在眼前。

改变一生的抉择

人的一生会面临无数选择，有时候一个不经意的选择会改变自己的一生。所以，面对事关人生的选择，一定要仔细、谨慎，以免让自己的人生变得不可收拾。

在美国的一个乡村，有两个从小一起玩到大的好友。长大之后，他们觉得自己应该去外边闯一闯，看一看外边的世界。

决定了之后，两个人就来到了火车站，他们想着自己要去哪个城市闯荡。其中一个决定去华盛顿，因为那里是美国的首都。另一个决定去纽约，他觉得那里是美国的经济中心，机会应该比较多。

在车站候车厅等火车的时候，他们听到了几个旅客的谈话。这些旅客是在外面闯荡过的，他们在讨论他们在各个城市中的见闻，讨论各个城市生活水平、生活条件。听了旅客的话，这两个人改变了注意，原本想去纽约的那个人，听到旅客们说纽约人太精明，就是问路都要收钱，而华盛顿的生活就比较安逸，人也很质朴，人们可以在教堂或者银行里领到免费的午餐，于是他决定去华盛顿。他认为，去华盛顿闯一闯，即便挣不到钱，也不至于挨饿。而原本想去华盛顿的那位则决定去纽约。他觉得，纽约问路都要收钱，也就是说那里肯定有很多商机，只要自己努力，一定会有所成就。

最后，两个朋友换了车票。到了华盛顿的那个人发现这里确实是个好地方，他来这里一个月了，一直没有找到合适的工作，却也没有挨饿。正如那些旅客说的，这里可以领到免费的午餐。

到了纽约的人很快就找了一份工作，有了积累之后就自己开了一家店。凭着自己的聪明和努力，他的商店生意还不错。几年之后，他的生意更大了，在全国很多地方都有了连锁商店。一次，他去华盛顿出差，遇到了一起外出打工的朋友，这个朋友衣衫褴褛，拎着蛇皮袋在捡垃圾。

道理解读

有时候，机会会藏在一些不起眼的小事中，关键是看你能不能从这些小事中发现机会。面对同一件事，人们的反应也会不同，有的人会往好的方向想，会向好的方向努力，结果也会朝着好的方向发展；如果往坏的方向想，结果很可能也会朝着坏的方向发展。

坚持不如放弃

很多人靠着执着、坚持，走向了成功，但并不是所有的坚持都能走向成功，有时候放弃反而更能让我们接近目标。

有一对云游四方的师徒。

这天，师徒二人一前一后在赶路，徒弟走在前面，师傅在不远处跟着他。走着走着，徒弟突然在前面停了下来，原来一块很大的石头挡住了他的去路。徒弟皱着眉头站在石头前面，好像在想着什么。

不一会儿，师傅看到徒弟站在原地不走了，就问道："徒弟，你怎么不往前走了呢？"

徒弟很苦恼地说道："师傅你看，这里有一块巨石挡住了我前进的道路，我走不了了，有什么办法吗？"

师傅愣了一下，不明白徒弟为什么这么简单的问题还要问自己，但还是说道："旁边不是有很大的空间吗？你绕过去不就可以了吗？"

徒弟却很执拗，他说道："不行，我不想从旁边绕过去，我只想从这块石头中穿过去。"

师傅不能理解徒弟的想法，就问道："这块石头这么大，你又怎么穿得过去呢？"

徒弟也没有把握，但他还是坚持自己的想法："我也不知道具体要怎么做，但是我一定要从石头中穿过去，我要战胜它。"

听了徒弟的话，师傅摇了摇头，然后从大石头旁边绕了过去，站在旁边看着徒弟。

徒弟开始进行尝试，第一次失败了，但是他没有气馁，紧接着进行了第二次尝试，还是失败了……一次又一次的失败让徒弟很痛苦，他垂头丧气地说道："这样一块石头就挡住了我的去路，我还怎么完成我远大的理想呢？"

这时候师傅不失时机地对徒弟说道："徒弟，你只是太执着了，要知道错误的坚持还不如放弃。另想办法反而能让你的路更加顺畅。"

道理解读

我们提倡坚忍不拔、坚持不懈，但是不提倡盲目的坚持。当你执着于一件事情，却一次次失败时，你就应该反思一下，自己是不是在错误的方向上坚持，是不是应该放弃。很多时候，盲目的坚持只能让我们离成功越来越远，这个时候不妨选择放弃，换一种方式试一试，也许会有“柳暗花明”的效果。

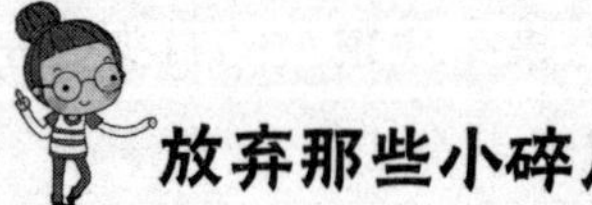

放弃那些小碎片

没有谁的人生是完美的，虽然我们一直在追求完美的人生。但是一个人总会有一些缺陷，当然，缺陷并不是什么坏事，有时候缺陷反而能让我们更加真实，让我们的人生更加真实。所以，放弃人生中的一些小碎片，会让我们活得更灿烂。

有一个圆，因为不小心从身上弄掉了一块小碎片，虽然碎片很小，但是它再也不是一个完整的圆了，变得残缺不全。这个圆很伤心，它很想回复原来的样子，于是想尽办法，四处寻找那块丢失的小碎片。

由于它丢了一块小碎片，所以不是一个完整的圆，这样它就没有办法快速地滚动，只能在路上慢慢地滚动。不过这也让它看到了平时没有注意到的风景——路两边盛开的花朵、青青的绿草，还有参天的大树。有的时候它还会遇到漂亮的蝴蝶，还可以跟它们聊一聊鲜花、天气。虽然这一路它“滚”得不快，但是生活很惬意，它也有些喜欢上这种生活了。不过它的心里，还是对丢失的那块小碎片念念不忘，希望能够尽快找到它。

其实这一路上，这个圆也找到过一些小碎片，也和它们拼接过，但是这些小碎片都不合适，都不如原来的那块小碎片好，所以它又把这些小碎片放下了，继续寻找原来的小碎片。

经过很长时间的努力，这个不完整的圆终于找到了那块丢失的小碎片。它非常开心，迫不及待地和小碎片拼接在一起。它终于又变成一个完整的圆了，而且可以滚动得非常快，快到它都无暇顾及路边美丽的风景，快到它看不到路边的花朵和高大的树木，快到都没有时间和蝴蝶们打招呼。渐渐地，变回完整的圆发现自己并不喜欢现在的生活，它更喜欢能够仔细欣赏路旁风景的生活，喜欢和蝴蝶、毛毛虫聊天的生活。于是，这个圆又把找回来的碎片丢在了路边，开始慢悠悠地“滚”起来。

道理解读

生活中，没有谁是完美的，虽然我们都很向往完美。也就是说，我们其实都是残缺不全的圆，在人生的道路上滚来滚去。其实这种不完整，反而让我们更能领略生活的风采，过上真正的生活，看到更加丰富的人生景象。

把握最好的时机

做任何事情都不能盲目，而应该找准时机，在最佳时机来临的时候出手，这样做起事情来就可以收到事半功倍的效果。

一艘木质的帆船在海上航行，蔚蓝的大海一望无际，在船尾不时有几只海鸥飞过，这一切显得非常宁静、安逸。几个旅客站在甲板上，欣赏着海上的美景，有说有笑，讨论着这次愉快的旅程。

就在旅客们有说有笑的时候，一个十几岁的孩子开始攀爬帆船的桅杆，原来他看到在桅杆上落着一只海鸥，他可能是想抓住这只海鸥。可是就在他要接近海鸥的时候，船突然倾斜了一下，这个孩子也被甩到了海里。

落水之后，这个孩子不停地挣扎，很显然，他不会游泳，恐惧使得这个孩子大声尖叫、呼救。看到这种情形，乘客们立即来到船舷边，想着怎么帮助掉进海里的孩子。不过这些乘客没有海水里救人的经验，不敢贸然行动。就在大家不知所措的时候，一名水手走了过来，他很平静地看着在海水里挣扎着的孩子。

看到水手来了，大家都觉得孩子有救了，可是水手却站在船舷边，并没有下水救人的打算。乘客开始催促水手赶紧下去救人，但是水手无动于衷。

那个孩子挣扎了一会儿之后，就没了力气，开始往海底沉。就在这个时候，一直注视着掉进海里的孩子的水手立即跳进了海里，把正在下沉的孩子救了上来。等到两个人都被拉到甲板上之后，其中一名旅客问道：“你为什么要等孩子快要沉到海里了才救他？”

这位水手很平静地说道：“我做了很多年的水手，也救过很多落水的人。后来我发现，当水中的人还在拼命挣扎的时候，如果我下水救他们，很可能会被他们抓住，拖入水中，这样不仅救不了他们，我自己也可能因此丧命。所以，以后遇到落水的人，我都会等他们挣扎一会儿，等他们没力气了，我再下水救人，这样反而更容易把他们救上来。所以，我不是不救，只是在等最佳时机。”

道理解读

有时候，有些事情难度并不大，我们之所以没能把它做好，很可能是没有把握住最佳时机。所以，做事情懂得把握时机最重要，这样不仅能增加成功的可能性，还会事半功倍。

艾森豪威尔的选择

这件事情发生在第二次世界大战的时候。

这一天，盟军欧洲战区最高统帅艾森豪威尔在法国某地乘车，准备返回盟军总部，参加一个军事会议。

此时正是冬季，那一天非常寒冷，天空中飘着雪花，路上很是泥泞。艾森豪威尔乘坐的汽车一路疾驰而过，向总部驶去。路途中，艾森豪威尔看到一对老夫妇坐在路边，冻得瑟瑟发抖。这是一个前不着村、后不着店的地方。

艾森豪威尔马上让司机停车，并让身边的翻译下车去询问是怎么回事。这时候，他身边的参谋小声提醒他，他们要赶回总部开会，这样的情况交给当地的警察就可以处理了。其实参谋自己也知道，警察很难赶过来处理这件事情。艾森豪威尔盯着自己的参谋说：“如果等警察来了，这对老夫妇恐怕早就冻死了。”

经过翻译询问他们得知，这对老夫妇是要去巴黎看望自己的儿子，可是车子在路上抛锚了，在这茫茫大雪中他们都不知道要找谁来帮忙，正在发愁如何脱困呢。

在得知这一情况之后，艾森豪威尔邀请这对老夫妇上了自己的车，并表示会把他们送到他们巴黎的儿子家里。在送完这对夫妇之后，艾森豪威尔才赶到总部开会。这让人们对艾森豪威尔不得不肃然起敬。

可是后来的一封情报让当时的人出了一身冷汗，尤其是阻止艾森豪威尔帮助老夫妇的那位参谋。原来，希特勒得知艾森豪威尔要赶往盟军总部开会，一早就命令狙击手埋伏在了他们返程的必经之路上。他们认为这次盟军的最高统帅必死无疑，但事实是他们的狙击计划流产了。他们还以为自己的情报不准确，殊不知，是因为艾森豪威尔为了帮助一对落难的老夫妇临时改变了路线。

道理解读

有历史学家曾对这一事件进行过评价，艾森豪威尔的善念拯救了自己，也拯救了整个欧洲战场，否则，整个欧洲战场的局势恐怕都要改写。因此，我们要记住，帮助别人，就是帮助自己，善良更是人们生命中最宝贵的品质。

随机应变的智慧

生活当中会遇到各种各样的难题，各种各样的矛盾，坚持不懈可以让我们走出困境，但并不是所有的难题都能靠坚持来解决，有的时候，随机应变反而是应对难题、化解尴尬的最佳方式。

著名科学家爱因斯坦一生成就很大，经常被各个学院邀请演讲，虽然这些演讲占据了他不少时间，但是盛情难却，他有时也不得不去给学生们讲课。

有一天，爱因斯坦再次被邀请去做演讲嘉宾。而就在头天晚上，他已经做了一晚上的研究，感到非常疲劳。在去学院的路上，爱因斯坦的司机看他很疲劳，就想缓解一下气氛，于是对爱因斯坦开玩笑说：“教授，我经常听到您在车里准备演讲，听得多了，您的演讲内容我都可以一字不漏地背下来了。”

听到司机这样说，爱因斯坦说道：“那好啊，正好我昨晚做了一晚上的研究，现在非常疲劳，既然你都能背下我的演讲内容，而且今天邀请我演讲的学院和我素未谋面，你完全可以替我演讲，我给你当司机。”司机很吃惊地看着爱因斯坦，爱因斯坦的样子不像是开玩笑，司机想了想就答应了。

这天晚上的演讲，司机果然念出了爱因斯坦平时惯常的演讲内容，台下的听众也真的认为这是爱因斯坦自己在给他们做演讲。他们给了司机热烈的掌声，就连坐在观众席后排的爱因斯坦也频频点头。

但是在演讲结束之后，发生了一件意想不到的事情。一名学生站起来追问了一个比较有深度的难题，这让司机难住了。全场听众都在等着这个司机给出什么样的答案，爱因斯坦也在后边饶有兴致地等着看他的司机如何回答这个问题。

出乎意料，司机很镇定地对那名学生说：“恕我直言，这个问题非常简单。如果你不信的话我可以证明给你看，就连我的司机都能回答出这样的问题。”接着，司机就把爱因斯坦请上了讲台。

道理解读

日常生活当中，难免会遇到突发状况，或者是尴尬的场景，这个时候，如果不想让自己难堪，随机应变则可以轻松化解这些不愉快的场景。当然，随机应变是一种智慧，它需要有渊博的学识，良好的素养，以及很好的心理素质做基础。所以，我们应该做的，就是不断充实自己。

不懂退让吃大亏

生活当中我们难免会和其他人产生争执，如果出现争执不下的情形，我们可以适当做出一些退让，这样会有利于事情的解决，因为“退一步海阔天空”。

在一座山的山脚下有两个小村庄，这两个小村庄被一条小河隔开了，一个在河的西面，村子叫西村；一个在河的东面，村子叫东村。两个村庄为了联系方便，就在小河上架了一座独木桥。西村和东村各住着一只羊，西村的羊叫黑羊，东村的羊叫白羊。

这一天，风和日丽，万里无云，西村的黑羊要到东村去看自己的朋友，东村的白羊也要到西村去串门。西村的黑羊走上独木桥的时候，看到了从对面走过来的白羊。独木桥很窄，不可能让两只羊同时过桥，它们其中一只要先退回去，才能让另一只过去。但是它们都不愿意让步，于是就在桥上吵了起来。

黑羊晃了晃头上的角，说道："你让开，让我先过桥。"白羊也不甘示弱，瞪了黑羊一眼，说道："凭什么要给你让路？应该让我先走。"

黑羊把头抬高了，说道："是我先上的桥，所以你要让路。"白羊也把头仰了仰，说道："明明是我先上的桥，所以该让路的是你。你让开，让我先走。"

就这样，两只羊一边吵，一边向桥中间走过去。终于，他们在桥中央相遇了。这个时候他们还是谁也不肯让步，而且争执得更加厉害了，最后还打了起来。

黑羊低着头，把角挺了挺，用力顶了白羊一下。白羊也不甘示弱，抬起前蹄就踢向了黑羊。黑羊没有躲过去，被结结实实踢在了脖子上。黑羊更加生气了，用力顶向白羊，白羊也把角亮了出来，就这样，他们的羊角缠在了一起。黑羊想把白羊甩开，可是脚下一滑，就掉向了河里。由于它们的角缠在一起，白羊也被带到了河里。

两只羊在河里扑腾着，大喊"救命，救命……"

道理解读

人与人发生矛盾，没有必要一定要争个高下，很多时候即便你争赢了，最后反而会失去更多。所以，面对争执，退让有时候更有利于事情的解决，不懂得退让反而会吃大亏。当然，这并不是让我们一味地退让，因为一味的退让只会助长对方的气焰。

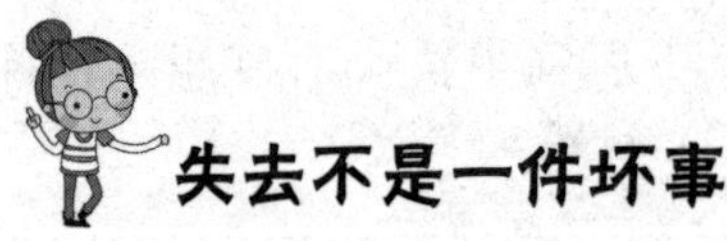

失去不是一件坏事

古时候，在靠近边塞的地方有一个老人，老人很有智慧，他家里养了许多马。

有一天，马群里有一匹马走丢了。邻居们知道这件事之后，害怕老人伤心，都赶过来安慰他。他们纷纷说，您年龄大了，身体要紧，不要因为一匹马的事愁坏了身体。老人看大家都来安慰自己，笑了笑说："丢了一匹马没什么大不了的，没准还是一件好事呢。"

邻居们听了老人的话觉得好笑，马丢了，明明是一件坏事，怎么会是好事呢？但是老人的话很快应验了，没过多久，丢失的那匹马回来了，而且还带回来一匹骏马。听到这个消息，邻居们又来了，他们纷纷向老人表示祝贺。但是老人却有些忧愁，他说："白白得了一匹好马，不一定是什么好事，没准会生出什么不好的事来。"

邻居们听了老人的话，纷纷摇头，觉得老人在故弄玄虚，明明心里很高兴，偏偏装出不开心的样子。可是没过多久，老人的担心又应验了。老人的独生子，看到骏马很漂亮，就想骑着这匹马出去游玩。但是因为太过得意，没能控制好马，结果从马上摔了下来，摔断了腿。

这一次，邻居们更担心了，害怕老人愁坏了身体，赶紧带着慰问品来慰问。不过老人却对邻居们说："孩子的腿摔坏了，可是没伤到性命，这是他的福气。"邻居们听了老人的话，觉得老人又在胡说，腿都摔断了，还能有什么福气。

不久，北方匈奴入侵，朝廷征集青年入伍，老人的儿子因为腿摔断了，不能去当兵。那些入伍的青年，很多都战死沙场，老人的儿子反而保住了命。

道理解读

其实事情都有两面性，不好的事情也可能在其他条件下转化为好事。所以，当我们遇到不好的事情，或者有了损失的时候不要气馁，也许在不久的将来你会有意想不到的收获。

艺术巨匠的“竞争”

竞争不一定非要斗得你死我活，有时候给对手一些机会，不仅不会让自己失败，反而会让自己的形象更加高大，更加受人尊重。

梅兰芳和程砚秋是中国近现代史上两位非常著名的戏曲大师，这两位戏曲大师不仅艺术成就非常高，而且他们的道德也非常高尚。

其实论起辈分，程砚秋先生曾拜梅兰芳先生为师。那是在新中国成立前，当时程砚秋还没有唱出名声。为了能够让程砚秋有更多学习戏曲的机会，梅兰芳在自己有演出的时候，总会为程砚秋准备一位置好的票，请程砚秋前去观摩学习。

后来，两位戏曲大师都来到了上海。

1947 年，梅兰芳和程砚秋同时在上海演出。梅兰芳在中国戏院演出，程砚秋在天蟾舞台演出。这个时候，程砚秋也已经是京剧行当里出名的大师了，不过梅兰芳没有想着要如何与程砚秋打这场擂台，反而想办法抬高程砚秋的声价。

为了抬高程砚秋的声价，梅兰芳采取了几种方法：一方面每天都主动询问程砚秋当天要唱的曲目，如果发现程砚秋表演的曲目和自己的相同，就主动更改自己的曲目，避免和程砚秋重复，以免影响程砚秋那边的观众数量；另一方面，梅兰芳在定票价的时候也尽量和程砚秋持平，以此表示自己和程砚秋的身价和地位相当。

在那段时间里，上海的这两个剧院里，每天晚上都灯火通明，人头攒动，老百姓可谓是大饱了眼福。

其实两位艺术大师并非没有“竞争”，只不过他们的竞争是君子之争，只是在艺术造诣上竞争。他们争得不露声色，不动肝火，谦恭有礼。

比如梅兰芳在上海过寿的时候，程砚秋就专门带着礼品去拜寿，而且还对梅兰芳行叩拜大礼。当时见到这一情形的人，无不赞叹。他们感叹两位大师在艺术上的竞争，更感叹他们竞争而不伤和气，即便是前一晚还两军对垒，第二天见了照样礼数依旧，风度依旧。

道理解读

很多时候，人们认为的竞争就是要分出高下，分出输赢。但是君子的竞争，大师的竞争往往不是打压，而是欣赏。竞争不是要将对方完全压制下去，而是应该求同存异，共同进步。

两种不同的选择

上帝给了两个人每人一颗种子，并许诺："三年之内，谁能够培育出地球上最大的花朵，以至于在天堂都能看到，谁就可以获得飞翔的能力。"这个条件非常诱人。

得到种子之后，其中一个人觉得自己应该去寻找最肥沃的土地，最优良的气候条件，因为肥沃的土地，优良的气候条件才能让种子茁壮成长。另一个人没那么多的想法，他觉得脚下的土地就不错，于是就把种子种下了。

一段时间之后，种子发芽、长大，开了花。这株花没有什么稀奇的地方，也不大。但是这个人没有放弃，而是耐心培育。又过了一段时间，他收获了几十颗种子，然后他就把这些种子种在附近的土地上。

而另一个人还没有找到他想要的土地，想要的气候条件，于是他决定去更远的地方看看。留下来的人继续培育他种下的花，这些花逐渐长大，又开了花，还是没有什么稀奇的地方，不过花的颜色多了两个。这让他很高兴，他非常细心地照料着这些花朵。不久，他又收获了一小袋种子，他就在更大的范围里种下了这些种子，然后继续细心地浇水、施肥、除草。

另一个人已经走出去很远了，但是还没找到他想要的地方。

留下来的人种的花再次开花了，这次花的颜色更多了。他非常兴奋，越来越觉得种花非常有趣，他对花的照料也更加卖力了。这一次，他收获了几袋种子，然后他把种子撒满了整个山坡。

此时已经两年过去了，走出去的人已经考察了许多地方，但始终找不到最肥沃的土地，虽然中间他也遇到了几块不错的土地，但是他觉得还有更好的土地在等着自己。所以，他那颗种子一直被他保存着，从来没发过芽。

此刻，一直忙碌着种花的人已经让整个山坡被鲜花覆盖了。虽然他一直没能种出太大的花朵，但是这些开满山坡的花同样让他非常感到骄傲。

第三年很快过去了，上帝在天上看到了一朵非常大的花，在这朵花里有一个人在忙碌着。而另一个人还在揣着种子四处奔走。

忙碌的人突然感到自己的身体很轻，大地也离他越来越远。

道理解读

生活中我们会遇到这样的人，他们有很好的想法，也很有见识、有能力，但是缺乏行动力，所以他们看上去总在原地踏步。而有的人虽然并不聪明，但是他们有了想法会立即行动，虽然一时未必会取得什么成就，但是长期坚持下去，他们必定能取得成功。

机会只有3秒钟

很多机会可以说是稍纵即逝，只有短短的三秒钟时间。对于这样的机会你有没有把握抓住呢？

有一个女孩，名牌大学毕业，能力出众，但是一直找不到理想的工作。后来，她找到了一份戏剧编剧助理的工作，可是到了公司她才发现，这家公司除了老板就剩她这一个员工了。在这家公司累死累活干了三个月，但是却只拿到一个月的工资。这里没有什么发展前途，这个女孩就炒了老板的鱿鱼。在没有找到下一份工作的时间里，她就给人写写短剧，写写电影，虽然是打零工，不过能按时收到钱。这样的生活不是她想要的，她在渴望着奇迹出现。

一次偶然的机会，她进入了一家电视台，在一档栏目里做编剧。几个月之后，一次录制节目的时候，制作人突然大发雷霆，吼道："不录了。"然后转身离去。剩下的工作人员就这样被晾在一边。主持人环视了一下大家，然后对这个女生说道：“剩下的我们自己来干吧。”

机会就这样摆在了她面前，3 秒钟后，她拿起了制作人丢下的耳机和话筒。这一次，她清楚地告诉自己，如果成功了，自己就再也不是那个只会写写小短剧的小编辑了，而是一个可以掌控全场的制作人。

她成功了，从这以后，她就开始做制作人。以她的年龄和资历，能够成为制作人的简直凤毛麟角。但是她并不满足于此，还是在不断努力。几年之后，她成为了三度获得金钟奖最佳制作人奖的制作人。并且亲手捧红了红遍全亚洲的《流星花园》，随后，她就被称为台湾偶像剧之母。这个小女生就是柴智屏。

后来在回忆那段往事的时候，柴智屏说过几句话：机会有时候只有 3 秒钟，就是别人放下耳机和话筒，你把它们捡起来的时候。

道理解读

现实中，有不少人能够在这样难得的机会面前及时伸手，把握住这难得的机会，他们没有给自己留下遗憾。当然，有更多的人在遇到这样的时机时，犹豫了，眼睁睁看着机会从自己面前流逝。所以说，成功往往就在一瞬间，抓住那 3 秒钟，就能取得成功；错过 3 秒钟，多数只能碌碌无为。

一样的境遇，不一样的结局

四个好朋友去草原上旅游，但是在一阵狂风之后，他们迷路了，看着一望无际的大草原，他们不知道要往哪个方向走。最后，这四个好朋友想到了一个办法：他们决定分成两组，每组两个人，然后他们向相反的方向走，如果哪一组先走出了草原，就带着救援队原路返回，这样就能找到另一组人了。

决定好之后，他们就开始分头行动了。但是要想走出这茫茫大草原谈何容易。还没等他们看到草原的边际，就已经筋疲力尽了。不过在这个时候，这两组人遇到了相同的事情，他们都得到了一根鱼竿和一篓新鲜的鱼。但是面对这从天而降的好事，这两组人的反应却不一样。

第一组找到鱼竿和鱼的人，他们一个人拿着鱼竿，一个人拿走了鱼。但是他们都害怕对方抢自己的东西，于是就选择分开找出路。拿了一篓鱼的人就赶紧找了一个地方生火烤鱼吃，而拿了鱼竿的人则开始找池塘，他想要钓鱼。要知道，他们已经好几天没有吃到东西了。就这样，拿了鱼的人天天吃着烤鱼，拿了鱼竿的人天天忙着找池塘。但是一直到拿了鱼的人把鱼吃完，他们也没有走出草原，而拿了鱼竿的人早已经饿得奄奄一息。

另一组人得到这些东西之后没有分开，他们一边靠着那篓鱼维持生活，一边寻找池塘。等到鱼块吃完的时候，他们发现了第一个池塘，于是他们用鱼竿又钓了一篓鱼。靠着这种方式，他们最后终于走出了草原。

等到第二组人带着救援队赶回来营救第一组人的时候，他们发现这一组人已经死了很长时间了，他们一个死在鱼篓旁边，一个死在鱼竿旁边。

道理解读

不管是学习还是工作，我们都离不开和别人合作，因为一个人的力量毕竟有限，而团队的力量要比个人的力量大得多。日常当中，我们只有学会与人合作，学会取他人之长，补自己之短，才能得到自己所需要的，才能不断成长，不断进步。